농사꾼 강화도령 철종 이원범, 회한과 비극의 뒤안길

소설 철종 이원범

신성범 지음

꿈과 비전
Dream & Vision Books

소설 철종 이원범

작가의 말

역사소설을 처음으로 썼다. 강화도령으로 잘 알려진 철종은 꼭 쓰고 싶은 소설의 소재였다. 일단 소재가 정해지자 다음 작업은 그것을 어떻게 형상화할 것인가 하는 점이었다. 철저한 조사와 연구가 필요했다. 무작정 쓸 수는 없었다. 역사소설은 사실에 기초해야 한다. 이미 세상에 알려진 사실을 부정할 수는 없다.

나는 철종이 왕위에 오르기 전 살았던 강화도를 찾았다. 그곳에는 철종 생가인 용흥궁이 있다. 용흥궁은 철종이 왕이 된 이후 새로 지었다. 철종 대왕 비가 그곳이 철종이 살았던 곳임을 표시해주고 있다. 철종 무덤은 경기도 고양시에 있는 예릉이다. 예릉은 철종과 철인왕후 쌍릉이 있다. 그 웅장한 모습에서 왕의 권위가 느껴졌다. 특히 릉 앞에 서 있는 거대한 문인석과 무인석은 그 위용이 대단했다.

철종은 왕위에 오르기 전에는 농사를 지으며 살았다. 헌종이 후사 없이 승하하자 순원왕후는 강화도에 살던 이원범을 왕으로 지명했다. 그 바람에 철종은 아무런 준비도 없이 왕이 되었다. 철종은 강화도에서 5년을 살았는데 그동안 한 여인을 사귀었다. 혼례를 약조할 만큼 사랑하는 사이였다. 복녀라는 이름을 가진 처녀였다. 나는 이 소설에서 이원범과 복녀의 애틋한 사랑을 그리고자 했다.

　철종과 복녀에 관한 이야기는 이미 영화나 드라마로 다뤄진 적이 있다. 1963년 개봉된 신상옥 감독 영화 〈강화도령〉, 〈철종과 복녀〉가 있고 드라마로는 〈임금님의 첫사랑〉이 있다. 영화는 1963년, 드라마는 1976년에 각각 발표되었다. 워낙 오래전에 나온 탓에 나는 그 영화와 드라마를 보지 못했다. 철종에 관한 소설을 쓰면서 이미 발표된 작품을 참고하는 일은 필요하다. 그렇지만 그것을 모방해서는 안 된다. 그 경우 내 소설은 아류작에 불과할 뿐이다. 내가 말하고자 하는 이야기를 독창적으로 써야 한다. 독자는 냉철해서 이미 남이 쓴 이야기는 흥미를 갖지 않는다. 기발한 상상력이 발휘된 작품이어야 흥미를 갖고 읽는다. 재미있는 소설을 쓰는 일은 생각만큼 쉽지 않다. 상상력을 최대한 동원하는 일은 뼈를 깎는 고통을 수반한다.

나는 매일 소설을 쓰지 못했다. 조금씩이라도 매일 썼다면 좀 더 빨리 이 소설을 완성할 수 있었다. 이 소설을 쓰면서 나의 상상력이 부족함을 많이 느꼈다. 열흘이 넘도록 단 한 줄도 못 쓴 날도 있었다. 술술 써지는 글이 아니었다. 특히 역사소설은 사전 지식을 많이 갖춘 뒤 써야 한다. 실제 일어난 사실을 왜곡할 수 없기 때문이다. 그런 작업이 쉽지 않았다. 주경야독하며 글쓰기에 매달려야 했다. 강화도 용흥궁을 찾았고 고양시에 있는 예릉도 찾았다. 조금이라도 철종이 어떤 왕이었는지 느끼기 위해서였다.

이 소설은 부족한 점이 많다는 사실을 직시하면서도 용기 있게 세상에 내놓는다. 이 소설을 쓰면서 철종에 관하여 많은 사실을 알게 되었다. 철종이 왜 궁녀와 가까이 했으며 요절했는지 알 수 있었다. 독자가 이 소설을 읽고 조선 후기 철종 시대로 돌아가 그 시절을 마음껏 느꼈으면 하는 바람이다. 독자가 그것만이라도 느낀다면 이 작품을 쓴 보람을 크게 느낄 것이다.

끝으로 이 소설이 나오기까지 많은 격려와 힘을 주신 꿈과 비전 신수근 사장님께 감사드린다. 첫 역사소설 집필이기에 많은 부담을 느꼈는데 기꺼이 출판에 동의하여 이 소설이 세상에 빛을 보게 되었다. 아무쪼록 [소설 철종 이원범]을 많은 독자가 읽었으면 하는 바람이다.

2018년 5월

신성범

차례

1) 원범과 복녀 _ 11

2) 왕이 되다 _ 28

3) 원범과 순원왕후 _ 37

4) 복녀를 만나다 _ 47

5) 발칵 뒤집힌 궁 _ 54

6) 복녀의 죽음 _ 63

7) 중전을 맞이하다 _ 69

8) 비룡의 고백 _ 78

9) 철인왕후 _ 84

10) 범 상궁 _ 91

11) 수렴청정을 거두다 _ 100

12) 원범을 사이에 두고 _ 105

13) 원자의 탄생 _ 114

14) 영혜 옹주 _ 124

15) 박영효 _ 134

16) 진주민란 _ 143

17) 순원왕후 승하 _ 153

18) 동학 창도 _ 161

19) 국구 김문근의 죽음 _ 169

20) 삼정문란 _ 179

21) 전계대원군 _ 188

22) 흥선대원군 _ 195

23) 철종과 고종 _ 206

24) 추사 김정희 _ 214

25) 김대건 신부 _ 225

26) 천주교 박해 _ 233

27) 외세 침입 _ 242

28) 철종의 후궁 _ 252

29) 효명세자 _ 259

30) 선정왕후 _ 267

31) 강화도 5년 _ 273

32) 복녀의 무덤 _ 281

33) 옛 친구들 _ 290

34) 용흥궁 _ 281

35) 치마폭에 휩싸여 _ 306

36) 날로 쇠약해지는 원범 _ 315

37) 원범의 죽음 _ 323

38) 철종 대왕 _ 332

39) 예릉 _ 335

40) 철종 장황제와 철인 장황후 _ 340

1. 원범과 복녀

　원범은 쫓기듯 강화도로 왔다. 왜 여기까지 오게 됐는지는 생각할 겨를이 없었다. 원범은 아무 생각이 없었다. 자신이 왕족이라는 사실도 잊었다. 아니 잊고 싶었다. 왕족이기 때문에 항상 위험 속에서 살아야 했다. 원범은 아버지가 역모로 몰려서 끔찍하게 죽은 사실을 기억하고 있었다. 어린 나이에 아버지 죽음을 목격한 원범은 자신도 곧 죽을 수 있다고 생각했다. 살아 있어도 산 목숨이 아니었다. 강화도로 피신 왔지만 언제든지 누군가 자신을 죽일 수 있다는 생각이 떠나지 않았다.
　원범은 그냥 조용히 살고 싶었다. 강화도에서 농사를 지으며 평범한 삶을 살아가는 게 꿈이었다. 그런 원범에게 강화도는 천국이었다.

집에서 조금만 걸어 나가면 바다가 보였다. 여름에는 바다에 몸을 담그고 헤엄쳤다. 바다는 모든 걱정을 덜어줬다. 그곳에서 놀면 세상 걱정이 다 사라졌다. 산에 올라가면 산짐승이 뛰어다니는 게 보였다. 원범은 산짐승을 잡으러 이 산 저 산으로 뛰어다녔다. 숨이 턱밑까지 파고 올랐지만 힘들지 않았다. 바다와 산은 원범에게 놀이터였다. 하루 온종일 놀아도 지루하지 않은 곳이었다.

"원범아!"

누군가 원범을 부르는 목소리가 들렸다. 원범은 놀라며 고개를 돌렸다. 원범의 얼굴이 활짝 폈다. 머리를 길게 늘어뜨리고 빨간 치마를 곱게 입은 앳된 소녀가 그를 부르고 있었다.

"어! 복녀!"

자나 깨나 생각하던 복녀였다. 원범은 복녀를 본 것만으로도 하늘로 올라갈 것 같은 기분이었다. 원범은 복녀에게 다가가 그녀를 안았다.

"왜 그래. 남이 보면 어쩌려고."

복녀가 몸을 뒤로 뺐다.

"보면 어때. 난 복녀가 좋은 걸. 너하고 같이 살 거야."

원범은 입이 찢어질 듯 활짝 웃었다.

"누구 맘대로. 너 같은 농사꾼이 뭐가 좋다고."

복녀가 새침하게 대꾸했다. 원범은 그런 복녀를 더욱 사랑스러운 눈으로 쳐다보았다.

"난 복녀 모든 게 다 좋아. 선녀보다도 더 예뻐. 넌 내 거야."

원범은 복녀 손을 세게 잡으며 소리쳤다. 복녀가 손을 뿌리치려고 해도 소용없었다. 원범이 워낙 세게 잡아서 손을 뺄 수 없었다.

"괜히 불렀네. 그냥 집에 갈 걸."

복녀가 귀찮은 듯 투덜댔다. 원범이 그 소리를 놓칠 리 없었다.

"우린 천생연분이야. 우리가 만난 것은 하늘이 정해 준 거라고."

원범은 복녀만 보면 기분이 좋았다. 복녀는 원범이 너무 자신을 가까이하려고 하니 부담스러웠다. 혼례도 치룬 처지가 아닌데도 원범은 복녀를 짝으로 생각했다.

"난 복녀 아니면 안 살아. 나에겐 복녀뿐이야."

원범은 복녀를 보면 그 소리를 귀가 닳도록 했다. 원범의 마음속에 복녀는 너무 깊숙이 들어와 있었다. 원범은 복녀와 헤어지고 집에 오면 온몸을 뒹굴었다. 복녀가 보고 싶어서 참을 수 없었다.

그날 원범은 붓을 꺼냈다. 복녀 모습을 직접 그리기 위해서였다. 먹을 갈고 화선지를 폈다. 낮에 봤던 복녀 얼굴을 떠올렸다. 붓을 들어 먹물을 묻혔다. 붓을 잡은 손은 떨렸다. 원범은 조심스럽게 한 획한 획을 그었다. 서서히 그림이 윤곽을 드러냈다. 원범이 잡은 붓은 자유자재로 움직였다. 마치 학이 하늘을 날아가는 모습이었다. 붓은 조금도 쉬지 않고 움직였다. 아름다운 곡선이 나타났다. 눈, 코, 귀,

입 등 얼굴 윤곽이 또렷이 드러났다. 누가 봐도 아리따운 여자 얼굴이었다. 원범은 복녀 얼굴을 마치 사진을 찍은 것처럼 똑같이 그렸다. 그림을 다 그리고 나자 원범의 얼굴에 미소가 피어올랐다. 그림을 그리기 전 모습과 완전히 달랐다. 원범은 아주 만족스러운 표정으로 자신이 그린 그림을 쳐다보았다. 그림은 살아있는 것 같았다.

"그럴 듯 한데."

원범은 만족스러운지 그림을 뚫어지게 바라보았다. 원범은 복녀를 만나면 그 그림을 꼭 전해줘야겠다고 생각했다. 원범은 하루라도 빨리 복녀를 만나고 싶었다.

밖은 어두웠다. 해가 져서 주위는 어두컴컴했다. 그 시간에 복녀를 만나기는 힘든 일이었지만 원범은 복녀 생각뿐이었다. 원범은 옷을 챙겨 입었다. 그런 뒤 쏜살같이 언덕을 달렸다. 복녀 집을 향해 달려간 거였다.

어느새 원범은 복녀 집에 다 왔다. 주위는 칠흑이었다. 원범은 한 치 앞도 안 보이는 그 깜깜한 거리를 단 한 번도 넘어지지 않고 달렸다. 원범 자신도 놀랐다. 어떻게 그토록 빨리 복녀의 집을 찾았는지 신기했다. 원범은 헛기침을 했다. 혹 그 소리에 복녀가 밖으로 나올지도 모른다고 생각했다. 여러 번 헛기침을 했지만 아무도 나오지 않았다. 원범은 애가 탔다.

그 때 수염을 기른 어른이 밖으로 나왔다. 아무래도 복녀 아버지 같았다. 원범은 깜짝 놀라 몸을 웅크렸다. 그러자 그 어른이 원범에게 다가왔다.

"웬 놈이냐? 왜 남의 집 앞을 서성이느냐?"

원범은 겁이 났지만 침착하게 어른을 쳐다보며 대답했다.

"네. 어르신. 저는 이웃 마을에 사는 이원범이라고 하옵니다. 복녀에게 전해 줄 게 있어서 염치 불구하고 늦은 시간에 찾아왔사옵니다. 복녀와는 여러 번 만난 적이 있사옵니다."

그 소리를 듣고 어른은 원범을 아래위로 뚫어지게 쳐다보았다. 행색은 초라했지만 얼굴에서 왠지 모를 빛이 났다. 어른이 보기에 원범은 보통 사람 같지 않았다.

"복녀에게 전해줄 게 있다고? 복녀는 무남독녀 내 딸이야. 내가 금이야 옥이야 귀하게 여기는 딸이지. 위로 오빠와 언니가 있었는데 모두 일찍 죽었어. 어두운데 안으로 들어오게. 복녀를 불러오겠네."

어른은 원범을 집 안으로 안내했다. 원범은 어른이 뜻밖에도 자신을 반갑게 맞아주자 기분이 들떴다. 장차 장인어른이 될 분이라고 생각하니 더욱 잘 보여야겠다고 마음먹었다. 집 안으로 들어간 어른은 소리쳤다.

"복녀야!"

그 한 마디에 복녀가 부리나케 문 밖으로 나왔다.

"네. 아버지. 무슨 일이세요?"

원범과 복녀가 두 눈이 마주쳤다. 복녀가 눈을 크게 떴다.

"원범아!"

"복녀! 너에게 줄 게 있어서 왔어."

원범은 또렷하게 대답했다. 어른은 원범과 복녀 얼굴을 번갈아 쳐다봤다. 그러더니 슬그머니 자리를 피하는 거였다.

"둘이 편하게 얘기하게. 늙은이가 여기 있으면 불편하잖나."

"아니옵니다. 괜찮사옵니다. 장인 어른!"

원범은 어른이 자리를 피하는 것을 막았다. 그때 말이 헛나왔다.

"장인어른? 내가 벌써 자네 장인이 됐나? 껄껄 껄껄."

어른은 아주 호탕하게 웃었다. 복녀는 얼굴이 시뻘게졌다. 원범도 얼굴이 달아올랐다. 한동안 웃으며 자리를 피하는 어른 뒷모습만 물끄러미 쳐다보았다.

"무슨 일인데 이 밤에 우리 집에 다 왔어?"

복녀가 새침하게 물었다. 원범은 살짝 입가에 미소를 띠며 대답했다.

"너에게 꼭 전해줄 게 있어서. 생각난 김에 빨리 주고 싶었어. 이걸 안 주면 잠이 안 올 것 같아서 달려왔어."

그 말을 듣고 복녀는 원범이 손에 든 것을 쳐다보았다.

"그게 뭔데?"

원범은 복녀에게 손에 들고 있던 것을 건넸다. 복녀가 조심스럽게 원범이 건네준 것을 받아 펼쳤다. 제 얼굴이 그려진 그림을 본 복녀는 그만 눈이 휘둥그레졌다.

"너 이거 네가 그린 거야?"

복녀가 깜짝 놀라며 원범에게 물었다. 원범은 어깨에 힘을 잔뜩 넣으며 웃었다.

"그래. 널 생각하면서 그렸어."

복녀 표정이 밝아졌다. 원범에게 그런 손재주가 있는 줄 몰랐다. 원범이 그림을 그린다는 소리는 들었지만, 그토록 뛰어난 실력이 있으리라고는 전혀 생각하지 않았다. 어느 누구에게도 그림을 배운 적이 없는 원범이었다. 혼자서 그림 실력을 키운 거였다.

"제법인데."

복녀가 만족스러운 듯이 대답했다.

"마음에 들어? 앞으로 얼마든지 더 그려줄 수 있어."

원범은 자신 있는 표정으로 웃었다. 원범은 복녀가 기뻐하는 모습에 기분이 날아갈 듯했다. 당장이라도 복녀에게 같이 살자고 고백하고 싶었다. 원범이 복녀에게 건넨 그림 한 장은 사랑 고백이었다. 원범은 복녀와 혼례를 올리고 싶었다. 원범은 망설이다가 마침내 입을 열었다.

"복녀야! 나 너 좋아해."

원범의 목소리는 떨렸다. 복녀 얼굴이 붉어졌다.

"난 아직 널 받을 준비가 안 됐어."

복녀는 좋은 듯 아닌 듯 확실한 대답을 하지 않았다.

"복녀야!"

원범이 복녀에게 다가가 끌어안았다. 복녀가 몸을 움찔했다.

"왜 그래. 난 아직 널 받아줄 준비가 안 됐다고 했잖아."

복녀는 그 말을 하고 나서 원범을 뿌리쳤다. 복녀가 원범을 뒤로 밀었다. 원범은 뒤로 자빠지듯 넘어졌다. 원범은 바로 일어섰다. 그대로 물러설 원범이 아니었다.

"나 그냥 못 가겠어. 어른께 내 마음을 고백하겠어."

원범은 복녀 아버지를 찾아가 얘기할 생각이었다. 원범은 꼭 복녀를 차지해야겠다고 단단히 마음먹었다.

"왜 그래. 아버지는 내가 싫다면 그대로 하는 사람이야."

복녀는 금방이라도 울 것 같았다. 눈에는 눈물이 가득했다. 바로 그때 복녀 아버지가 나타났다.

"젊은이 아직 안 갔나? 무슨 얘기가 그렇게 많아."

어른은 원범을 쳐다보며 소리쳤다. 원범은 놀랐지만 이내 정신을 차리고 어른 앞에 무릎을 꿇었다.

"장인어른! 소인은 복녀와 꼭 혼례를 해야겠사옵니다. 허락하여 주시옵소서."

원범은 어른에게 매달렸다. 복녀를 놓치고 싶지 않았다. 원범은 거의 사생결단 하듯이 어른 바짓가랑이를 잡고 늘어졌다.

"야! 이 못 돼먹은 놈아. 네 놈이 아무리 복녀를 좋아한다고 해도 싫다고 하면 물러나야 하는 법이야. 어디 못 배운 놈이 애걸복걸이야. 너 같은 놈에게 내 딸을 줄 수 없어."

어른은 완강했다. 그도 그럴 것이 원범 행색은 초라하기 짝이 없었다. 강화에서 나무하면서 형하고 단 둘이 살아가는 처지였다. 가진 것도 없이 근근이 살아가는 모습이 좋아보일 리 없었다. 원범은 주춤했다. 더는 말이 통하지 않을 것 같았다. 원범은 고개를 들어 복녀를 쳐다봤다. 복녀는 말없이 어른 옆에 가만히 서 있었다. 원범은 그 모습을 보고 자신이 너무 성급했다는 생각이 들었다.

"오늘은 소인이 그만 물러가겠사옵니다. 하오나 소인은 복녀를 절대 포기하지 않겠사옵니다. 어른께서 좀 더 생각해 주시옵소서."

원범은 그 말을 남기고 재빨리 그 집을 나왔다. 원범은 다시 날쌘 동작으로 뛰어갔다. 어른은 물끄러미 원범 뒷모습을 사라질 때까지 쳐다보았다.

"복녀야, 내가 보기엔 그 청년이 괜찮아. 넌 어찌 그 청년을 그냥 보냈느냐."

어른은 복녀에게 아쉬운 듯 물었다.

"아버지, 소녀가 시집을 가면 혼자 어떻게 사시려고요? 아버지 생각을 하니 차마 받아들일 수가 없어요."

그 말을 하고 복녀는 울먹였다.

"아니, 늙은 이 아비가 뭐 그리 중요하다고 그러느냐. 앞으로 네 인생이 걸린 문제야. 내가 사람 보는 눈이 있어. 그 청년은 예사롭지 않아. 눈에서 빛이 났어. 네가 놓치면 두고두고 후회할 거야."

"아버지, 소녀에게 시간을 주세요."

복녀는 그 말을 하고 나서 더는 입을 열지 않았다. 어른도 더는 묻지 않았다.

집으로 온 원범은 숨이 가빴다. 워낙 빨리 뛰어왔기에 숨을 헐떡거렸다. 조용히 방으로 들어갔다. 그동안 가슴 속에 품었던 생각을 다 말했기에 속이 시원했다. 비록 복녀가 받아들이지 않았지만 잘 될 거라는 기대를 버리지 않았다.

열아홉이라는 나이는 어리지 않았다. 혼례를 하고도 남을 나이였다. 한양에서 살다가 강화도로 피신 온 지도 어언 5년이 흘렀다. 강화도에 와서는 농사일만 했다. 겨울이면 땔감을 준비하는 게 가장 큰 일이었다. 농사일은 손이 많이 갔다. 한가롭지 않았기에 여자를 사귈 형편이 되지 못했다. 그런 원범에게 복녀는 선녀와 같은 존재였다. 원범은 복녀를 보기만 해도 온몸이 끓어오르는 것 같았다. 무쇠도 녹일 수 있는 나이였다. 산으로 들로 뛰어다닌 원범이었기에 누구보다도 체력에는 자신 있었다. 원범은 자신이 그린 복녀 얼굴 그림을 벽에 붙여 놓았다. 복녀가 생각날 때마다 그림을 쳐다보았다. 갸름한

턱선과 긴 목이 인상적이었다. 복녀는 누가 봐도 미인이었다. 강화도 시골구석에 있기에는 너무 아까운 여인이었다.

"복녀야!"

원범이 다녀간 뒤 어른이 복녀를 다시 불렀다.

"네, 아버지."

"아까 그 청년이 마음에 안 들더냐?"

"그런 게 아니옵고 소녀는 아직 준비가 안 되었습니다."

어른은 복녀를 쳐다보았다. 얼굴은 꽃보다도 아름답게 피었다. 피부는 백옥보다도 하얗고 눈망울은 티 하나 없이 맑았다.

"네 나이가 지금 가장 좋을 때다. 너도 이제 짝을 찾을 때가 되었어. 원범이란 청년이 널 아주 마음에 들어해. 내가 보건대 그 청년 눈매가 예사롭지 않아. 네가 마음을 정했으면 한다."

"아버지, 잘 모르겠어요. 소녀는 자신이 없어요."

어른은 더는 말하지 않았다. 아무리 자식이라고 해도 강요할 수는 없었다. 복녀는 어른 말을 듣고 한동안 생각에 잠겼다. 무작정 거절할 수는 없는 노릇이었다. 누구보다 사랑하는 아버지였다. 아버지 말을 거역한다는 것은 불효를 저지르는 일이라는 생각이 들었다.

원범은 여느 날과 다름없이 산에 나무하러 갔다. 그날은 더 복녀가 보고 싶었다. 원범은 복녀가 있는 곳으로 저절로 발걸음을 옮겼다. 어느새 복녀 집 앞에 다다랐다. 그때 막 복녀가 집 밖으로 나왔다. 원범과 복녀가 서로 눈을 마주 보았다.

"너 원범이!"

복녀가 놀라며 원범을 불렀다.

"복녀!"

원범도 자연스럽게 복녀 이름을 불렀다.

"왜 또 왔어?"

복녀가 옥구슬 굴러가는 목소리로 물었다. 그 목소리만 들어도 원범은 온몸에 기가 살았다.

"할 얘기가 있어. 잠깐 저기 물레방앗간으로 같이 가자."

그 말을 하자마자 원범은 복녀 손을 잡아끌었다. 복녀는 손을 뿌리치려고 했으나 힘이 없었다. 원범이 워낙 손을 세게 잡아 놓을 수 없었다.

"이거 놔. 아프단 말이야. 여기서 말해. 물레방앗간으로는 왜 가는데?"

복녀는 소리쳤지만, 원범은 아무 말도 하지 않았다. 복녀는 할 수 없이 원범을 따라갔다. 어느새 물레방앗간에 도착했다.

"복녀야! 더는 못 참겠어. 난 너 없인 못 살아."

그 말을 하자마자 원범은 복녀를 힘껏 안았다.

"이거 놔. 왜 그래!"

복녀는 몸부림쳤으나 거센 남자 손을 뿌리칠 수 없었다. 원범은 복녀를 풀숲에 뉘었다. 그러더니 복녀 저고리를 풀어헤쳤다. 저고리가 벗겨지고 하얀 속살이 드러났다. 원범이 처음 느껴본 향기가 피어올랐다. 지금껏 한 번도 맡아보지 못한 여인 냄새였다. 코 끝을 파고드는 향기에 원범은 온몸을 떨었다. 금방이라도 자지러질 것 같은 맛이었다. 부풀대로 부푼 가슴에 빨간 앵두가 열렸다. 원범은 앵두를 힘껏 빨았다. 강약을 조절하며 미칠 듯이 빨고 또 빨았다. 온몸에는 뜨거운 연기가 솟아올랐다. 진한 물이 계속 흘러내렸다. 원범도 저고리를 벗었다. 아랫도리도 다 벗었다. 원범은 실오라기 하나 걸치지 않은 알몸이 되었다. 원범은 서서히 복녀 치마를 풀어헤쳤다. 복녀는 움직일 수 없었다. 원범이 누르는 힘을 이겨낼 수 없었다. 복녀는 원범이 하는 대로 몸을 맡겨야만 했다. 몸이 한껏 달아오른 원범을 지켜만 봐야 했다. 원범은 복녀 치마마저도 다 벗겼다. 하얀 속치마도 이내 벗겨졌다. 어느새 복녀도 실오라기 하나 걸치지 않은 몸이 되었다. 풀숲에 두 남녀가 몸을 합쳤다. 두 남녀가 흘린 땀이 풀숲으로 흘러내렸다. 물레방아는 그 모습을 지켜만 보고 있었다. 하얀 입김이 뭉게구름처럼 피어올랐다. 물레방앗간은 젊은 두 남녀가 내뱉는 소리를 묵묵히 듣고 있었다. 이 세상 가장 아름다운 남녀가 내뱉는 소리였다. 한 시간, 두 시간, 시간이 흘렀다. 끈적한 액체가 온몸으로 흘러내렸으나 두 남녀는 떨어질 줄 몰랐다. 원범은 이대로 계속 있고 싶었다. 하루종일 있어도 부족할 것만 같았다.

그때 복녀가 흐느꼈다. 원범은 놀라며 그녀를 쳐다봤다.

"왜 울어?"

원범은 목이 잠겼다. 워낙 흥분한 탓이었다.

"원범인 몰라. 여자 마음을 모른다고."

복녀는 그 말을 하더니 더 세게 흐느꼈다. 그러자 원범은 그 마음을 조금이나마 알 것 같았다. 복녀는 그날 처음으로 남자를 경험했다. 지금껏 남자에 대해 전혀 모르던 복녀였다. 원범에게 첫 순정을 바친 날이었기에 흐르는 눈물을 참을 수 없었다. 원범은 일어서서 옷을 입었다. 복녀도 흐트러진 옷을 주워 입었다.

"아무도 안 봤겠지?"

복녀가 걱정스러운 듯 원범을 쳐다보며 물었다.

"봤어. 물레방아가 처음부터 끝까지 우리를 쳐다봤지."

원범은 호탕하게 웃었다. 그날 원범은 온 세상을 다 얻은 것 같았다. 그토록 그리워했던 복녀를 품에 안았기 때문이었다.

"날 그렇게 품어서 좋아?"

복녀가 새침한 목소리로 물었다.

"그럼, 이제부터 넌 내 거야."

원범은 의기양양했다. 복녀는 억울했지만 어쩔 수 없었다. 원범에게 순정을 바쳤기에 도리가 없다고 생각했다. 그때 아버지가 한 말이 떠올랐다. 원범이 예사 남자가 아니라고 한 말이었다. 그 생각을 하고 원범을 쳐다보니 얼굴에 광채가 피어올랐다. 원범이 지아비가 되어도 좋겠다는 생각이 들었다. 이왕지사 엎질러진 물이었다. 이제 원범과 함께 생을 살 수밖에 없다고 생각했다.

"원범아! 이제 때가 온 것 같아. 널 받아줄 때 말이야."

복녀는 그 말을 하고 원범에게 안겼다. 원범은 힘껏 복녀를 안았다.

"그래. 잘 생각했어. 오늘 어른께 말씀드리자."

둘은 손을 잡고 복녀 집으로 갔다. 어른은 문밖에 나와 있었다.

"복녀야! 너 어디 갔다 왔니?"

어른이 복녀를 보더니 반갑게 물었다.

"아버지, 원범이를 만났어요."

그 말을 듣고 어른은 원범을 쳐다보았다. 느낌이 심상치 않았다. 어른은 원범과 복녀 사이에 무슨 일이 일어났다는 사실을 직감했다.

"자네가 내 딸을 데리고 갔나? 복녀를 얼마나 찾았는지 알아. 간다면 말이라도 하고 갔어야지."

"장인어른! 죄송하옵니다. 오늘 복녀가 마음을 정했사옵니다. 들어가서 차근차근 말씀 나누지요."

어른은 원범이 하는 말뜻을 금방 알아챘다.

"알았네. 어서 들어오게."

방 안에 셋이 나란히 앉았다.

"어서 말해 보게."

어른이 원범을 쳐다보며 물었다.

"네, 어르신. 우리 둘이 혼례를 맺기로 마음을 정했사옵니다. 오늘 우리는 하나가 되었사옵니다."

"뭐라고? 복녀가 벌써 결심을 했단 말인가?"

어른은 놀라며 복녀를 쳐다보았다. 복녀는 다소곳이 앉아서 고개를 숙였다.

"복녀야! 어서 말해 보거라."

어른이 재촉하자 복녀가 작은 목소리로 입을 열었다.

"아버지, 소녀 원범을 지아비로 섬기기로 했어요. 아버지 뜻을 따르기로 했습니다."

어른은 더는 묻지 않고 고개를 끄덕였다. 어른은 원범과 복녀가 이미 깊은 관계를 맺었다는 사실을 알고 있었다.

"너희 둘은 천생연분이야. 내가 원범을 처음 봤을 때부터 알아봤느니라. 원범은 복녀를 끝까지 책임지고 살아야 하느니라. 내가 너희 둘을 지켜볼 것이야. 앞으로 얼마나 더 살지는 모르지만 나 사는 데까지."

"장인 어른! 이 은혜 평생 잊지 않겠나이다."

일은 일사천리로 끝났다. 원범은 이제 복녀와 혼례를 맺을 날만 정하면 됐다. 이왕이면 빨리 하고 싶었다. 원범이 택일 문제를 얘기하려고 했는데 어른이 먼저 꺼냈다.

"혼례는 인륜지대사야. 날짜를 정하는 것도 함부로 해서는 안 돼. 택일은 내가 할 터이니 자네는 기다리고 있게."

원범은 그대로 따를 수밖에 없었다. 혼례를 올릴 때까지 원범과 복녀는 따로 살아야 했다. 원범은 왕족이었기에 상놈처럼 함부로 혼례를 올리지 못하고 예와 격식을 따져야 했다. 그사이 원범과 복녀의 사랑은 무르익어 갔다. 부부의 연을 맺기로 했기에 더욱 애정이 갈 수밖에 없었다. 하루라도 안 보면 미칠 것 같았다. 원범은 틈만 나면 복녀 집으로 출입했다.

2. 왕이 되다

　당시 나라 꼴은 말이 아니었다. 조정은 하루도 바람 잘 날이 없었다. 안동 김 씨 세도정치는 도를 넘어섰다. 임금은 허수아비나 다름없었다. 8세에 왕으로 등극한 헌종은 병약했다. 임금이 너무 어린 나이에 왕위에 오른 탓에 모든 권력은 안동 김 씨 손아귀에 놀아났다. 그러던 헌종 15년(1849) 6월 6일, 헌종이 후사 없이 죽었다. 그때 나이가 23세에 불과했다. 임금이 후사도 없이 갑자기 승하하자 조정은 바빠졌다. 당장 누구를 후대 왕으로 세워야 할지 문제였다.
　헌종의 후사 문제는 대왕대비에게 달렸다. 대왕대비는 순조비(김조순의 딸) 순원왕후였다. 왕실 어른으로서 후대 왕을 선출할 권한은 그녀 손에 달렸다. 순원왕후는 원칙을 중요시 하는 사람이었다. 헌종이 후사가 없기에 왕실에서 가장 가까운 친척을 왕으로 세워야 했다. 원칙대로 남아있는 혈육을 찾아보니 적임자는 강화도에 사는 이원범밖에 없었다. 강화도 산골에 묻혀 사는 농사꾼을 임금으로 올린다니. 꿈에도 생각할 수 없는 일이었다.

조정에서는 반대 여론이 들끓었다. 많은 신하들이 순원왕후에게 탄원했다.

"대왕대비 마마! 강화도에 사는 이원범을 왕으로 추대하는 계획을 거두워 주시옵소서. 그는 시골에서 농사나 짓고 사는 일자무식이옵니다. 어찌 그런 자를 왕족이라고 해서 왕으로 옹립할 수 있단 말입니까. 이는 절대로 불가한 일이옵니다."

많은 신하들이 반대하자 순원왕후는 고심했다. 아무리 가까운 왕족이라고 해도 농사꾼을 왕으로 세우는 것은 분명 문제가 있었다. 제대로 된 국왕 수업을 하지 않은 자가 왕이 되었을 때 혼란이 올 것은 뻔한 일이었다.

한편 순원왕후는 안동 김 씨 가문의 딸이었다. 그 주위에는 안동 김 씨가 있었다. 안동 김 씨는 권력을 마음대로 휘두르기 위해서는 똑똑한 왕보다는 무식한 게 낫다고 생각했다. 이원범은 자신들이 생각하기에 가장 무난한 왕이었다. 그가 왕이 되면 더욱 권력을 마음껏 누릴 수 있다고 생각했다. 아무리 많은 신하들이 반대해도 안동 김 씨는 이원범을 왕으로 추대해야겠다고 마음먹었다. 그들은 순원왕후를 찾았다.

"대왕대비 마마! 이원범을 왕으로 추대하는 것이 지당하옵니다. 이원범은 왕위를 이을 유일한 인물이옵니다. 그는 헌종 대왕과 가장 가까운 친척이옵니다. 혈통을 따르는 게 가장 중요하옵니다. 이원범을 하루라도 빨리 왕으로 옹립하여 주시옵소서."

순원왕후는 그 말을 듣고 더는 지체하지 않았다.

"그대들 말이 옳도다. 조선은 혈통과 예를 중요시 하는 나라다. 어찌 혈통을 어기고 왕을 세울 수 있단 말인가. 이원범을 왕으로 추대하도록 하라!"

대왕대비의 지엄한 분부가 떨어졌다. 그 말에 어떤 신하도 더는 반대할 수 없었다. 그 상황에서 반대한다는 것은 목숨을 내놓는 일이었다. 안동 김 씨 세력에게 잘못 보이면 어떤 누명을 쓰게 될지 모르는 일이었다. 대왕대비 명령이 떨어지자 조정은 바빠졌다. 하루속히 군사를 내어 이원범을 궁으로 데리고 와야 했다. 수많은 군사와 신하가 원범을 왕으로 모시고 오기 위해 행차에 나섰다.

강화도 산골에 묻혀 사는 원범이 그 정황을 제대로 알 리 없었다. 원범은 나랏일에 전혀 관심이 없었다. 아니, 관심을 갖고 싶지도 않았다. 그냥 초야에 묻혀 농사지으며 사는 게 최고라고 생각했다. 원범은 복녀와 혼례를 맺을 날만 기다리며 살고 있었다.

그날도 원범은 산으로 나무하러 갔다. 산 위에서 원범은 멀찌감치

서 웬 군사들이 행차하는 모습을 보았다. 원범은 깜짝 놀랐다. 군사가 자신을 잡으러 오는 것으로 알았다. 원범은 산 위를 향해 뛰었다. 그대로 있다가는 군사에게 잡혀서 죽을 것 같았다. 그러나 어느새 군사와 신하가 원범 집에 들이닥쳤다.

"전하! 전하를 궁으로 모시기 위해 왔사옵니다. 어서 나오시옵소서."

군사와 신하는 문 앞에서 큰 소리로 외쳤다. 아무리 외쳐도 반응이 없자 그들은 집 안으로 들어갔다. 집 안에는 아무도 없었다.

"전하! 어서 나오시옵소서."

그래도 아무 소리도 나지 않았다. 군사와 신하는 할 수 없이 집 주위를 포위하고 일부는 산 위로 올라갔다.

"이대로 가만히 있을 수 없다. 온 산을 다 뒤져서라도 전하를 찾아야 되느니라."

신하와 군사는 다급했다. 빨리 원범을 궁으로 데려가야 했기 때문이었다. 원범은 군사가 산 위로 올라오는 것을 보고 온몸이 떨렸다. 아무리 피해도 잡힐 것 같았다. 문득 원범은 복녀 생각이 났다. 이대로 복녀를 보지 못하고 죽을 것이라고 생각하니 너무 억울했다. 죽더라도 복녀를 한 번만이라도 더 보고 싶었다. 군사에게 잡히더라도 마지막으로 복녀 집을 찾아가야겠다고 마음먹었다. 원범은 복녀 집을 향해서 뛰기 시작했다.

그때 한 군사가 산을 내려오는 원범을 보았다.

"저기다! 저기 전하가 있다!"

그는 목청껏 외쳤다. 순간 많은 군사가 그곳을 쳐다보았다. 그들은 원범이 있는 곳을 향해 뛰었다. 원범은 복녀 집에 가기도 전에 군사에게 잡히고 말았다. 군사는 원범을 보더니 그 자리에서 무릎을 꿇었다.

"전하! 도망가지 마시옵소서. 저희들은 전하를 해치려고 온 게 아니옵니다. 전하는 지금부터 이 나라 국왕이옵니다. 저희들은 전하를 궁으로 모시기 위해서 찾아온 것이옵니다."

원범은 그게 소리인지 도무지 알 수 없었다. 군사가 자신을 전하로 부르는 것부터 이해할 수 없었다.

"아니, 내가 전하라니. 이 나라에 국왕이 엄연히 있거늘 내가 어찌 국왕이라 할 수 있소?"

원범은 도저히 믿을 수 없다는 듯 소리쳤다.

"전하! 헌종 대왕께오서 승하했사옵니다. 대왕대비께오서 전하를 모시고 오라고 했사옵니다. 이제 이 나라 왕이 되신 것이옵니다. 어서 궁으로 납시옵소서, 전하!"

도저히 믿어지지 않는 일이었다. 꿈에도 생각해보지 않은 일이었다. 이대로 궁으로 가면 복녀는 어떻게 될 것인가. 원범은 그 자리에서도 복녀 생각뿐이었다. 자신이 궁으로 가면 복녀를 당연히 데리고 와야겠다고 생각했다.

"복녀를 만나야 한다. 복녀에게 먼저 이 사실을 말해야 해."

원범은 그대로 복녀 집으로 달려가려고 했다. 그러자 군사가 막았다.

"전하! 지금 이러실 때가 아니옵니다. 복녀는 나중에 데리고 오시옵고 먼저 궁으로 가셔야 하옵니다."

군사는 막무가내였다. 군사로서는 당연한 일이었다. 대왕대비 명령을 따라 원범을 바로 궁으로 데려와야 했다. 원범으로서는 속수무책이었다. 군사가 자신을 죽이지 않고 궁으로 데리고 간다고 하니 그나마 다행이라는 생각이 들었다. 군사는 원범을 가마에 태웠다.

"전하, 더는 지체할 수 없사옵니다. 하루속히 궁으로 납시어야 하옵니다."

원범은 수많은 신하와 군사에 둘러 쌓여 한양으로 향했다. 그 모습을 복녀가 먼발치에서 그 모습을 지켜보고 있었다.

"원범아!"

복녀가 북받치듯 원범을 불렀다. 복녀는 어쩌면 앞으로 다시는 원범을 볼 수 없을 거라는 생각이 문득 들었다.

신하와 군사들은 원범을 데리고 쉬지 않고 한양을 향해 내달렸다. 원범은 한양에 도착하자마자 궁으로 들어가서 순원왕후를 만났다. 나무꾼 옷은 어느새 임금이 입는 옷으로 바뀌어 있었다. 원범이 임금

옷을 입자 농사꾼의 모습은 온데간데없이 사라졌다. 늠름한 19세 청년 임금의 모습이었다. 훤칠한 키와 운동으로 단련된 몸매는 흠잡을 데 없었다. 순원왕후는 그때 처음으로 원범을 보았다. 원범을 본 순원왕후의 입가에 미소가 피어올랐다. 농사꾼이 아닌 국왕으로서의 체통이 보였기 때문이었다.

"먼 길 오시느라 수고 많으셨습니다."

순원왕후가 원범에게 반갑게 인사했다. 원범은 순원왕후의 자애로운 모습을 보자 안심했다. 궁에 오기 전까지만 해도 잔뜩 겁에 질린 얼굴이었다.

"대왕대비 마마! 이렇게 불러 주셔서 무한한 영광이옵나이다."

원범은 순원왕후에게 무릎을 꿇고 공손히 인사했다.

"이렇게 늠름한 모습을 보니 안심이오. 앞으로 전하께오서 이 나라를 잘 이끌어 줄 것이라고 믿소. 그동안 학문을 했소?"

원범은 순원왕후가 그 말을 꺼내자 앞이 깜깜했다. 강화도에 온 이후로는 책 한 자 들여다보지 않았다. 이렇게 왕이 될 것이라고는 꿈에도 생각하지 않았으니 학문을 안 한 게 너무 당연한 일이었다. 당장 먹고 살 걱정만 하며 살아온 터였다.

"대왕대비 마마! 시골에서 농사만 짓고 사느라 학문을 전혀 하지 않았사옵니다."

원범은 솔직하게 대답했다. 그 말을 듣고 순원왕후는 당연하다는 듯 고개를 끄덕였다.

"지금부터 학문을 익히면 되는 일이오. 너무 급하게 생각하지 말고 국왕 수업을 차근차근 받으면 금방 익히게 될 것이오. 그때까지는 내가 도와주리다."

원범은 순원왕후 말을 듣자 한숨이 나왔다. 자신도 모르게 한숨을 내뱉었다. 그 모습을 본 순원왕후가 깜짝 놀랐다.

"주상, 어찌 한숨을 내 쉬오?"

"대왕대비 마마! 소인이 이 나라를 이끌어가려고 생각하니 너무나 어깨가 무겁사옵니다. 소인 같은 사람이 국왕이 되다니 믿어지지 않사옵니다. 소인에게 이 자리가 맞는 것인지 의문이옵니다."

원범은 한숨을 섞어가며 대답했다. 그러자 순원왕후가 원범에게 다가와 어깨에 손을 얹었다.

"주상, 내가 도와준다고 하지 않았소. 주상이 올바르게 정사를 펼 때까지 이 할미가 도와줄 것이니 아무 걱정 마소."

순원왕후는 원범을 격려했다. 너무나 인자한 인상이었다. 원범은 그제야 겨우 마음이 놓였다.

사실 원범은 순원왕후에게 할 말이 더 있었다. 복녀를 궁으로 데리고 오는 문제였다. 하지만 막상 이 자리에 와 보니 좀처럼 입이 떨어지지 않았다. 왕실의 어른을 처음 보는 자리에서 그 얘기를 하는 것은 좋지 않을 것 같았다. 마음이야 당장이라도 복녀 문제를 해결하고 싶었지만 서두르다가 자칫 일을 그르칠 수 있을까 두려웠다. 좀더 시간을 두고 얘기하는 게 더 좋을지 모른다. 원범은 순원왕후에게 더욱 믿음을 주고난 뒤에 복녀 얘기를 꺼내는 게 더 좋겠다고 생각했다.

"주상, 피곤할 터이니 오늘은 이만 어전에 가서 쉬도록 하시오."

순원왕후는 원범이 피곤한 모습을 보이자 이내 가서 쉬라고 했다. 원범은 단번에 순원왕후가 자신을 많이 생각한다는 것을 눈치챘다. 복녀를 궁에 데리고 오는 문제도 잘 얘기하면 들어줄 거라고 믿었다.

"알겠사옵니다, 대왕대비 마마! 소인 이만 물러가겠나이다."

원범은 순원왕후에게 공손히 인사를 한 뒤에 임금 거처로 들어갔다. 수많은 나인들이 궁 앞에 도열해서 새 임금을 맞이했다.

3. 원범과 순원왕후

왕이 된 원범은 한시도 복녀를 잊지 못했다. 침소에 들어서도 복녀 모습이 떠올라 잠을 이루지 못했다. 왕은 무엇이든 할 수 있는 힘이 있지만 원범은 그렇지 못했다. 왕은 이름뿐이었다. 아직 원범은 그 어떤 일도 스스로 할 수 없었다. 원범은 대왕대비인 순원왕후 명을 따라야만 했다.

어느 날 원범은 순원왕후에게 복녀 얘기를 꺼내야겠다고 마음먹었다. 원범은 아침에 일어나자마자 순원왕후 거처로 나갔다. 문안 인사를 드릴 겸 복녀에 관한 얘기를 할 생각이었다.

"대왕대비 마마! 전하께오서 납시었사옵니다."

대왕대비 문 앞에서 내시가 원범이 왔음을 알렸다.

"어서 안으로 뫼시어라."

원범은 옷 매무새를 가다듬고 대왕대비 앞에 섰다. 순원왕후가 환한 미소로 원범을 맞았다.

"어서 앉으시오, 주상."

원범은 반듯한 자세로 순원왕후가 가리키는 곳에 가서 앉았다.

"주상! 간밤에 잘 주무셨소. 대궐 생활이 익숙하지 않아 아직은 불편한 게 많을 것이오."

순원왕후는 기분이 좋았다. 비록 국상 중이었으나 곧바로 마음에 쏙 드는 후계자를 찾아낸 것에 대한 자신감 때문이었다. 순원왕후는 원범이 자신이 바라는 대로 국정을 잘 이끌어나갈 것이라고 기대했다.

"네. 대왕대비 마마 편히 잘 잤사옵니다."

원범은 공손하게 대답했다.

"매일 이렇게 주상이 나에게 문안 오니 몸 둘 바를 모르겠소. 앞으로는 매일 오지 않아도 되오. 주상이 편할 때 한 번씩 오면 되오."

원범은 순원왕후의 그 말이 더 부담스러웠다. 아직 모르는 게 많은 원범이었다. 순원왕후가 수렴청정을 하고 있기에 그나마 다행이었다. 아직 친히 국정을 다스리기에는 무리라는 것을 원범은 잘 알고 있었다. 원범이 매일 순원왕후를 찾는 것은 인사를 드리기 위함도 있지만 국정에 관한 논의하기 위함이었다. 궁궐에서 닳고 닳은 순원왕후였다. 그녀는 궁궐 생리를 누구보다도 잘 아는 여인이었다.

"아니옵니다. 대왕대비 마마! 소인은 부족한 게 너무 많사옵니다. 대왕대비께 많은 것을 배워야 하오니 너무 부담 갖지 마시옵소서."

그 말을 하면서도 원범은 복녀 생각을 했다. 순원왕후에게 복녀에 관한 얘기를 꺼내기 위해 입을 실룩거렸다. 그때 순원왕후가 입을 먼저 열었다.

"주상, 올해 춘추가 어떻게 되오?"

순원왕후가 원범의 나이를 모를 리 없었다. 잘 알면서도 나이를 묻는 데는 분명 이유가 있었다. 원범은 그 말에 당황했다. 그도 순원왕후가 그 말을 꺼낸 이유를 눈치로 알았다.

"금년에 열아홉이옵니다."

"벌써 주상이 그렇게 됐소. 이제 한시가 급하오. 중전을 빨리 맞이해야 하오. 나라에 국왕이 있으면 국모가 반드시 있어야 하는 법이오. 주상은 곧 중전을 맞이할 준비를 해야 할 것이오."

드디어 터질 것이 터지고 말았다. 대왕대비 입에서 중전 얘기가 나왔다. 원범이 왕이 될 때부터 걱정했던 일이 곧바로 닥친 거였다. 원범은 한참 망설였다. 몸이 떨리고 굳어지는 것 같았다. 그렇다고 그대로 입을 다물고 있을 수 없었다. 대왕대비 말에 뭐라고 답해야만 했다.

"대왕대비 마마! 소인은 아직 중전을 맞이할 준비가 안 되었사옵니다. 좀더 시간을 두는 게 좋겠사옵니다."

원범은 조심스럽게 대왕대비에게 아뢰었다. 그러자 대왕대비 안색이 변했다.

"주상, 그게 무슨 말씀이오. 주상은 중전을 하루라도 빨리 맞이해야만 하오. 중전 선임에 관해서는 내가 알아서 할 터이니 주상은 지켜만 보면 돼요. 알겠소?"

거의 명령에 가까운 어투였다. 워낙 기품 있는 어조였기에 원범은 일언반구 대꾸할 엄두가 나지 않았다. 복녀 얘기를 꺼내려던 입도 그만 무거워지고 말았다. 원범은 한동안 아무 말도 못 하고 가만히 앉아 있었다. 그러자 대왕대비가 확인하듯 물었다.

"주상, 왜 말씀이 없으시오. 내 말이 말 같지 않단 말이오?"

원범은 화난 듯한 대왕대비의 말에 깜짝 놀랐다. 대왕대비 뜻을 따르지 않으면 큰일이라도 날 것만 같았다.

"아니옵니다. 대왕대비 마마! 참으로 지당한 말씀이옵니다. 다만 너무 서두르지 않았으면 좋겠사옵니다."

"이것은 국사가 달린 문제요. 서두르지 않을 일이 아니란 말이오."

대왕대비는 완강했다. 원범이 거기에 토를 달 수 없었다. 원범은 자신도 모르게 한숨이 나왔다. 그 모습을 대왕대비가 놓칠 리 없었다.

"주상! 무슨 걱정이라도 있소. 왜 한숨을 내쉬는 거요?"

원범은 정신이 번쩍 들었다. 대왕대비 앞에서 한숨을 내쉰 게 들켰으니 그럴 만도 했다. 원범은 몸 매무새를 가다듬고 심호흡을 깊게 한 뒤 대답했다.

"대왕대비 마마! 소인이 마마께 드릴 말씀이 있사옵니다."

순원왕후는 뜻밖의 말에 몸이 움찔했다. 원범이 어떤 말을 할지 궁금했다.

"어서 말해 보시오. 주상!"

"대왕대비 마마! 소인에게는 사귀던 여인이 있사옵니다. 궁에 오기 전에 혼례를 약조한 여인이옵니다."

원범은 마침내 대왕대비에게 복녀 얘기를 꺼냈다. 그 말을 하고 나자 속이 다 후련했다. 몇 날 며칠 동안 잠을 못 이루며 고민하던 얘기였다. 얘기를 쑥 하고 나니 앓던 이가 빠진 것처럼 시원했다. 그러나 원범의 말을 들은 대왕대비의 얼굴에는 짙은 그림자가 드리워졌다. 대왕대비 얼굴이 갑자기 굳어졌다.

"주상, 여기는 궁이오. 사사로운 민가에서의 일은 하루속히 잊어야 하오. 어찌 국왕이 서민과 혼례를 할 수 있단 말이오. 국왕으로서 체통을 지켜야 하오. 중전은 명문 규수로 정해야 하오. 주상은 지금 이 시간부터라도 강화에서 생활했던 모든 기억을 잊어야 하오. 주상은 더는 농사꾼이 아니란 사실을 명심하오."

원범이 기대하던 대답과는 거리가 멀었다. 순간 원범은 얼굴이 시뻘게졌다. 그러나 대왕대비 말은 아주 지엄했고, 범접할 수준이 아니었다. 원범은 더는 대왕대비에게 따질 수 없었다. 원범은 온몸을 부들부들 떨었다. 순원왕후는 그 모습을 보고 목소리를 부드럽게 가다듬었다.

"주상! 내가 말을 너무 심하게 했나 보오. 너무 상심하지 마오. 주상이 아직 궁궐 생활에 익숙하지 않아서 그렇소. 차차 좋아질 것이니 오늘은 이만 돌아가시오."

그러나 대왕대비의 결정은 변함이 없었다. 원범은 순원왕후 말이 끝나자마자 고개를 숙이고 그 자리에서 물러났다. 대왕대비 처소를 나오는 원범 눈가에는 눈물이 가득했다. 누군가 건드리면 금방이라도 폭발할 것 같았다.

원범은 힘없이 처소로 돌아왔다. 넓은 궁궐은 조용하기만 했다. 강화에서 마음껏 뛰며 놀 때와는 아주 딴판이었다. 비단옷을 걸치고 있었지만, 몸에 잘 맞지 않았다. 움직이기에 매우 불편했다. 거북스럽고 무거웠다. 원범은 품에서 복녀 얼굴이 그려진 그림을 꺼냈다. 원범은 하루도 복녀를 잊은 날이 없었다. 원범은 품에 복녀 얼굴 그림을 항상 품고 다녔다. 복녀가 보고 싶을 때면 그 그림을 꺼내서 보았다. 그러나 대왕대비의 뜻을 들은 지금은 그 그림을 봐도 마음이 편치 않았다.

대왕대비는 완강했다. 원범이 무슨 말을 해도 복녀를 받아들일 것 같지 않았다. 이대로 복녀와 혼례를 올리는 일은 순원왕후가 살아 있는 이상 불가능한 일이었다. 원범은 울고만 싶었다. 밤새도록 울어야만 기분이 풀어질 것 같았다.

이 순간 원범은 그 무엇보다도 복녀의 얼굴이 보고 싶었다. 그러나 복녀를 만나려면 궁을 나서야 한다. 궁에는 수많은 신하가 자신을 지키고 있다. 그들을 모두 따돌리고 궁을 나갈 수는 없었다. 한양에서 복녀가 있는 강화까지 가는 길은 멀고 험했다. 왕이 행차를 하려면 많은 군졸이 따라야만 했다. 단지 복녀를 만나기 위해서 그런 행차를 한다는 것은 불가능한 일이었다. 그럼에도 미치도록 보고 싶은 복녀였다.

"게 아무도 없느냐!"

원범이 소리쳤다. 곧바로 내시가 들어왔다.

"전하! 부르셨나이까?"

"이리 가까이 오너라."

원범은 내시를 가까이 불러 옆자리에 앉혔다.

"강화도에 가고 싶다. 군졸 행차는 필요 없느니라. 말 한 필만 내어 다오."

원범은 내시에게 애걸했다. 내시는 아주 난감한 표정을 지으며 대답했다.

"전하! 그것은 불가한 일이옵니다. 전하께오서 행차하는데 어찌 군졸이 따르지 않을 수 있단 말이옵니까? 만약 전하께오서 몰래 궁궐을 빠져나간 사실이 발각된다면 신은 목숨을 부지하기 힘들 것이옵니다. 통촉하여 주시옵소서."

내시는 몸을 조아리면서 흐느꼈다. 목숨이 달린 문제이니 그럴 수밖에 없었다. 원범은 크게 낙심했다. 왕이 된 것이 후회됐다. 왕이 되지 않았다면 복녀와 혼례를 치르고 행복하게 살 수 있었을 것이다. 그러나 뜻하지 않게 왕이 되어 궁궐에 갇혀 있다. 그렇게 생각하니 가슴이 답답해 속병이 생길 지경이었다. 원범은 너무나도 복녀를 보고 싶었다. 이대로 포기할 수 없었다. 복녀를 한 번이라도 더 본다면 원이 없을 것 같았다.

"나는 이 나라 국왕이다. 국왕이 못 하는 일이 뭐란 말인가? 복녀를 보고 싶으면 내 마음대로 볼 수 있어야 하는 것 아닌가. 어느 누가 그것을 막는단 말인가?"

원범은 소리쳤다. 그 소리가 문 밖에서 다 들릴 정도였다. 내시가 흐느꼈다. 원범이 안타까워하는 모습을 보고 참을 수 없었기 때문이었다.

"전하! 통촉하여 주소서. 전하!"

원범과 내시가 우는 소리가 온 궁궐에 울려 퍼졌다. 그 소리를 호위무사가 들었다. 비룡이라는 이름을 가진 무사였다. 비룡은 원범이 우는 게 예사로운 일이 아니라고 생각했다. 비룡은 즉각 왕의 거처로 뛰어갔다. 그는 문 앞에서 소리쳤다.

"전하! 신 호위무사 비룡이옵니다. 전하께 드릴 말씀이 있사옵니다. 들어가도 되겠사옵니까?"

울고 있던 원범은 비룡이 외치는 소리를 들었다. 듣던 중 반가운 소리였다. 원범은 즉각 소리쳤다.

"어서 들어오너라!"

비룡은 아주 늠름한 모습으로 원범 앞에 서서 고개를 숙였다. 원범은 날렵한 비룡을 보니 눈이 확 떠졌다. 그만큼 비룡은 범상치 않은 모습이었다. 원범은 비룡을 보자마자 울음을 그쳤다.

"전하! 무엇 때문에 그리 슬피 우시옵니까? 신이 전하를 돕고 싶사옵니다."

"자네가 내 호위무사 비룡이라는 자인가. 내 고민을 덜어주겠다니 기특하도다. 자네라면 내 고민을 얼마든지 얘기할 수 있을 것 같노라."

"네. 전하! 얼마든지 말씀하시옵소서."

원범은 비룡을 보고 망설임 없이 말을 꺼냈다.

"내가 강화에 있을 때 사귀던 여인이 있었는데 너무 보고 싶구나. 어찌하면 좋겠는가. 그 여인을 보지 않으면 미칠 것만 같아. 자네가 날 도와줄 수 있겠는가?"

원범은 간곡한 표정으로 비룡을 쳐다보았다. 비룡은 자신 있게 대답했다.

"전하! 어찌 신하 된 도리로서 가만히 있겠나이까. 전하께오서 그토록 보고 싶어 하는 여인이라면 신의 목숨을 걸겠나이다. 신이 전하를 모시겠나이다."

원범은 천군만마를 얻은 것 같은 기분이었다. 비룡이 하는 말 한마디에 감동이 밀려들었다. 비룡이라면 이 모든 어려움을 다 헤쳐 나갈 것만 같았다.

"비룡! 그렇다면 언제 어떻게 복녀를 만나는 게 좋을지 말해보라."

"네. 전하! 신에게 좋은 생각이 있사옵니다. 신이 전하를 모시고 복녀에게 가겠사옵니다. 신에게는 천리마가 있사옵니다. 이 말을 타면 강화까지 한달음에 다녀올 수 있사옵니다. 신이 번개 같은 속도로 전하를 모시고 강화까지 가겠사옵니다. 전하는 신을 믿고 따라나서기만 하면 되옵니다."

그 소리를 들은 원범은 입이 함지박만하게 벌어졌다. 세상 모든 것을 다 얻은 것만 같았다.

"정말이냐? 너야말로 충신이다. 이 일이 성사되면 너를 크게 표창할 것이야."

원범은 호탕하게 웃으며 비룡에게 다가와 두 손을 잡았다. 원범은 복녀를 만날 수 있다는 생각에 그동안 쌓였던 모든 고민이 사라진 것 같았다.

4. 복녀를 만나다

그날 밤 원범과 비룡은 궁을 떠날 준비를 했다. 비룡이 미리 궁궐 수문장에게 왕이 나갈 것임을 넌지시 알렸다. 왕과 비룡이 타고 갈 말이 준비됐다. 이 모든 일이 비밀리에 이뤄졌다. 혹시나 순원왕후에게 알려지는 날이면 비룡은 살아남을 수 없었다. 비룡은 목숨을 걸고 원범을 위해 이 일을 꾸몄다. 원범은 그런 비룡을 생각하며 눈시울을 붉혔다.

"전하! 신은 준비가 되었사옵니다."

비룡은 비장한 결심으로 원범에게 떠날 채비가 끝났음을 알렸다.

"나도 다 준비됐네. 어서 떠나세."

원범은 마음이 급했다. 한 시라도 빨리 가서 복녀를 볼 생각뿐이었다.

드디어 궁궐 문을 나섰다. 원범은 길게 심호흡을 했다. 그동안 궁궐에서 쌓인 근심이 모두 사라지는 것만 같았다. 바깥 공기가 새롭게 느껴졌다. 원범은 힘껏 공기를 마셨다. 살벌한 궁궐에서 맡는 공기와는 다른 맛이었다. 속이 뻥 뚫린 느낌이었다.

원범은 힘차게 말을 채찍질 했다. 말은 쏜살같이 달렸다. 어느새 강화도로 들어가는 입구에 다다랐다. 강을 건너야 했다. 비룡은 뱃사공을 불렀다. 사공에게 엽전을 한 아름 안겼다. 사공은 원범과 비룡을 배에 태웠다. 저 멀리 원범이 살던 집이 보였다. 지금은 아무도 살고 있지 않는 집이었다. 그 건너편에 있는 복녀 집도 보였다. 원범은 몹시 흥분했다. 복녀를 볼 수 있다는 생각에 심장이 벌렁거렸다.

"비룡, 자네는 여기에 있게. 나 혼자 가서 복녀를 만나고 오겠네. 아무래도 자네가 옆에 있으면 복녀가 부담스러워 할 수 있으니 말일세."

"네. 전하! 그렇게 하시옵소서. 신은 여기 있겠나이다."

비룡과 헤어진 원범은 복녀 집을 향해서 뛰었다. 복녀가 뛰쳐나와 자신을 반갑게 맞아 줄 것을 생각하니 몹시 마음이 들떴다. 드디어 원범은 복녀 집 앞에 왔다. 원범은 힘차게 복녀 이름을 불렀다.

"복녀야! 복녀야!"

그때 문이 열렸다. 복녀였다. 복녀가 문을 열고 나왔다. 원범 얼굴에 미소가 피어올랐다. 복녀는 놀란 눈으로 원범을 쳐다보았다.

"원범아! 아니 전하!"

복녀는 황급히 문에서 내려와 원범에게 무릎을 꿇었다.

"복녀야, 어서 일어나. 네가 보고 싶어서 이렇게 왔어."

원범은 전처럼 복녀를 대했다. 그러나 복녀는 왕이 된 원범을 함부로 대할 수 없었다. 이름을 부를 수조차 없었다. 원범은 국왕이었다. 나랏님이 된 원범을 감히 쳐다볼 수조차 없었다. 농사꾼이었을 때와는 아주 다른 상대였다. 원범은 복녀가 자신을 어렵게 대하는 게 어색했다. 그냥 예전처럼 대했으면 하는 마음이었다.

"복녀야, 왜 그러느냐. 우린 혼례를 약조한 사이 아니더냐. 내 너를 잊지 못해 왔으니 회포를 풀자꾸나."

원범은 복녀에게 다가갔다. 복녀가 슬그머니 원범을 피했다. 원범이 복녀 손을 잡았다. 부드러운 감촉이 느껴졌다. 원범은 복녀를 자세히 쳐다보았다. 복녀는 하얀 소복을 입고 있었다. 갑자기 불길한 느낌이 들었다.

"복녀야, 그동안 무슨 일이 있었느냐? 어른은 어디 계시냐?"

원범은 그제야 어른이 생각났다. 복녀와 혼례 올리는 것을 기꺼이 받아 준 어른이었다. 택일만 기다렸다가 궁으로 온 뒤 소식을 듣지 못했다. 원범이 묻는 소리에 복녀는 아무 말도 못 하고 흐느끼기만 했다.

"복녀야, 어른에게 무슨 일이 생긴 거냐?"

그 말에 복녀가 울음을 그치더니 나지막한 목소리로 대답했다.

"며칠 전에 돌아가셨어요."

그 소리에 원범은 정신이 번쩍 들었다.

"아니! 뭐라고?"

원범은 믿을 수 없다는 듯 허탈하게 소리쳤다.

"왜? 어른이 돌아가셔, 병이 있던 것도 아닌데 왜?"

원범은 복녀를 붙잡고 흐느끼며 외쳤다. 복녀도 같이 흐느꼈다.

"전하께오서 궁으로 가신 뒤 시름시름 앓다가 돌아가셨사옵니다. 제가 이렇게 된 데 크게 실망하셨사옵니다."

원범은 복녀에게 그 소리를 듣고 미친 듯이 포효했다. 섬 전체가 떠나갈 듯한 소리였다. 원범은 복녀를 그냥 둬서는 안 되겠다는 생각이 들었다. 원범은 복녀 손을 꼭 잡았다.

"복녀야, 나하고 같이 궁에 가자. 너를 그냥 여기에 둘 수 없어."

"전하! 이러시면 아니되옵니다. 저처럼 미천한 계집이 어찌 궁에 들어갈 수 있사옵니까. 저는 이곳에서 평생 전하를 그리며 살 것이옵니다."

복녀는 온몸을 들썩이며 흐느꼈다. 그 소리를 듣자 원범은 가슴이 찢어지는 것 같았다.

"복녀야, 내 어찌 너를 버릴 수 있단 말이냐. 내가 궁에 못 가는 한

이 있더라도 너를 데리고 갈 것이니라. 나와 같이 가자."

원범은 그냥 있을 수 없었다. 복녀가 중전이 되지 않는다고 해도 후궁으로라도 데리고 같이 살 생각이었다.

"전하! 이러시면 저는 살 수 없사옵니다. 저로 인해 전하께오서 화를 입을까 두렵사옵니다. 부디 통촉하여 주시옵소서."

복녀는 그 자리에서 쓰러졌다. 원범은 복녀를 일으켜 세웠다. 복녀가 휘청거리며 일어섰는데 몸이 전보다 무거웠다. 배가 많이 불러 있었다.

"복녀야! 네 몸이 어째 이상하다. 바른대로 말해 보거라."

그 소리에 복녀는 얼굴이 정색이 되었다.

"전하께서 궁으로 가신 뒤 입덧을 하기 시작했사옵니다. 배가 날이 갈수록 불러오니 아무래도 수태를 한 것 같사옵니다."

원범은 그 소리를 듣자 전율하듯 온몸을 흔들었다. 복녀가 자신의 아이를 가졌다는 사실이 믿기지 않았다. 원범은 복녀를 버리면 아이마저도 잃는 거라는 생각이 들었다. 복녀를 궁에 데려가야겠다는 마음이 더욱 들었다.

그때 호위무사 비룡이 원범에게 왔다. 시간이 많이 지났는데도 원범이 오지 않자 다급한 마음에 찾아온 것이다. 원범은 비룡을 보자 호통쳤다.

"내가 기다리라고 했거늘 어찌 이리 찾아왔느냐?"

"전하! 황공하옵니다. 지금 시간이 너무 많이 지체되었사옵니다. 더는 여기에 머무를 시간이 없사옵니다. 어서 궁으로 돌아가셔야 하옵니다."

비룡은 원범에게 애원했다. 일이 잘못되면 자신이 책임져야 했기 때문이었다. 그러나 복녀가 임신한 사실을 안 원범은 복녀를 그대로 둘 수 없었다. 꼭 궁으로 데려가야겠다고 마음먹었다.

"비룡! 복녀와 같이 갈 것이다. 앞장 서라."

그 말에 비룡은 어이가 없었다. 그것은 안 될 일이었다. 대왕대비 명령이 떨어지지 않는 이상 민가에 있는 여성을 궁으로 들여올 수는 없었다. 만약 몰래 들여올 시에는 그 어떤 벌이 내려질지 알 수 없는 일이었다.

"전하! 그것은 아니 되는 일이옵니다. 제가 전하를 모시고 이곳에 온 것은 복녀를 그리는 전하의 안타까운 마음을 달래주기 위함이었사옵니다. 하오나 복녀를 궁에 데려갈 수는 없사옵니다. 만약 그리하게 되면 신은 살아남지 못할 것이옵니다."

원범은 비룡이 하는 말이 충분히 이해가 갔다. 하지만 자신의 아이까지 가진 복녀를 이대로 모른 채 할 수는 없었다. 원범은 고집을 꺾지 않고 더 강경하게 말했다.

"내가 자네 신변은 반드시 지켜줄 것이니 너무 걱정 마라. 어서 복녀를 데리고 궁으로 들어가자."

이쯤 되니 비룡은 왕의 뜻을 도저히 막을 수가 없었다. 어쩔 수 없이 비룡은 왕과 복녀를 데리고 궁으로 향했다.

5. 발칵 뒤집힌 궁

궁으로 향하는 비룡은 몹시 착잡했다. 앞으로 자신이 어떻게 될지 알 수 없었다. 복녀를 데리고 궁으로 간 사실이 대왕대비 귀에 들어가면 당장 난리가 날 일이었다. 그 뒷감당을 어떻게 할지 걱정이 태산이었다. 비룡은 어깨가 축 처져서 앞으로 나갔다. 그 모습을 지켜본 원범과 복녀도 마음이 편치 않았다. 복녀는 자신 때문에 원범과 비룡이 잘못되지는 않을까 걱정했다.

"전하! 제가 가도 되겠사옵니까? 저는 그냥 강화로 돌아가고 싶사옵니다."

복녀가 원범에게 애원하듯 매달렸다. 원범은 복녀를 다독이며 껴안았다.

"걱정 마라. 내가 너희를 지켜줄 것이니라. 너희는 아무 걱정 말고 나만 따라오면 되느니라."

원범은 말은 그렇게 했지만 대왕대비가 두려웠다. 아무리 자신이 왕이라고 해도 대왕대비 뜻에 거슬린 행동을 할 수는 없었다.

어느 새 궁에 도착했다. 밤새 말을 타고 달려왔다. 비룡이 앞장섰다. 문지기가 대궐 문을 열었다. 원범은 아무 일 없다는 듯이 복녀를 데리고 대궐 문으로 들어섰다. 그러자 문지기가 복녀를 막았다.

"전하! 모르는 처자를 대궐에 들일 수는 없사옵니다."

그러자 원범이 소리쳤다.

"네 이놈! 내가 누구냐. 네 놈이 살고 싶지 않은 게로구나. 어서 길을 비키지 못할까."

원범이 소리치자 문지기가 움찔했다. 어명이었다. 어명을 거역하는 일은 죽음이었다. 문지기는 더는 아무 소리도 할 수 없었다.

"네, 전하!"

원범은 복녀를 데리고 침소에 들었다. 복녀는 몸이 얼었다. 아무리 원범이 옆에 있어도 두려웠다. 원범은 복녀를 안심시켰다.

"떨지 마라. 내가 옆에 있지 않느냐. 내가 너를 지켜줄 것이니라."

원범은 몇 번이고 다짐하듯 그 말을 되풀이했다. 그제야 복녀가 조금은 안심한 표정을 지었다.

"복녀야! 이리 가까이 오너라."

원범은 오래간만에 복녀를 보니 타오르는 욕정을 참을 수 없었다. 복사꽃 같은 복녀 얼굴이 더욱 빛났다. 원범이 먼저 옷을 다 벗었다. 원범은 복녀에게 다가가 옷 고름을 하나둘씩 풀어헤쳤다. 하얀 속살이 그대로 드러났다. 원범은 머리에서부터 발끝까지 복녀를 애무하기 시작했다. 그 순간만큼 원범은 모든 걱정을 덜었다. 이대로 시간이 멈췄으면 하는 생각뿐이었다.

날이 밝았다. 원범은 늦잠을 잤다. 하룻밤 사이에 많은 게 달라져 있었다. 복녀를 궁으로 데리고 온 사실을 숨길 수 없었다. 언젠가는 대왕대비가 알게 될 일이었다. 발각되기 전에 먼저 알리는 게 낫다는 생각이었다. 원범은 큰 결심을 하고 대왕대비 전에 가기로 마음먹었다. 대왕대비 전 앞에서 원범은 숨을 한 번 크게 들이마셨다. 내시가 나와서 원범을 맞았다.

"대왕대비 마마! 전하께서 납시었사옵니다."

"어서 뫼시어라."

대왕대비의 쩌렁쩌렁한 목소리가 들렸다. 그날따라 그 목소리가 더 크게 들렸다.

"주상! 오늘은 좀 늦었소. 간밤에 아무 일 없었소?"

그 소리를 듣고 원범은 가슴이 뜨끔했다. 원범은 가까스로 마음을 다져 잡고 대답했다.

"네, 마마. 잘 지냈사옵니다. 대왕대비 마마! 소인이 긴히 드릴 말씀이 있사옵니다."

원범은 몹시 떨리는 목소리로 고했다.

"주상이 긴히 내게 할 말이 있소. 어서 말해 보시오."

순원왕후는 애써 태연한 표정을 지었다. 그 말을 듣고 원범은 조심스럽게 입을 열었다.

"대왕대비 마마! 소인에게는 사랑하는 여인이 있사옵니다. 소인이 어젯밤에 그 여인을 잊지 못하여 궁으로 데리고 왔나이다. 부디 거두어 주시옵소서."

그 말을 하는 내내 원범은 온몸을 부들부들 떨었다. 순간 순원왕후 미간에 깊은 주름이 일었다.

"주상! 그게 무슨 소리요? 이 무슨 해괴망측한 말이란 말이오? 주상은 임금이오. 그 본분을 잃었단 말이오. 어찌 민가 규수를 내 허락도 없이 궁으로 데리고 올 수 있단 말이오."

순원왕후는 노발대발했다. 그 소리가 궁이 떠나갈 듯이 울려 퍼졌다. 원범은 고개를 들 수 없었다. 온몸이 떨려서 제대로 서 있을 수조차 없었다.

"대비 마마! 통촉하여 주시옵소서. 소인은 옛 여인을 잊지 못하겠나이다. 마마께서 그 여인을 내쫓는다면 소인도 같이 물러나겠나이다."

원범은 강하게 순원왕후에게 대들었다. 순원왕후는 원범이 강하게 나오자 두 손으로 바닥을 쳤다.

"주상! 그게 주상 입에서 할 소리요. 내 주상을 믿었거늘 어찌 나를 배신하려 하오. 종묘에 어긋난 짓을 하지 마시오. 주상으로서 체통을 지켜야 할 것이오. 꼴도 보기 싫소. 어서 물러나시오."

대왕대비는 단단히 화가 났다. 원범은 의기소침하여 처소로 돌아왔다. 처소에 있던 복녀는 힘없이 돌아온 원범을 보고 울음을 터트렸다. 둘은 서로 마주 보고 울기만 했다. 힘없는 왕은 어찌할 바를 몰랐다.

이 일은 금방 조정에 퍼졌다. 조정은 난리가 났다. 순원왕후는 신하들을 불러 모아서 어전에서 회의를 열었다. 대왕대비가 근엄한 표정으로 입을 열었다.

"내가 오늘 이렇게 회의를 소집한 이유는 주상 때문이오. 주상이 야밤을 틈타 민가에 있는 여성을 몰래 궁에 데리고 왔소. 이 일이 세상에 퍼졌다간 왕실의 체통이 땅에 떨어지고 말 것이오. 이 일을 어찌하면 좋겠소. 경들의 의견을 듣고자 하오."

대왕대비의 목소리는 쩌렁쩌렁하게 울려 퍼졌다. 그때 김문근이 나섰다. 그는 안동 김 씨 실력자였다.

"대왕대비 마마! 신 김문근 아뢰옵니다. 전하께서 이번에 보인 행동은 아주 잘못된 것이옵니다. 도저히 있어서는 안 될 일이니 대비 마마께오서 반드시 바로잡아야 하옵니다. 하루속히 그 여인을 궁에서 내쫓아야 마땅한 것으로 아뢰오."

김문근이 말을 마치자 모든 신하들이 머리를 조아리며 외쳤다.

"지당하신 말씀이옵니다. 그 여인을 궁에서 내쫓으시옵소서."

만장일치였다. 어느 누구도 복녀를 궁에 놔둬야 한다고 말하지 않았다. 아무도 원범을 두둔하지 않았다. 원범은 그만큼 궁에서 아무런 힘이 없었다.

어전 회의를 마친 순원왕후는 원범이 있는 처소를 찾았다. 어전 회의 결과를 원범에게 알리기 위해서였다.

"대왕대비 납시오."

내시가 원범에게 순원왕후가 왔음을 알렸다. 원범은 의관을 갖춰 입고 문 앞으로 나왔다. 복녀도 옷을 바로 입고 문 앞에 서 있었다.

"주상, 안에 들어가도 되오?"

"네. 마마! 어서 드시옵소서."

원범은 깍듯이 예를 갖췄다. 순원왕후는 상석에 가서 앉았다. 원범과 복녀는 그 앞에서 무릎을 꿇었다. 순원왕후는 복녀를 아래위로 쳐다봤다. 볼록 나온 배를 보더니 눈동자가 커졌다.

"자네가 복녀인가?"

순원왕후가 복녀에게 물었다.

"네. 마마!"

복녀는 다소곳이 대답했다.

"보아하니 홀몸이 아닌 것 같네. 그 아이 아비가 주상인가?"

복녀는 머뭇거리며 아무 말도 못 했다. 그러자 순원왕후가 목소리를 높였다.

"그 아이 아비가 주상이라고 물었다. 왜 대답을 못 하는가?"

서릿발 같은 목소리에 복녀는 어찌할 줄을 몰랐다. 기어들어가는 목소리로 간신히 대답했다.

"송구하옵니다만 그렇사옵니다."

"아니, 이 발칙한 년! 네년이 어찌 감히 그 아이 아비를 주상이라고 말할 수 있단 말인가. 천한 년 같으니라고. 어찌 네가 궁으로 들어올 수 있단 말인가. 그러고도 네년이 살아남을 수 있다고 생각하느냐?"

송곳 같은 순원왕후의 말이었다. 그 말은 복녀 가슴을 사정없이 찔렀다. 복녀는 한순간 그 자리에서 자결하고 싶은 마음뿐이었다. 이 치욕을 안고 살아갈 엄두가 나지 않았다. 원범도 어찌할 바를 몰랐다. 순원왕후가 그토록 심한 말을 할 줄 미처 몰랐다. 그토록 자애스럽던 얼굴은 온데간데없었다. 원범은 복녀를 지켜야 한다는 마음에 어렵게 입을 열었다.

"대비 마마! 통촉하여 주시옵소서. 모든 잘못은 소인에게 있사옵니다. 복녀는 아무 죄가 없사옵니다. 부디 저를 벌하여 주소서."

원범은 구슬 같은 눈물을 뚝뚝 흘리며 순원왕후에게 애원했다. 아무리 그래도 순원왕후의 노여움은 가시지 않았다. 그 자리에서 모든 것을 결판내려고 했다.

"내 주상을 봐서 네년의 목숨만은 살려 주겠다. 지금 이 시간부터 당장 이곳을 떠나거라. 두 번 다시 이곳에 얼씬해서는 안 된다. 만약 이곳에 다시 나타난다면 네년은 살아남지 못할 것이야."

순원왕후 목소리는 마치 저승사자였다. 복녀는 숨이 막혀서 참을 수 없었다. 그 뒤 순원왕후는 곧바로 사람을 시켜 복녀를 궁궐 밖으로 끌어내게 했다.

"주상, 이번 일은 이것으로 없던 것으로 할 것이오. 앞으로 다시는 복녀를 찾으면 안 될 것이오. 만약 그럴 경우가 생기면 복녀는 살아남지 못할 것이오."

순원왕후는 그 말을 마치고 그 자리를 떠났다. 복녀도 대왕대비도 다 가고 이제 넓은 처소에는 원범 홀로 남았다. 원범은 설움이 복받쳐서 참을 수 없었다. 강화도에서 복녀를 만나 사귀던 그 시절은 이제 영영 다시 올 수 없는 추억이 되고 말았다.

복녀는 궁궐 밖으로 내동댕이쳐져 길도 모르는 한양 바닥에 버려졌다. 강화도에 있는 집을 찾아가려면 몇 날 며칠을 걸어야 했다. 복녀는 속이 타 들어갔지만, 우선은 뱃속에 있는 아이가 걱정됐다. 복녀는 하염없이 길을 걸었다. 그러다 문득 돌부리에 차여서 크게 넘어지고 말았다. 배가 몹시 아파 오더니 치마 밑에서 피가 흘러내렸다. 사람들의 도움으로 의원을 찾았지만 아이는 이미 유산되고 난 뒤였다.

복녀는 순식간에 지아비도 아이도 잃었다. 복녀의 눈동자가 풀렸다. 이대로 사느니 차라리 죽는 게 낫다는 생각이 들었다. 눈앞에 커다란 강이 보였다. 복녀는 강에 몸을 던졌다. 복녀는 강물을 타고 다시 돌아올 수 없는 길로 떠났다. 강물 위에서 까마귀 소리만 요란하게 울어댔다.

6. 복녀의 죽음

복녀가 궁을 나간 뒤 원범은 불안해서 가만히 있을 수 없었다. 홀몸도 아닌 복녀가 강화도까지 잘 갈 수 있을지 걱정됐다. 원범은 호위무사 비룡을 불렀다. 원범이 철저하게 비룡을 감싼 덕에 비룡은 아직까지 아무런 처벌을 받지 않았다. 비룡은 임금에게 큰 은혜를 입었다고 생각했다. 그런 차에 임금의 부르심을 받았으니 부리나케 달려갔다.

"전하! 부르셨나이까?"

비룡은 원범을 보고 고개를 숙였다.

"복녀가 걱정되어 살 수가 없구나. 연약한 몸으로 어찌 강화도까지 갈 수 있겠느냐. 중간에 혹 사고라도 나면 어쩌겠느냐. 네가 강화도에 가 보거라. 가서 복녀가 잘 도착했는지 알아보고 오너라."

원범은 비룡을 가까이 불러 노잣돈을 듬뿍 주었다.

"강화까지 가는 동안 쓸 돈이니라. 배불리 먹고 잘 다녀오너라."

비룡은 원범의 마음 씀씀이에 크게 감동했다. 비룡은 원범 앞에서 큰절을 올렸다.

"전하! 신 전하를 위해 목숨을 바치겠나이다. 반드시 복녀를 찾아 전하 소식을 전해드리겠나이다."

비룡을 보고 나니 원범은 조금 안심이 되었다. 비룡은 천리마에 올라 강화도로 향해 출발했다. 가는 길에 큰 강이 보였다. 강 위에서 까마귀 소리가 요란하게 울렸다. 왠지 불길한 예감이 들었다. 그때 나룻배가 지나갔다. 비룡은 나룻배에 올랐다.

"강화도까지 갈 수 있소?"

비룡이 뱃사공에게 물었다. 뱃사공은 비룡을 아래위로 유심히 쳐다봤다.

"보아하니 무사 같은데 강화도에는 무슨 일로 가시려는지요?"

"그런 것은 알 것 없소. 어서 강화도에 나를 내려 주소."

비룡은 힘 있는 목소리로 뱃사공을 재촉했다.

"이 배는 이 강을 건너서 바다까지 갈 수 있사옵니다. 데려다주는 것은 어렵지 않사오나 무슨 일로 가는지 알려주시면 안 되겠습니까? 혹 제가 도움이 될 수도 있지 않겠습니까?"

비룡은 뱃사공이 하는 말이 예사롭지 않아 물었다.

"혹시 며칠 전에 이 강을 건너려는 처자를 보지 않았소? 강화도에 사는 복녀라는 여인이오. 난 그 여인을 찾으러 가고 있는 중이오."

그 말을 듣자 뱃사공이 한숨을 푹 내쉬었다. 비룡은 그 모습을 보고 갑자기 온몸이 떨렸다. 뱃사공이 복녀를 봤을 거라는 예감이 들었다.

"왜 한숨을 쉬오? 혹 그 여인을 아시오?"

뱃사공은 다시 크게 한숨을 쉬더니 대답했다.

"나으리, 그 여인 말입니까? 며칠 전에 이 강에 몸을 던져 죽었습니다. 제가 강 위에 떠 있는 시신을 보고 거두어 저곳에 묻었사옵니다. 아마도 그 여인이 복녀일 것 같사옵니다."

"아니 뭐라고?"

그 말이 끝나기가 무섭게 비룡은 소리쳤다.

"어서 그곳으로 가오. 어서!"

뱃사공은 비룡을 태우고 노를 저어 여인을 묻어둔 곳으로 향했다. 배가 그곳에 닿았다. 비룡은 잽싸게 배에서 내렸다. 그러더니 무덤을 파헤쳤다. 아니나 다를까 그곳에는 하얀 저고리와 치마를 입은 복녀가 누워 있었다. 묻힌지 얼마 되지 않아 살아 있을 적 모습 그대로였다. 비룡은 쏟아지는 눈물을 참을 수 없었다. 복녀를 혼자 보낸 것이 몹시 후회됐다. 자신이 복녀를 끝까지 집에 데려다주지 못한 것이 원통했다.

"복녀야! 복녀야!"

비룡은 복녀를 안고 한없이 흐느꼈다. 이제 다시는 돌아올 수 없는 복녀였다. 원범이 이 소식을 안다면 얼마나 괴로워할지 생각만 해도 끔찍했다. 비룡은 원범이 얼마나 복녀를 사랑했는지 잘 알고 있었다. 마음 약한 왕은 이 소식을 안다면 그만 나쁜 생각을 할지도 몰랐다. 거기까지 생각이 미치자 비룡은 복녀의 죽음을 원범에게 알리지 않기로 마음먹었다. 복녀를 그리며 하루하루 사는 원범이 이 진실을 알면 가만히 있지 않을 것이었다. 아무런 힘도 없이 궁궐에서 답답하게 사는 임금에게 살아갈 희망 하나는 남겨두어야 했다.

비룡은 복녀를 다시 그곳에 묻었다. 전보다 더 튼튼하게 깊이 웅덩이를 파서 아무도 모르게 감쪽같이 묻었다. 그런 다음 비룡은 뱃사공을 노려봤다. 이 자는 복녀의 죽음을 아는 자이니 입을 다물게 해야 한다. 비룡은 뱃사공에게 손짓을 하여 다가오라고 한 뒤 재빨리 칼을 꺼내 그의 목을 쳤다. 붉은 피가 강물에 떨어졌다. 뱃사공의 목은 단칼에 베어져 내동댕이쳐졌다.

그 뒤 비룡은 말을 돌려서 궁궐로 향했다. 잠시도 쉬지 않고 달리자 하루 만에 궁궐에 도착했다. 비룡은 큰 소리로 고했다.

"전하! 신 도착했나이다."

그 소리에 원범은 손수 문을 열고 비룡을 맞았다.

"어서 오너라."

원범은 비룡을 침소까지 친히 안내했다. 비룡은 원범 앞에 무릎을 꿇었다.

"전하! 신 비룡 강화도에 잘 다녀왔사옵니다."

"그래. 수고 많았네. 복녀는 만나 보았느냐?"

원범은 대뜸 복녀 안부부터 물었다. 비룡은 시침을 뚝 떼며 대답했다.

"네. 전하, 강화도에 무사히 잘 도착하여 있었사옵니다. 전하께 아무 걱정 말고 있으라고 신에게 부탁했사옵니다. 이제 자신을 잊고 국사에 매진해 주기만을 당부했사옵니다."

비룡의 말을 들은 원범은 저절로 눈물을 흘렸다. 복녀를 그냥 보낸 것에 대한 안타까운 눈물이었다.

"내 후일에 꼭 복녀를 궁으로 데리고 올 것이야. 절대 복녀를 잊을 수 없어."

원범은 탄식을 하며 복녀를 불렀다. 그 모습을 지켜본 비룡은 쏟아지는 눈물을 억지로 참았다. 비룡은 원범에게 거짓 보고를 한 것이 가슴 한 구석에 멍울로 남았다. 만약 이 사실이 원범에게 들통난다면 목숨을 잃을 지도 모른다. 그렇다 해도 원범에게 차마 가슴 아픈 사실을 그대로 말할 수는 없었다. 비룡은 그것이 원범을 위하는 일이라고 생각했다. 혹 자신이 그로 인해 피해를 입는다고 해도 개의치 않았다.

　원범은 비룡의 말을 듣고 일단 안심했다. 그렇지만 마음 한 구석이 허전한 것은 달랠 수 없었다. 자꾸 복녀 생각이 났다. 대왕대비는 중전을 곧바로 간택할 태세였다. 원범은 어쩔 수 없었다. 대왕대비 뜻에 따라야만 했다. 나라에 중전 자리를 잠시라도 비워둘 수는 없는 노릇이었다. 원범은 곧 가례를 올려야만 했다.

7. 중전을 맞이하다

 궁에서 복녀를 내쫓은 순원왕후는 마음이 편치 않았다. 비록 민가의 여인이라고 할지라도 너무 매몰차게 쫓아낸 것 같아 마음 한구석이 허전했다. 더구나 주상이 그토록 사모하는 여인이 아니었던가. 순원왕후는 허전한 마음도 달래고 원범을 위로할 겸 임금의 거처로 행차했다.
 "대왕대비 마마 납시오."
 내시가 왕에게 순원왕후가 왔음을 알렸다. 원범은 순원왕후가 예고도 없이 거처를 찾은 것에 놀라며 옷을 바로 입고 문 앞으로 나왔다.
 "마마! 어인 행차 시옵니까?"

"주상! 할미가 주상을 보고 싶어 왔는데 그게 뭐 잘못이오."

서릿발 같은 목소리였다. 원범은 그 목소리만 들어도 몸이 얼어붙을 것만 같았다.

"아니옵니다. 마마! 어찌 소인이 그것을 마다하겠사옵니까."

원범은 공손히 대답했다.

"주상, 안색이 많이 안 좋아 보이오. 복녀 때문이오?"

순원왕후가 복녀에 관해 얘기했다. 원범은 순원왕후 입에서 복녀 얘기가 나올 줄은 전혀 생각 못했다. 원범은 그 말을 듣고 순원왕후가 복녀에 관한 얘기를 하려고 자신을 찾아왔다고 생각했다.

"대왕대비 마마, 복녀 때문이라니요? 전혀 아니옵니다."

"주상 얼굴에 그대로 다 써 있는데 시침을 떼기요. 내가 너무 흥분해서 주상에게 못할 소리를 한 것 같소. 복녀를 그냥 내쫓고 보니 너무 했다는 생각이 드오. 미안하오. 주상이 그토록 복녀를 사랑했는지 미처 몰랐소. 복녀가 강화도 집까지 무사히 갈 수 있도록 했어야 했는데 그게 안타깝소."

원범은 순원왕후가 복녀를 그토록 걱정해주는 모습을 보고 놀랐다. 복녀를 궁에서 내쫓을 때만 해도 그런 마음이라고는 눈곱만큼도 없다고 생각했다.

"아니옵니다. 마마! 그렇게 말씀해주시니 몸 둘 바를 모르겠나이다."

"주상!"

순원왕후는 원범을 쳐다보며 불렀다. 원범을 쳐다보는 눈빛이 예사롭지 않았다.

"주상! 지금 시국이 참 어렵소. 많은 백성이 굶어 죽고 있소. 이 어려운 시기에 주상이 이 나라를 잘 이끌어가야 하오. 한낱 여인 때문에 이 나라를 망칠 수는 없는 법이오."

그 말을 하면서 순원왕후는 눈 밑이 붉어졌다. 금방이라도 울음을 터뜨릴 것만 같았다. 그토록 강직해 보였던 순원왕후였다. 눈물이라고는 한 방울도 흘리지 않을 것 같은 여인이 원범 앞에서 눈물을 글썽이고 있었다.

"대왕대비 마마! 고정하시옵소서. 소인은 이 나라 왕으로서 온 힘을 다해 정사를 돌볼 것이옵니다. 굶주리는 백성이 없도록 선정을 베풀 것이옵니다."

순원왕후는 그 말을 듣고 원범의 손을 꼭 잡았다.

"주상! 고맙소. 그렇게 말해주니 내 마음이 한결 놓이오. 이제 주상을 믿어도 되겠소. 내 조만간 주상에게 모든 것을 맡길 것이오. 늙은 아녀자가 뭘 알겠소. 젊은 주상이 이 나라를 다스려야 옳은 것이오."

"아니옵니다. 대왕대비 마마! 소인은 아직 부족한 점이 너무 많사옵니다. 소인이 국왕으로서 학문을 닦기 전까지 마마께서 도와주셔야 하옵니다. 통촉하여 주소서."

원범은 순원왕후 두 손을 꼭 잡고 간청하듯 빌었다. 순원왕후는 그런 원범을 지그시 쳐다보았다. 순원왕후가 입을 열었다.

"이제 이 나라에 중전을 세워야 할 때가 왔소. 주상이 올바른 정치를 하기 위해서는 중전이 있어야 하는 법이오. 지난번에도 말했듯이 중전 간택을 해야 하오. 내 일찍이 봐 둔 처자가 있소."

그것은 운명이었다. 원범이 피하려고 해도 피할 수 없었다. 아무리 왕이라고 해도 왕비를 스스로 선택할 수조차 없었다. 대왕대비의 말 한마디는 법이나 다름없었다. 대왕대비는 왕 위에 있었다. 그 뒤에는 안동 김 씨가 있었다. 당시 조정은 안동 김 씨 손아귀에서 놀아났다. 김문근은 그 중심에 있는 인물이었다. 순원왕후는 김문근의 딸을 중전으로 이미 마음에 두고 있었다. 원범은 대왕대비 뜻에 따를 수밖에 없었다.

철종 2년(1851) 윤 8월 3일 초간택이 이뤄졌다. 윤 8월 13일에 재간택이 이뤄졌고, 윤 8월 24일 삼간택을 거행하여 김문근의 딸로 정해졌다. 철종 원범의 나이 21세, 중전이 된 철인왕후는 15세였다.

중전을 맞이한 원범이었으나 복녀를 잊을 수는 없었다. 여섯 살 어린 중전은 아직 소녀였다. 21세 청년에게는 아이나 다름없었다. 복녀에게서 느껴졌던 여인의 향내가 풍겨 나오지 않았다. 원범은 첫날밤도 그냥 지샜다. 중전은 원범이 자신을 가까이하지 않는다는 것을 알았다.

"전하! 무슨 고민이 있사옵니까? 아니면 소녀가 싫은 것이옵니까?"

"아니오. 몸이 많이 피곤해서 그렇소."

원범은 귀찮은 듯 대답했다. 어린 중전을 보니 원범은 더욱 복녀 생각이 간절했다. 어린아이 같은 중전과 성숙한 여인이 된 복녀는 분명 차이가 있었다. 밤이 되면 원범은 더욱 복녀를 잊을 수 없었다. 자면서도 복녀에 관한 잠꼬대를 했다. 중전은 그 모습을 보면서 복녀를 찾아봐야겠다고 마음먹었다.

"전하! 복녀가 그토록 보고 싶사옵니까? 소녀가 복녀를 찾아봐도 되겠습니까?"

중전은 원범에게 마음속에 있는 생각을 그대로 전했다. 그러자 원범은 중전을 노려봤다.

"중전! 대왕대비 엄명을 모르고 하는 말이오. 복녀를 다시 궁에 들였다가는 큰일 난다는 것을 모르오. 내 아무리 복녀가 보고 싶지만 그것은 못할 짓이오. 그냥 마음 속에 담고 있을 뿐이오."

그 말을 듣고 중전은 더는 원범에게 그 얘기를 꺼내지 못했다. 그렇지만 중전은 복녀가 어떤 여자인지 알고 싶었다. 복녀가 있다는 강화도에 가보고 싶었다. 아니 본인이 직접 못 간다고 할지라도 신하를 보내어 복녀가 사는지 확인하고 싶었다.

마침내 결심한 중전은 중궁전의 신하를 시켜 복녀를 찾아가 보라고 명령했다. 명령을 받은 신하는 강화도를 찾았다. 강화도에 도착한 신하는 복녀가 이미 죽고 없다는 사실을 알았다. 강화도에 사는 백성의 말로는 복녀가 한양에 갔다가 강화도에 도착하기 전에 죽었다는 거였다. 아무도 복녀가 어디에 묻혔는지 알지 못했다. 신하는 놀라운 사실을 듣고 온몸이 떨렸다. 그 사실을 전하가 안다면 궁궐에 태풍이 일 것만 같았다. 아무리 그래도 거짓을 알릴 수는 없는 일이었다. 거짓을 알린 사실이 드러나면 목숨을 지킬 수 없었다. 신하는 곧바로 궁궐로 돌아와서 그 사실을 중전에게 알렸다.

"마마! 신이 강화도에 가서 복녀를 찾았으나 이미 죽고 없었사옵니다. 그곳에 사는 백성 말에 의하면 복녀가 한양에 갔다가 강화도로 오는 길에 죽었다고 하옵니다."

"뭐라고?"

중전은 놀라서 벌어진 입이 다물어지지 않았다. 그 놀라운 사실을 왕에게 말하지 않을 수 없었다. 중전은 원범을 찾았다.

"전하! 중전이옵니다."

"어서 들어오시오."

원범이 중전을 반갑게 맞았다.

"전하! 긴히 드릴 말씀이 있사옵니다."

중전은 아주 심각한 얼굴로 입을 열었다.

"어서 말해 보시오."

원범도 심각한 얼굴로 대답했다.

"다름 아니오라 소녀가 신하를 강화도에 보내어 복녀를 찾아보았 사옵니다. 하온데 복녀가 이미 죽었다고 하옵니다. 지난번 한양에 왔다가 강화도로 쫓겨났을 때 가는 길에 쓰러져 죽었다고 하옵니다."

그 말을 하는 중전은 온몸이 부들부들 떨려서 제대로 서 있을 수조차 없었다. 원범은 너무나 충격적인 얘기에 몸을 휘청거렸다.

"그 말이 사실이오?"

"어찌 전하께 거짓을 아뢰오리까. 소녀 목숨을 걸고 드리는 말씀이옵니다."

그때 원범은 비룡이 생각났다. 비룡은 분명히 복녀가 무사히 강화도에 도착하여 잘 살고 있다고 얘기했었다. 원범은 비룡을 불러서 자초지종을 들어야겠다고 마음먹었다. 원범은 일단 숨을 돌린 뒤 중전을 바라보았다.

"중전, 내가 지금 마음이 편치 못하오, 잠시 혼자 있고 싶소. 이만 물러가시오."

"네, 전하! 소녀 이만 물러가겠나이다."

중전은 조용히 그 자리를 피했다. 원범은 중전이 물러난 뒤 곧바로 신하를 시켜서 비룡을 데려오라고 명령했다. 비룡은 곧바로 원범 앞에 대령했다. 원범은 비룡을 쳐다보며 호통쳤다.

"네 이놈! 내가 지난번에 복녀가 강화도에 잘 도착했냐고 물었노

라. 그때 네 놈은 복녀가 잘 도착해서 잘 살고 있다고 내게 거짓 보고를 했느니라. 네놈이 감히 나를 능멸하려고 하느냐?"

원범은 단단히 화가 났다. 비룡은 고개를 들 수 없었다. 드디어 일이 터졌다고 생각하니 자포자기하는 마음이었다.

"전하! 신 죽을 죄를 졌나이다. 당시 전하께서 몹시 흥분된 상태였기에 바른대로 말씀드릴 수 없었나이다. 신은 전하를 생각해서 말씀드렸사오나 아주 잘못된 행동이었사옵니다. 신을 죽여주시옵소서."

원범은 믿었던 비룡에게 배신을 당했다는 생각에 치가 떨렸다.

"여봐라! 저 놈을 당장 투옥하라!"

원범이 소리치자 당장 군사가 다가와서 비룡을 끌고 나갔다. 원범은 두 손으로 땅을 내리치다가 이어서 머리를 감싸안고 흐느꼈다. 복녀를 잃은 슬픔을 감출 수 없었다. 왕이 되어 가장 후회되는 일이었다. 복녀를 지켜주지 못한 자신이 너무나 원망스러웠다. 원범은 미친 사람처럼 방 안을 왔다 갔다 했다. 그 모습을 본 신하는 어쩔 줄을 몰랐다. 그 신하는 이대로 원범을 둬서는 안 되겠다는 생각이 들었다. 신하는 중전을 모시고 와야겠다고 생각했다. 신하는 곧바로 중궁전으로 달려갔다.

"중전 마마! 전하께 지금 가셔야겠사옵니다. 전하께오서 몹시 괴로워하고 계시옵니다. 중전께오서 위로해주셨으면 하옵니다."

그 소리를 듣고 중전은 곧바로 원범을 찾았다. 원범은 너무 흥분된 나머지 중전이 온 것을 몰랐다. 중전은 원범에게 다가갔다.

"전하! 이러시면 아니되옵니다. 고정하시옵소서."

원범은 그제야 중전이 온 것을 알고 하던 행동을 멈췄다.

"중전 왔소? 그렇지 않아도 중전이 보고 싶었소."

중전은 뜻밖이었다. 원범이 자신을 보고 싶다고 한 소리가 믿어지지 않았다. 원범은 중전을 끌어안았다. 중전은 원범 품에 그대로 안겼다. 원범은 복녀에게 했던 것처럼 중전을 침실에 뉘었다. 그리고 옷을 하나둘씩 벗겼다. 둘은 어느새 알몸이 되었다. 그날 밤 중전은 원범과 첫사랑을 나눴다.

8. 비룡의 고백

　　감옥에 투옥된 비룡은 참담했다. 앞으로 자신이 어떻게 될지 몰랐다. 왕을 속였다. 그것은 그 어떤 죄보다 컸다. 원범이 당장이라도 죽이라고 명령하면 목이 날아갈 판이었다. 젊은 나이에 죽는다고 생각하니 잠을 이룰 수 없었다. 지금 생각하니 원범에게 거짓말을 한 것은 너무나 잘못된 판단이었다. 원범이 바보가 아닌 이상 복녀가 죽었다는 것을 모를 리 없었다. 왕이라면 얼마든지 군사를 풀어 복녀가 어떻게 됐는지 알아볼 수 있는 일이었다. 비룡은 이제 자신은 죽은 목숨이나 다름없다고 생각했다. 마지막으로 원범을 만나 솔직하게 잘못을 빌 수 있기만을 바랐다.
　　원범은 중전에게서 복녀와는 다른 여인 냄새를 맡았다. 어린 여인에게서 나는 냄새였다. 풋풋한 풋사과 냄새와 같았다. 아직 덜 익었지만 상큼한 사과 향이 났다. 중전은 복녀의 죽음으로 마음이 상한 원범을 어떻게든 위로해주고 싶었다. 원범이 원하는 것이라면 뭐든 해주고 싶었다. 그만큼 중전은 심성이 착한 여성이었다.

그러나 원범은 아무리 중전이 자신에게 잘해도 복녀에 대한 그리움을 좀처럼 떨쳐버릴 수 없었다. 그랬기에 복녀가 죽었다는 사실을 알고도 숨긴 비룡이 더욱 괘씸했다. 한 때는 자신을 도와 일했던 비룡이기에 무한한 신뢰를 보냈었다. 그 신뢰가 무너진 지금 비룡에 대한 분노는 훨씬 컸다. 원범은 비룡을 어떻게 할지 고민했다. 마음 같아서는 당장이라도 목을 치고 싶었다. 그렇지만 옛정을 생각해서 목숨만은 살려주는 게 낫겠다고 생각했다. 원범은 일단 비룡을 만나서 자초지종을 들어보기로 했다. 원범은 비룡이 갇혀있는 감옥을 찾았다.

"상감마마 납시오."

문지기가 원범이 행차하자 큰소리로 외쳤다. 원범은 비룡이 투옥되어 있는 곳으로 갔다. 비룡은 원범을 보자마자 넙죽 엎드려 절했다.

"전하! 신 비룡 죽을 죄를 지었나이다. 전하를 능멸한 죄 달게 받겠사옵니다."

비룡은 울먹이며 소리쳤다. 원범은 비룡을 똑바로 쳐다봤다. 그의 얼굴을 보니 안 됐다는 생각도 들었다.

"네 죄를 알겠느냐?"

원범이 나지막한 소리로 물었다.

"네. 전하! 신 전하를 능멸한 죄 달게 받겠나이다."

"네놈이 내게 거짓 보고를 한 죄를 이제야 깨달았느냐. 내 당장 네 목을 치려했으나 옛정을 생각해서 차마 그렇게는 안 할 것이다. 대신 네 놈이 복녀가 어떻게 죽었는지 소상히 밝히도록 하라."

원범은 복녀가 왜 죽었는지가 궁금했다. 비룡도 복녀가 어떻게 죽었는지는 자세히 알지 못했다. 뱃사공 말을 듣고 물에 빠져서 죽은 것으로 알고 있을 뿐이었다. 비룡은 자신이 복녀의 시신을 묻은 사실을 원범에게 말해야 할지 고민이었다. 비룡은 이번에는 숨겨서는 안 되겠다고 생각했다. 만약 그 사실마저 숨겼다가 밝혀지는 날이면 죽음을 면치 못 할 것이다. 비룡은 바로 원범에게 고백했다.

"전하! 긴히 드릴 말씀이 있사옵니다."

"뭐냐? 그게."

"신이 복녀 시신을 거두었나이다."

"아니 뭐라고? 그게 사실이냐?"

원범은 눈이 빠질 것처럼 놀랐다.

"이 마당에 신이 어찌 거짓을 아뢰겠나이까. 만약 거짓이라면 신을 죽여주시옵소서."

비룡은 얼굴을 땅에 처박으며 간곡하게 대답했다. 원범은 비룡에게 다가왔다. 그러더니 몸소 비룡을 일으켜 세웠다.

"내 너를 다시 한 번 믿어보겠다. 네 놈이 복녀 시신을 묻었다면 거기가 어디인지 소상히 아뢰어라."

"네, 전하! 신이 그곳을 안내할 수 있사옵니다."

원범은 그 소리를 듣자마자 어명을 내렸다.

"비룡을 지금 당장 풀어줘라. 지금 즉시 비룡을 데리고 강화도로 갈 것이니라. 어서 행차할 준비를 하라."

어명이 떨어졌다. 왕이 궁궐 바깥으로 행차하려 하자 그를 모시려 수많은 군사가 몰려왔다. 비룡이 앞장섰다. 비룡은 원범 일행을 안내했다. 비룡은 강화로 가는 길목에서 문득 멈췄다.

"전하! 저기 돌 산 밑에 복녀가 묻혀있사옵니다."

원범은 비룡이 가리키는 곳을 쳐다보았다. 그곳은 돌산이었다. 그 밑바닥은 평평했다. 비룡은 곧바로 그곳으로 가서 땅을 파기 시작했다. 그러자 그 안에 복녀 시신이 보였다. 원범은 시신을 확인했다. 복녀가 틀림없었다. 원범은 시신을 껴안고 하염없이 울었다. 지금껏 못다 흘린 눈물을 다 쏟아부었다. 그 모습을 지켜보는 비룡과 신하도 모두 같이 울었다. 산이 쩡쩡 울리도록 울음이 퍼져나갔다. 원범은 복녀 시신을 그대로 둘 수 없었다.

"여봐라! 복녀 시신을 잘 거두어라. 궁궐과 가까운 양지바른 곳에 묻고 비석을 세울 것이다."

원범은 복녀 무덤이라도 제대로 잘 만들어주고 싶었다. 궁궐 가까이에 복녀를 묻어 틈이 날 때마다 찾아가 볼 생각이었다. 비룡은 그 일을 앞장서서 지휘했다. 자신을 살려 준 원범에 대한 충성심 때문이었다. 비룡은 앞으로 원범을 위해 모든 것을 다 바칠 생각이었다.

복녀가 죽은 사실을 확인한 원범은 크게 낙심했다. 앞으로 복녀를 다시는 볼 수 없다는 생각에 가슴이 찢어질 것 같았다. 비룡은 그런 원범을 쳐다보며 마음이 무척 아팠다. 어떻게든 원범을 위로해주고 싶었다. 비룡은 원범을 조금이라도 위로해주기 위해 충심 어린 편지를 썼다.

전하!

미천한 저를 용서하여 주시고 다시 믿어주시니 그 은혜 백골이 되더라도 잊지 않겠나이다. 신은 전하를 위해 한 목숨 바칠 것을 굳게 언약하옵니다. 전하께오서 분부만 내리시면 그 어떤 일이라도 하겠나이다.

전하!

항상 강건하시옵고 기쁨 충만하기만을 비옵니다. 만수무강하시어 이 나라를 오래도록 통치하여 주시옵소서.

비룡은 눈물을 흘리며 편지를 썼다. 원범을 향한 일편단심이었다. 비룡은 원범과 끝까지 함께 하리라 맹세했다.

9. 철인왕후

"복녀야! 네가 어찌 이리되었느냐? 내 반드시 네 한을 풀어주겠노라."

원범은 복녀의 시신을 보고 난 뒤 하늘이 쩌렁쩌렁 울리도록 소리쳤다. 자신이 왕이 되지 않았다면 복녀가 죽지 않았을 것이다. 원범은 그 생각을 하니 왕이 된 것이 너무나 후회스러웠다. 본디 자신은 강화에서 농사나 지으며 조용히 살고 싶었다. 그러나 대왕대비 순원왕후와 안동 김씨 세력 때문에 어쩔 수 없이 떠밀려서 왕이 되었다. 허수아비 왕은 중전을 선택할 권한도 없었다. 복녀를 궁에 둘 수도 없었다. 왕이면서도 왕으로서 그 어떤 힘도 발휘할 수 없었다. 왕으로서 무엇을 어떻게 해야 할지도 몰랐고 그저 순원왕후가 하라는 대로 할 수밖에 없었다. 원범이 그것을 모를 리 없었다. 원범은 자신이 안동 김 씨 세력을 누를 수 없다는 게 안타까웠다.

궁으로 돌아온 원범에게 중전 철인왕후가 다가왔다. 원범보다 여섯 살이나 어린 중전이었지만 그녀는 제법 생각이 깊었다. 원범이 왜 궁을 나갔다 왔는지, 무슨 고민을 하는지 직감으로 알고 있었다.

"전하! 안색이 매우 안 좋아 보이옵니다. 옥체에 이상이라도 있으신지요?"

"아니오. 중전. 간만에 먼 길을 갔다 왔더니 피곤해서 그러오."

"하오면 전하, 일찍 침소에 드시옵소서."

철인왕후는 너그러웠다. 그녀는 원범이 복녀를 그리워하는 사실을 잘 알았지만 한마디도 불평하지 않았다. 오로지 원범을 지아비로 섬길 생각만 했다. 어려서부터 예의범절이 몸에 배였다. 아녀자가 갖춰야 할 덕목에 대해서도 꿰뚫고 있었다. 행실이 얌전했을 뿐만 아니라 남을 시기하고 질투하는 법이 없었다. 항상 말과 행동을 조심했다.

그녀는 열다섯 살, 부모 사랑을 한창 받아야 할 나이에 국모가 되었다. 농사꾼이었던 국왕의 비위를 맞추고 국모로서 체신을 세워야 했다. 그녀도 원범과 마찬가지로 원해서 중전이 된 게 아니었다. 그의 아버지 김문근이 순원왕후에게 잘 보여서 중전이 된 것이다. 아버지의 권력을 더 공고히 하기 위해 왕비가 된 것뿐이었다.

김문근은 중전이 되는 딸이 궁에 들어가기 전, 그녀를 불렀다. 궁에서 지켜야 할 도리를 얘기하기 위해서였다. 아무리 딸이지만 중전이었다. 김문근은 딸에게 함부로 말을 할 수 없었다.

"중전마마, 이제 이 나라 국모가 되었사옵니다. 국모로서 지켜야 할 도리에 관해서 말씀드리겠사옵니다."

"아버지, 말씀을 낮추옵소서. 소녀는 중전이기 전에 아버지 딸이옵니다."

"아니옵니다. 중전 마마. 어찌 신이 국모께 함부로 말씀을 드리겠나이까. 아무리 신이 아버지라고 해도 이는 도리에 어긋난 것이옵니다. 마마! 통촉하여 주시옵소서."

김문근은 머리를 조아리며 철인왕후에게 아뢰었다. 철인왕후는 그런 김문근을 일으켜 세웠다.

"아버지, 너무 그러지 마시옵소서. 하오면 소녀에게 해 주실 말씀이 무엇이옵니까?"

김문근은 한동안 생각하며 아무 말을 하지 않았다. 한참 동안 눈을 감고 생각하다가 입을 열었다.

"마마! 마마는 중전이옵니다. 그 사실을 항상 명심하시옵소서. 절대 예의에 어긋난 행동을 하셔서는 아니 되옵니다. 항상 의관을 정제하고 몸과 마음을 깨끗이 해야 하옵니다."

"아버지, 지당하신 말씀이옵니다. 소녀도 그 점은 항상 생각하고 있사옵니다."

철인왕후는 고개를 끄덕이며 대답했다. 김문근도 고개를 끄덕였다.

"중전 마마! 그것은 당연히 알고 계시겠지요. 보다 중요한 것은 절대로 국왕을 질투해서는 안 된다는 점이옵니다. 국왕이 여인을 가까이 해도 참아야 하옵니다. 궁궐에 있는 여인은 국왕이 마음에 들면 언제든지 후궁이 될 수 있사옵니다. 국왕이 중전보다 후궁을 가까이 할 수도 있사옵니다. 그것을 질투하면 어찌 되겠습니까? 폐비가 될 수도 있사옵니다. 그 점은 항상 명심하시옵소서."

김문근은 그 말을 하고 눈물을 글썽였다. 어린 중전도 아버지가 한 말 뜻을 알았다. 그 정도를 이겨내지 못하면 중전이 될 수 없다는 것도 잘 알았다. 시기와 질투를 하지 않는 것은 중전이 갖춰야 할 덕목이었다.

"아버지, 소녀 명심하겠나이다."

철인왕후는 그 말을 하고 김문근에게 다가와 안겼다. 김문근은 딸을 안았다. 따뜻한 느낌이 온몸으로 전해졌다. 부드러운 살결이 느껴졌다. 눈에 넣어도 아프지 않은 딸이었다. 딸이 중전이 된 것은 큰 영광이었다. 그렇지만 못내 아쉬웠다. 어린 딸을 시집보내야 한다는 게 너무 아쉽고 가슴 아픈 일이었다.

아버지 김문근으로부터 철저한 교육을 받은 탓이었을까. 철인왕후는 원범에게 한 번도 질투하지 않았다. 원범이 밤마다 복녀를 그리워하며 울부짖어도 탓하지 않았다. 철인왕후가 복녀를 만나려고 한 것은 그녀가 미워서가 아니었다. 어떻게든 지아비 원범을 위로해주기 위함이었다. 철인왕후는 원범이 복녀를 후궁으로 들인다고 해도 반대하지 않을 생각이었다. 그런 복녀가 죽었으니 원범의 마음이 어떠했는지 짐작하고도 남았다. 복녀가 죽은 이후로 원범은 식음을 전폐하다시피 했다. 철인왕후는 원범이 몹시 걱정됐다. 이러다가 원범이 죽을 수도 있다는 생각이 들었다. 보다 못한 철인왕후는 원범에게 간청했다.

"전하! 이러시면 아니 되옵니다. 복녀가 죽은 것은 몹시 슬픈 일이오나 전하 옥체를 보전하셔야 하옵니다. 만약 이러다가 전하께오서 잘못되시면 어쩌려고 이러시옵니까. 부디 옥체를 보전하소서."

철인왕후는 울먹였다.

"중전! 복녀가 나에게 얼마나 소중한 존재였는지 아오? 강화도에 있을 때 나와 평생 같이 하기로 약조한 사이였소. 그런 복녀가 나를 그리다가 죽었소. 내 어찌 슬퍼하지 않을 수 있단 말이오. 마음 같아서는 따라 죽고 싶소."

그 소리를 듣고 철인왕후 가슴도 찢어질 것 같았다. 원범을 위해서라면 뭐든 하고 싶은 생각뿐이었다.

"전하! 사람은 누구나 죽습니다. 전하께오서 이런다고 죽은 복녀가 살아 돌아오지 않사옵니다. 전하! 소녀를 봐서라도 기운을 차리시옵소서."

철인왕후는 흐느꼈다. 크게 소리 내어 울었다. 원범은 철인왕후가 소리 내어 우는 모습을 보고 놀라며 그녀에게 다가왔다.

"중전, 왜 그러시오. 왜 그렇게 우시오? 눈물을 거두시오."

원범은 철인왕후 어깨에 손을 얹으며 다독였다. 그럴수록 철인왕후는 더 흐느꼈다. 그것은 너무나 자연스러운 모습이었다. 지아비가 가슴 아파하는 모습을 본 아녀자 마음이었다. 순수한 그녀의 성품이 그대로 드러났다. 원범은 철인왕후 모습을 보고 그녀가 진정으로 자신을 사랑하고 있다는 것을 느꼈다. 지금껏 복녀를 그리며 그녀를 가까이하지 않은 자신이 원망스러웠다. 원범은 철인왕후를 꼭 껴안았다.

"중전, 알았소. 그 마음 잘 알았소. 사랑하오. 중전!"

원범은 철인왕후 얼굴을 자세히 쳐다봤다. 지금껏 그토록 중전 얼굴을 똑바로 쳐다본 적은 없었다. 하얀 살결과 초롱초롱한 눈매와 오뚝한 콧날은 복녀 못지않았다. 자세히 보니 복녀와 너무 닮았다. 중전도 복녀 못지않게 아름다웠다. 원범은 철인왕후와 입술을 포갰다. 입 안으로 혀를 깊숙이 밀어 넣었다. 달콤한 향기가 입 안 가득 돌았다.

"아! 아! 아!"

탄성이 터졌다. 그녀는 지금껏 보았던 중전이 아니었다. 어느 새 중전은 성숙한 여인이 되어 온몸으로 향기를 뿜어내고 있었다. 원범은 그 향기에 취했다. 벗어날 길이 없었다.

"아름답도다. 이 세상에서 가장 아름다운 여인이로다."

원범은 중전을 향해 소리쳤다.

"전하! 몸 둘 바를 모르겠나이다."

젊은 남녀는 밤이 깊도록 깊은 사랑을 나누었다. 궁궐은 쥐죽은 듯이 조용했다. 두 젊은 남녀가 내뱉는 밀어만이 적막을 깰 뿐이었다.

10. 범(范) 상궁

원범은 중전이 아무리 잘해도 복녀를 잊을 수 없었다. 아무리 잊으려 해도 잊히지 않았다. 철인왕후는 그런 원범을 만족시키기 위해 온갖 수단과 방법을 다 동원했다. 조금이라도 예뻐 보이기 위해 몸을 항상 치장했다. 항상 화사한 얼굴을 갖기 위해 화장했다. 철인왕후는 어떻게 하면 복녀를 잊을 수 있을까 곰곰이 생각했다. 그때 눈여겨봤던 궁녀가 생각났다. 방년 열여덟 살, 달덩이 같은 얼굴을 가진 궁녀였다. 원범이 가까이하기만 하면 깊이 빠질 것 같은, 미색이 뛰어난 궁녀였다. 철인왕후는 조용히 그녀를 중궁전으로 불렀다.

"중전마마! 소녀 대령했나이다."

범 상궁은 아주 공손한 어조로 철인왕후에게 도착을 알렸다.

"어서 들라."

철인왕후가 직접 대답했다. 범 상궁은 고개를 푹 숙인 채 중전 앞으로 나갔다.

"고개를 들라."

철인왕후가 명령했다. 범 상궁은 천천히 고개를 들어 철인왕후를 쳐다보았다. 철인왕후가 아주 밝은 표정으로 그녀를 쳐다보고 있었다. 범 상궁은 자세한 영문을 모른 채 넋을 잃은 듯 철인왕후를 바라보았다.

"마음 편히 갖고 내 말을 듣거라. 내가 익히 너를 눈여겨봐 왔느니라. 오늘 이렇게 너를 오라고 한 이유는 전하 때문이니라."

범 상궁은 그 말뜻을 알 수 없었다. 중전이 왜 자신을 전하 때문에 불렀다고 했을까. 범 상궁은 꼿꼿이 서서 중전이 하는 말을 듣기만 했다.

"자네 이름이 뭐라고 했나?"

"범 상궁이라고 하옵니다. 미천한 계집이 이름이 있겠나이까. 그냥 범 상궁이라고 불러주시옵소서."

"범 상궁이라. 알았네. 자네를 전하의 후궁으로 들일 생각이네. 전하가 많이 기뻐하실 거야."

그 말을 하고 철인왕후는 환한 미소를 지었다. 범 상궁은 얼굴이 붉어지면서 어찌할 바를 몰랐다. 임금의 후궁이 되는 것은 그야말로 영광스러운 일이었다. 궁궐에 있는 수많은 궁녀 중에서 자신이 선택된 것은 실로 대단한 운이었다. 그것도 중전이 직접 자신을 불러 후궁이 될 것을 명했다. 범 상궁은 내심 기뻐서 펄쩍 뛰고 싶었으나 겉으로 마음을 드러낼 수 없었다. 그저 아무렇지도 않은 듯 고개만 숙였다.

"마마, 아뢰옵기 황공하오나 소녀가 어찌 후궁이 되겠나이까. 실로 두렵사옵니다."

범 상궁은 속마음을 드러내지 않았다. 그 자리에서 덥석 후궁이 되겠다고 말할 수는 없는 노릇이었다. 최대한 중전 앞에서 예를 갖춰야 했다. 철인왕후는 입가에 미소를 머금으며 대답했다.

"범 상궁, 그대의 용모가 워낙 출중하여 내 눈여겨 봐왔는데, 마음 씀씀이까지 이렇게 비단결 같으니 어찌 전하가 기뻐하지 않겠는가. 이 일은 내가 알아서 할 터이니 자네는 몸과 마음을 가다듬고 준비하고 있게. 알겠는가?"

범 상궁은 저절로 피어오르는 미소를 억지로 참았다. 중전 앞에 좋아하는 내색을 보여서는 안 되었다. 그저 묵묵히 참아야만 했다. 범 상궁은 자신이 후궁만 된다면 왕을 사로잡는 것은 시간문제라고 생각했다. 그만큼 범 상궁은 미색이 뛰어났다.

범 상궁을 만난 뒤 철인왕후는 순원왕후를 찾았다. 원범은 순원왕후 말이라면 무조건 따랐다. 왕 위에 군림하고 있는 순원왕후였다.

모든 권력은 그녀 입에서 나왔다. 순원왕후 명령이라면 왕도 따를 수밖에 없었다. 철인왕후는 누구보다도 그 사실을 잘 알고 있었다.

철인왕후는 곧바로 대왕대비 전에 들 채비를 마쳤다. 대비 전 앞에 도착하자 시녀가 순원왕후에게 철인왕후가 왔음을 알렸다.

"대왕대비 마마! 철인왕후 납시오."

"어서 들라 하라."

대왕대비 앞에 선 철인왕후는 큰절을 올렸다.

"대왕대비 마마! 밤새 안녕하셨는지요? 소녀 문안 인사드리옵나이다."

"오! 중전. 어서 앉으시오."

순원왕후는 철인왕후를 지그시 쳐다보았다. 언제 보아도 사랑스러운 중전이었다. 스스로 간택한 중전이었지만 볼 때마다 대견스러웠다. 나이와 비교해서 하는 행실이 어른스러웠을 뿐만 아니라 볼수록 예뻤다. 어디 한 군데도 미운 구석이 없었다.

"대왕대비 마마! 소녀 마마께 청이 하나 있사옵니다."

철인왕후는 웃음 띤 얼굴로 순원왕후를 쳐다보며 물었다.

"중전이 청이 있소. 무슨 청이오. 어서 말해 보시오."

철인왕후는 조심스럽게 입을 열었다.

"대왕대비 마마! 전하께오서 복녀를 여전히 잊지 못하고 있나이다. 그 모습을 지켜보는 소녀는 가슴이 천 갈래 만 갈래 찢어지옵니다.

소녀가 눈여겨본 궁녀가 하나 있사온데 행실이 참할 뿐만 아니라 미모가 출중하옵니다. 아마도 그 궁녀를 후궁으로 맞으면 전하께오서 복녀를 잊을 수 있을 것 같사옵니다."

구구절절이 옳은 말이었다. 그 말을 하면서 철인왕후는 구슬 같은 눈물을 뚝뚝 흘렸다. 눈물이 옷을 적셨다.

"중전 울지 마오. 그 마음 잘 알겠소. 그 궁녀를 한번 보고 싶구려. 도대체 그 궁녀가 누구요?"

철인왕후는 그제야 눈물을 그쳤다. 순원왕후가 관심을 보이니 안심이었다.

"네. 마마! 범 상궁이라는 궁녀이온데 지금 마마께 대령하겠나이다. 살펴보소서."

철인왕후는 그 말을 마치자마자 범 상궁을 순원왕후 앞에 불렀다. 범 상궁은 기다렸다는 듯이 그 자리에 나타났다.

"대왕대비 마마! 범 상궁 대령했나이다."

범 상궁을 본 순원왕후는 한눈에 미모에 반했다. 눈에는 광채가 나오고 다소곳이 서 있는 품세는 양반집 규수 못지않았다.

"자네가 범 상궁인가?"

순원왕후가 의미심장한 미소를 흘리며 물었다.

"그러하옵니다. 대왕대비 마마!"

옥구슬이 굴러가는 맑은 목소리였다. 말 한마디에 침이 넘어갔다.

선녀가 궁궐에 내려와 있는 느낌이었다. 두 여인은 넋을 잃고 범 상궁을 쳐다보았다.

"천하일색이로다. 군계일학이로다. 중전! 내 지금 주상을 찾으리다."

순원왕후는 곧바로 원범을 찾을 태세였다.

"대왕대비 마마! 범 상궁을 데려가시옵소서. 전하께서 분명 흡족해하실 것이옵니다."

철인왕후는 기뻐하며 대답했다. 그러자 범 상궁이 순원왕후를 뒤에서 따랐다. 순원왕후는 범 상궁을 대동하고 왕을 찾았다. 원범은 처소에 가만히 앉아서 깊은 생각에 잠겼다. 복녀와 옛 추억을 더듬으며 괴로운 마음을 달래고 있었다. 그때 문 밖에서 내시가 외치는 소리가 들렸다.

"전하! 대왕대비 마마 납시오."

원범은 깜짝 놀랐다. 원범은 곧바로 의관을 바로 하고 문 밖으로 나왔다.

"대왕대비 마마! 어인 일로 행차하셨나이까?"

원범은 반갑게 순원왕후를 맞았다. 순원왕후는 활짝 웃는 낯으로 대답했다.

"주상! 요즘 고민이 많소? 주상이 걱정되어 왔소."

순원왕후는 그 말을 마치자마자 옆에 서 있는 범 상궁을 원범에게 소개했다.

"주상에게 특별히 소개할 궁녀가 있소. 범 상궁이라고 하오. 들어가서 얘기하소."

원범은 순원왕후 옆에 고개를 숙이고 있는 범 상궁을 쳐다보았다. 한눈에 봐도 예사롭지가 않았다. 원범은 범 상궁에게 눈을 뗄 수 없었다.

"주상! 뭘 그렇게 쳐다보오. 어서 용상에 앉으시오."

그제야 원범은 정신을 차렸다. 원범이 용상에 앉고 순원왕후가 마주 보고 앉았다. 범 상궁은 여전히 고개를 숙이고 서 있었다. 그러자 순원왕후가 손짓했다. 앉으라는 신호였다. 범 상궁은 살포시 무릎을 꿇고 앉았다.

"주상, 조금 전에 중전을 만났소."

"중전을요?"

원범이 두 눈을 크게 뜨고 대답했다.

"주상, 왜 그리 고민하시오. 죽은 복녀가 그토록 그립소. 옥체를 보전해야 하오. 이제 그만 복녀를 잊어 주오. 오죽했으면 중전이 내게 신신당부했겠소."

"중전이 마마께 그런 말을 했나이까? 송구하옵니다. 마마!"

원범은 순원왕후에게 머리를 조아렸다.

"주상! 범 상궁을 후궁으로 맞으시오. 중전이 내게 간청했소. 부탁하오."

 순원왕후는 둘러서 말하지 않았다. 직설적이었다. 마음속에 있는 생각을 그대로 토해냈다. 순원왕후 말이라면 무조건 따르던 원범이었다. 그렇지만 중전을 맞은 지 몇 달도 되지 않아 후궁을 들이는 문제는 쉽게 결정할 일이 아니었다.

 "대왕대비 마마! 뜻은 알겠사오나 이는 받아들일 수 없사옵니다. 아직 준비가 되지 않았나이다."

 "준비? 후궁을 맞는데 무슨 준비가 필요하단 말이요. 더구나 중전이 바라는 일이오. 빨리 원자를 낳아 이 나라 정통을 이어야 하오. 군왕에게 후궁은 많을수록 좋은 법이오. 주상은 내 말뜻을 모르겠소?"

 순원왕후 목소리가 커졌다. 원범은 얼굴이 붉어졌다. 감히 그 말을 거역할 수 없을 것 같았다. 왕보다 더한 위엄이 있는 목소리였다. 환갑 지난 노인에게서 나오는 목소리가 아니었다. 대궐이 쩌렁쩌렁 울릴 정도였다. 원범은 아무런 대답을 할 용기가 나지 않았다.

 "주상, 그럼 나는 이만 물러나오. 범 상궁을 후궁으로 맞아들이는 것으로 알고 가겠소. 범 상궁과 둘이 깊은 대화를 나누시오."

 그 말을 마치자마자 순원왕후는 그 자리를 박차고 나왔다. 원범은 서둘러 순원왕후를 배웅했다.

 "대왕대비 마마! 살펴 가시옵소서."

 드넓은 거처에는 원범과 범 상궁 단둘만 남았다. 범 상궁은 그때까지도 고개를 숙이고 있었다. 원범은 범 상궁에게 다가갔다.

"범 상궁이라고 했느냐?"

"네. 전하!"

"고개를 들어 보거라."

범 상궁은 고개를 들고 원범을 쳐다보았다. 원범과 범 상궁 눈이 마주쳤다. 범 상궁의 눈은 티 없이 맑았다. 원범은 한눈에 범 상궁에 빠져들었다.

"이리 가까이 오너라."

원범은 범 상궁을 부르더니 이내 끌어안았다. 따뜻한 숨결이 온몸으로 파고들었다. 원범은 금세 온몸이 뜨거워졌다. 밤이 깊도록 범 상궁을 놓지 않았다. 깊고도 뜨거운 밤이 흘러갔다. 그날 밤 범 상궁은 성은을 입고 정식 후궁이 되어 숙의 범 씨가 되었다.

11. 수렴청정을 거두다

어느덧 순원왕후가 수렴청정을 한 지 3년이 넘었다. 아무리 농사꾼이었던 원범이라고 할지라도 3년이면 왕실 법도를 익히고도 남는 시간이었다. 순원왕후도 직접 정사를 챙기기가 힘에 부쳤다. 그녀도 어느 덧 환갑이 지난 몸이었다. 이제 원범에게 직접 정사를 챙기라고 해도 될 것 같았다.

순원왕후 곁에는 안동 김 씨 일가가 있었다. 그중 김좌근, 김문근은 그 권세가 하늘을 찔렀다. 김좌근은 순원왕후의 동생이었고 김문근은 임금의 장인이었다. 순원왕후는 수렴청정을 하면서 모든 정사를 이 둘과 의논했다. 세상은 그 둘 손아귀에서 놀아났다고 해도 과언이 아니었다.

원범에게 정사를 넘기는 문제를 놓고 순원왕후는 고민했다. 아무래도 그 문제를 김좌근과 김문근에게 상의해야 할 것 같았다. 순원왕후는 그 두 사람을 대왕대비 전으로 불렀다.

"대왕대비 마마! 어인 일로 신을 부르셨나이까?"

대비의 동생, 김좌근은 여느 때와 마찬가지로 목에 잔뜩 힘을 줬다.

"이보게 동생, 주상이 궁에 들어온 지 3년이 넘었소. 때가 온 것 같소. 곧 수렴청정을 거둘 생각이오."

김좌근은 마침내 올 것이 왔다고 생각했다. 마냥 순원왕후가 수렴청정을 할 수는 없는 노릇이었다. 언젠가는 그것을 거두는 게 마땅한 일이었다. 다만 아직은 그 시기가 너무 이르다고 생각했다.

"대왕대비 마마! 아직 주상이 부족한 게 많사옵니다. 성년에 이르렀사오나 학문이 많이 부족하옵고 대소사를 직접 챙기기는 것은 어려운 일이옵니다. 대왕대비 마마께오서 한 일 년이라도 더 수렴첨정을 하시는 게 옳은 일이라고 생각되옵니다."

김좌근은 어떻게든 대왕대비가 마음을 바꾸기를 바랐다. 그것은 원범이 직접 정사를 챙기게 되면 지금처럼 마음대로 권력을 누릴 수 없기 때문이었다. 누나를 대하는 것과 생판 남을 상대하는 게 어찌 같을 수 있단 말인가. 아무리 원범이 무식하다고 해도 순원왕후처럼 호락호락 상대할 수는 없는 일이었다.

하지만 김문근은 생각이 좀 달랐다. 그에게 원범은 사위였다. 사위가 직접 정사를 챙기게 되면 장인인 자신이 더 큰 힘을 발휘할 수 있다고 생각했다. 김문근이 입을 열었다.

"대왕대비 마마! 신은 생각이 다르옵니다. 주상이 비록 학문적 역량이 부족하다고 하오나 보위에 오른 지 어느덧 3년이 지났사옵니다. 그 기간 동안 왕으로서 충분한 역량을 닦았다고 생각하옵니다. 지금이라도 수렴청정을 거두는 것이 마땅한 일이라고 생각하옵니다. 통촉하여 주시옵소서."

김문근은 머리를 땅에 조아리며 간곡히 대답했다. 그러자 김좌근 안색이 붉어졌다. 김좌근은 김문근은 노려봤다.

"이보시오. 김문근 대감! 어찌 대왕대비께 그런 말씀을 하시오. 대감이 주상의 장인이라서 그런 말씀을 하는 것이오. 그렇다면 그 생각을 당장 접으시오. 대왕대비께 함부로 그런 말을 해서는 안 되는 법이오."

순원왕후는 두 사람이 다른 말을 하는 것을 가만히 듣고만 있었다. 누구 말이 옳은 지 깊은 생각에 빠졌다. 순원왕후는 눈을 지그시 감았다.

"왜들 그렇게 싸우시오. 결정은 내가 할 것이오."

그러나 이미 순원왕후는 마음을 정했다. 근래 들어 기력이 떨어지는 것을 몸으로 느꼈다. 그냥 조용히 쉬고만 싶었다.

"어차피 주상이 나라를 다스려야 하는 것이오. 늙은 아녀자가 영원히 나라를 다스릴 수는 없는 법이오. 서당 개 삼 년이면 풍월을 읊는 다고 했소. 주상은 아주 영특한 사람이오. 이제 주상에게 모든 권력을 넘겨주려 하오."

대왕대비의 결심은 완강했다. 아무리 나는 새도 떨어뜨린다는 김좌근이라고 할지라도 소용없었다.

"지금 즉시 대소 신하를 모두 대령하시오. 그 자리에서 수렴청정을 거둘 것임을 만천하에 알리겠소."

순원왕후 명령이 떨어졌다. 대소 신하들과 원범이 조정에 나왔다. 순원왕후는 그 자리에서 원범을 보며 선언했다.

"지금부터 수렴청정을 거두고 주상이 모든 정사를 관할하게 될 것이오."

그것은 어명이었다. 원범은 그 소리를 듣고 순원왕후 앞에서 무릎을 꿇었다.

"대왕대비 마마! 아직 때가 아니옵니다. 이러시면 아니 되옵니다. 소인은 아직 정사를 직접 챙길 수 없사옵니다. 부족한 것이 너무나 많사옵니다. 부디 통촉하여 주시옵소서."

원범은 금방이라도 울음을 터뜨릴 것 같았다. 순원왕후를 바라보는 표정이 애처롭기까지 했다. 원범이 그럴수록 순원왕후는 마음을 모질게 먹었다.

"주상! 왜 이러시오. 언제까지 아녀자 치마폭에서 놀아날 생각이오. 이제 주상이 이 나라를 다스릴 때가 온 것이오. 안팎으로 어려운 환경이오. 굶주린 백성을 위해 선정을 베풀어야 하오. 부디 명군이 되어야 하오."

순원왕후 눈가에도 눈물이 맺혔다. 나라와 원범을 생각하는 마음이 하늘에 닿을 듯했다. 철종 3년(1852)에 드디어 원범이 직접 정사를 챙기게 되었다. 이제 비로소 왕으로서 권위가 서게 되었다. 중전 철인왕후와 범 상궁은 그 모습을 곁에서 지켜보았다. 둘은 지아비가 왕의 권위를 되찾게 된 것을 자랑스럽게 생각했다.

원범은 철인왕후를 중전으로 둔 채 범 상궁을 후궁, 숙의로 들였다. 숙의 범 씨가 후궁이 된 것은 순전히 철인왕후 덕분이었다. 그러니 숙의 범 씨는 철인왕후를 은인으로 생각했다. 미천한 자신을 후궁이 되게 해줬으니 온몸을 바쳐 충성해도 모자를 판이었다. 원범은 처음에는 후궁을 들이는 것을 대수롭지 않게 생각했다. 그간 중전에게 미안한 마음이 있었으니 중전을 더 잘 챙겨줄 생각이었다. 막상 후궁으로 숙의 범 씨가 들어오자 원범은 생각을 바꿨다. 중궁전에 출입하는 횟수는 나날이 줄었다. 원범은 중전보다 숙의 범 씨에게 빠졌다. 범 상궁이 후궁으로 들어오기 전까지만 해도 원범은 날마다 중궁전을 찾았다. 중전과 밀어를 나누는 날도 여러 날이었다. 그러나 이제 원범은 대부분의 시간을 숙의 범 씨와 함께 했다. 철인왕후는 그 모습을 지켜보며 속으로 피눈물을 삼켰다.

12. 원범을 사이에 두고

 숙의 범 씨는 철인왕후의 뜻으로 후궁이 되었지만 그녀 스스로도 아리따운 사람이었다. 보기만 해도 자지러질 것 같은 외모 앞에 원범은 몸을 주체할 수 없었다. 꽃이 따로 없었다. 원범은 숙의 범 씨를 보기만 해도 입이 벌어졌다. 범 상궁을 보고 있는 순간만큼은 복녀 생각이 나지 않았다.
 "숙의 범 씨가 복녀로다."
 원범은 숙의 범 씨를 볼 때마다 기뻐하며 외쳤다.
 "숙의 범 씨가 나를 기쁘게 하도다."
 원범은 매일 범 상궁을 품었다. 하루종일 범 상궁의 곁을 떠나지 않았다.

"전하! 조정에 나가실 시간이옵니다."

"아니 벌써 이렇게 되었나. 오늘 안 나가고 싶구나. 내 그대와 온종일 같이 있고 싶구나."

원범은 범 상궁에게 몸과 마음을 모두 빼앗겼다.

"전하! 이러시면 아니 되옵니다. 나랏일이 우선이옵니다. 대왕대비마마께오서 수렴청정을 거두었나이다. 이제 전하께오서 정사를 주관하셔야 하옵니다."

숙의 범 씨는 원범이 걱정됐다. 원범으로부터 사랑을 받는 것은 좋았으나 그로 인해 왕이 정사를 소홀히 할까 두려웠다.

"그놈의 정사가 뭐란 말이더냐? 너와 함께 조용히 살고 싶구나. 네가 복녀로다."

원범은 숙의 범 씨를 보며 복녀를 생각했다. 숙의 범 씨를 품으면 마치 복녀를 안고 있는 느낌이었다. 따뜻한 살결과 보드라운 숨결이 느껴졌다. 중전과는 다른 느낌이었다.

"전하! 이러시면 소녀 전하를 뫼실 수 없사옵니다. 선정을 베푸소서."

숙의 범 씨는 간곡하게 원범에게 부탁했다. 그러자 원범은 마지 못해 자리에서 일어났다.

"알았노라. 조정 회의에 다녀올 동안 여기서 꼼짝 말고 있거라. 어서 다녀오겠노라."

"네. 전하! 분부대로 하겠나이다."

원범은 그제야 자리에서 일어났다. 원범은 정사를 논하는 것보다 숙의 범 씨와 같이 있는 게 훨씬 좋았다. 철인왕후는 원범이 숙의 범 씨에게 깊이 빠져있는 것을 눈치챘다. 아무리 너그럽고 자애로운 철인왕후라고 할지라도 그것을 그냥 넘어갈 수는 없었다. 처음에는 원범이 범 씨를 가까이하는 것을 복녀 때문이라고 생각했다. 철인왕후는 원범이 후궁을 가까이하다 보면 복녀를 잊고 자신에게도 더 가까이 다가올 것으로 믿었다. 그것은 한낱 바람일 뿐이었다. 원범은 숙의 범 씨를 가까이할수록 철인왕후를 멀리했다. 원범이 중궁전에 들리는 날은 날이 갈수록 줄었다. 어떤 때는 한 달 내내 숙의 범 씨와 잠자리를 같이 할 뿐, 단 하루도 중전을 찾지 않았다. 그쯤 되자 철인왕후도 숙의 범 씨에게 서운한 마음을 갖기 시작했다. 철인왕후는 안 되겠다 싶어 원범을 찾았다.

"상감마마 계시는가?"

철인왕후가 원범이 기거하는 곳 앞에까지 와서 외쳤다. 그러자 내시가 이내 나와서 철인왕후를 맞이했다.

"중전마마! 어인 행차시옵니까? 전하께오서는 지금 조정에 나가셨사옵니다."

"아직도 안 들어오셨단 말이냐? 그럼 안에는 누가 있나?"

철인왕후는 혹시나 숙의 범 씨가 그곳에 있을지 모른다고 생각했다. 아니나 다를까 그 말이 끝나기가 무섭게 숙의 범 씨가 문을 박차고 나왔다.

"중전마마 오셨나이까? 범 상궁이옵니다."

철인왕후는 숙의 범 씨를 보자 얼굴색이 변했다. 철인왕후는 숙의 범 씨를 노려보았다.

"자네가 어찌 혼자 거기 있는가?"

그 말은 숙의 범 씨에게 예사롭게 들리지 않았다. 말에 가시가 돋아 있었다.

"중전마마! 황공하옵니다. 전하께오서 있어달라는 말씀이 있었나이다."

숙의 범 씨는 솔직히 대답했다. 그러자 철인왕후는 헛기침을 크게 하더니 범 상궁을 다시 노려봤다.

"얼마나 주상을 홀렸으면 혼자 있으라고 했을고. 고얀 년!"

숙의 범 씨는 그토록 인자한 철인왕후 입에서 욕이 나올 것이라고는 꿈에도 생각 못했다. 얼마나 자신에 대한 분노가 사무쳤으면 그런 욕을 했을까? 숙의 범 씨는 온갖 생각이 머릿속에서 떠올랐다. 그때 철인왕후가 몸을 돌려 중궁전으로 향했다. 그 모습을 본 숙의 범 씨는 철인왕후를 막아섰다.

"중전마마! 그냥 가시면 어찌하옵니까? 전하께오서 조금 있으면 이곳에 납시올 것입니다. 기다렸다가 뵙고 가시는 게 지당한 일이옵니다. 마마!"

숙의 범 씨는 아주 간절했다. 이대로 철인왕후를 그냥 보냈다가는 내내 마음이 편치 않을 거라고 생각했다.

"자네가 나를 생각해서 그런 말을 하는가? 자네 때문에 내 꼴이 이렇게 된 것도 모르고."

철인왕후는 숙의 범 씨 앞에 속내를 그대로 드러내고 말았다. 중전이라고 해도 어린 나이였다. 남편이 사랑하는 다른 여인을 향한 원망을 마냥 참고만 있는 것은 어려웠다.

"중전마마! 황공하옵니다. 소녀 때문에 마마께서 마음이 편치 못하셨다면 용서하여주소서. 소녀가 물러나겠나이다."

숙의 범 씨는 마침내 울음을 터트렸다. 그녀도 원범을 이렇게까지 홀리려고 한 것은 아니었다. 다만 원범에게 잘 보이고 싶은 마음뿐이었다. 철인왕후는 울면서 자신에게 애원하는 범 상궁을 보자 마음이 조금 풀어졌다.

"왜 그렇게 우는가? 정작 울어야 할 사람은 나일세. 주상이 자네를 좋아하는 걸 낸들 어쩌겠는가. 나도 사람인지라 자네를 질투한 것이네."

철인왕후는 솔직했다. 그 말에는 숙의 범 씨에 대한 부러움이 묻어 있었다. 같은 여자의 눈으로 봐도 숙의 범 씨는 미색이 출중했다. 그 미색에 안 빠져들 남자가 없을 것 같았다.

그때 원범이 들어오는 소리가 들렸다. 철인왕후는 놀라며 황급히 옷매무새를 매만졌다. 아주 공손한 자세로 원범을 맞을 준비를 했다. 숙의 범 씨도 자세를 갖추며 원범을 맞이했다. 원범은 중전이 그곳에 와 있는 모습을 보고 깜짝 놀라며 걸음을 멈췄다.

"아니! 중전. 여기는 웬일이오?"

"전하! 웬일이라니요? 중전이 전하를 찾는 게 잘못되었단 말입니까? 근래에 중궁전을 도무지 찾지 않으시니 걱정되어서 찾아왔나이다."

중전에게 그 말을 들은 원범은 정신이 번쩍 들었다. 중전이 그 일로 자신을 찾아왔다고 생각하니 가슴이 철렁했다. 혹시 중전이 숙의 범 씨를 강하게 혼내지는 않았을까 걱정됐다. 원범은 모든 것은 자신 탓이라고 생각했다. 그 자리에서 중전에게 잘못했다고 빌고 싶은 마음이었다. 그렇지만 왕으로서 그런 행동을 할 수는 없었다. 오히려 원범은 중전에게 강하게 나오는 게 더 낫다고 생각했다. 중전이 화를 내더라도 그것은 감수해야겠다고 여겼다.

"중전, 숙의에게는 아무 잘못이 없소. 숙의 범 씨에게는 아무 말도 하지 마시오. 오늘 중궁전으로 가리다. 먼저 가서 기다리고 계시오."

원범은 중전에게 지아비로서 위엄을 보였다. 그 모습을 본 중전은 더는 원범에게 대꾸할 수 없었다. 조용히 그 자리에서 물러나야만 했다.

"전하! 그럼 소녀는 이만 물러가겠나이다. 옥체를 보전하소서."

철인왕후는 원범이 건강을 잃을까 봐 항상 걱정했다. 원범이 정사를 직접 챙기고 후궁을 가까이하면서 체력이 많이 떨어진 것 같았다. 아무리 젊은 나이라고 해도 몸을 무리하게 사용하면 문제가 될 수 있는 법이다.

철인왕후가 중궁전으로 돌아간 뒤 원범과 숙의 범 씨는 나란히 방에 들어갔다. 철인왕후를 보고 긴장했던 원범 얼굴이 숙의 범 씨를 마주 보자 활짝 펴졌다.

"몸은 괜찮으냐?"

원범이 느닷없이 숙의 범 씨에게 물었다.

"네, 전하. 아무렇지도 않사옵니다. 전하께오서는 어떠시옵니까?"

"너만 보고 있으면 아프던 몸도 다 나은 것 같다. 아까 중전을 봤을 때 얼마나 놀랐는지 모른다. 어찌 중전이 여기까지 왔단 말이냐?"

"소녀도 많이 놀랐사옵니다. 마마께서 몹시 화난 얼굴이었사옵니다. 아무래도 전하께오서 중궁전에 들러 마마를 위로해주는 게 좋을 듯하옵니다. 오늘은 꼭 마마를 찾아뵈시옵소서."

숙의 범 씨는 예의가 발랐다. 철인왕후 마음을 헤아릴 줄 알았다. 자신이 원범을 독차지해서는 안 된다는 것을 알았다. 자신은 후궁일 뿐이었다. 철인왕후는 중전이 아닌가. 후궁이 아무리 빼어나다고 해도 중전을 무시할 수는 없었다.

"어찌 그대는 마음도 그리 비단 같으오. 내 그대를 봐서라도 오늘 중궁전에 들리리라."

원범은 참으로 오래간만에 중궁전으로 발길을 옮겼다. 얼마만이던가. 중전과 단 둘이 마주 앉은 날이 얼마였던가. 한 달, 두 달, 근 일 년이 되도록 발길을 멀리하지 않았던가. 그동안 중전이 얼마나 마음이 아팠을까. 원범은 그때서야 자신이 너무 중전에게 무관심했다는 생각이 들었다.

"상감마마 납시오."

원범이 중궁전에 들어서자 시녀가 철인왕후를 향해 외쳤다. 철인왕후는 황급히 문밖으로 나왔다.

"전하! 어서 드시옵소서."

철인왕후는 원범을 반갑게 맞이하며 방 안으로 안내했다. 원범은 상석에 앉아서 중전을 지그시 쳐다봤다.

"중전! 편히 앉으시오."

"네. 전하!"

철인왕후는 원범 앞에 무릎을 꿇고 앉았다. 오래간만에 원범과 단 둘이 마주 앉으니 다소 긴장한 모습이었다.

"중전, 그동안 많이 미안했소. 이토록 아리따운 중전을 멀리했다니 정말 미안하오."

원범은 철인왕후에게 계속 미안하다는 말을 했다. 철인왕후는 자신도 모르게 서러운 눈물이 흘러내렸다.

"중전, 왜 우시오? 미안하다고 했지 않소. 앞으로는 중궁전을 자주 찾을 것이오. 너무 서러워 마시오."

"서러워서 우는 게 아니옵니다. 너무 감격스러워 흘리는 눈물이옵니다."

철인왕후는 애써 태연한 척했다. 그 눈물은 서러움과 감격이 함께 묻어난 눈물이었다. 눈물에 약한 원범이었다. 원범은 철인왕후를 힘껏 안았다. 두 남녀는 몸이 떨어지지 않았다. 밤이 깊도록 깊은 사랑을 속삭였다.

13. 원자의 탄생

　철종 3년(1852년) 원범과 혼례를 한 철인왕후는 여태껏 아이가 생기지 않았다. 하늘을 봐야 별을 딸 수 있을 것 아닌가. 원범이 철인왕후를 가까이하지 않고 후궁 품속에서 놀아났으니 아이가 생길 틈이 없었다. 그 사이에 숙의 범 씨에게 수태 소식이 들렸다. 날마다 범 씨를 가까이했으니 아이가 없는 게 이상한 노릇이었다.
　원범은 숙의 범 씨 외에도 후궁을 여러 명 두었다. 그것은 원자를 하루라도 빨리 두기 위한 조치이기도 했다. 순원왕후는 헌종이 후사 없이 죽는 모습을 지켜봤다. 왕실이 튼튼해지기 위해서는 후손이 많아야 하는 법이다. 그 사실을 잘 알기에 그녀는 원범에게 후궁을 들일 것을 권했다. 궁궐에 있는 궁녀는 원범이 마음만 먹으면 얼마든지 후궁으로 삼을 수 있었다. 궁녀들은 어떻게든 원범의 눈에 띄기를 바랐다. 궁녀에게 후궁이 되는 것보다 더 큰 영광은 없었다.

어느새 원범은 중전 철인왕후 이외에 후궁을 7명이나 두었다. 귀인 박 씨, 귀인 조 씨, 숙의 방 씨, 숙의 김 씨, 숙의 범 씨, 궁인 이 씨, 궁인 박 씨가 그들이었다. 후궁이 늘어나는 것은 시간 문제였다. 그리고 후궁이 많아질 수록 원범은 더더욱 중궁전을 찾지 않았다. 그러자 그토록 인자했던 철인왕후도 슬슬 화가 나기 시작했다. 철인왕후는 참다 못해 원범을 찾았다.

"전하! 중전 마마 납시오."

내시가 원범에게 철인왕후가 왔음을 알렸다. 그때도 원범은 후궁과 같이 있었다. 옷을 벗고 후궁을 껴안고 침소에 누워 있던 원범은 즉시 의관을 갖췄다.

"어서 들라하라."

간신히 의복을 갖춰 입은 원범은 철인왕후를 맞았다. 철인왕후는 당황하는 원범의 표정을 보고 그가 무엇을 하고 있었는지 단번에 눈치챘다. 같이 있던 후궁은 어쩔 줄 몰라하면서 자리를 피하려고 했다. 철인왕후가 그 모습을 보고 후궁을 나무랐다.

"너는 누구냐?"

"중전 마마! 궁인 이 씨이옵니다. 전하께오서 부르셔서 조금 전에 왔사옵니다."

"왜 나를 보고 피하려 하느냐. 무슨 죄라도 졌단 말이냐?"

"송구하옵니다. 마마! 그 게 아니옵고 소인이 자리를 피해야 마땅하다 생각했사옵니다."

"무엄하구나. 어디 함부로 말대꾸냐? 어서 썩 물러가라."

원범은 두 여인이 나누는 대화를 가만히 듣고만 있었다. 철인왕후가 단단히 화가 났다는 것을 느낄 수 있었다. 궁인 이 씨는 황급히 자리를 피했다. 철인왕후는 원범에게 다가가 흐느꼈다.

"전하! 옥체를 보전하소서. 어찌 맨날 후궁 품 안에만 있사옵니까. 소녀를 가까이하지 않는 것은 괜찮사오나 이러시면 아니 되옵니다. 기력이 쇠하여 정사를 그르칠까 심히 염려되옵니다."

그 소리를 듣자 원범은 뜨끔했다. 그동안 자신이 너무나 중전에게 무심했다고 생각했다. 내심 미안한 마음이 들었다.

"중전, 노여움을 푸시오. 예쁜 얼굴에 주름 생길까 두렵소."

원범은 웃는 얼굴로 대답했다. 그 모습을 보고 철인왕후는 크게 실망했다. 원범이 전혀 자신이 한 행동을 전혀 뉘우치지 않는 것 같았다. 철인왕후는 그 자리에서 크게 소리 내어 울었다.

"어찌 국왕이 이토록 어리석을 수가 있을까. 농사꾼이 국왕이 되더니 배운 거라고는 계집질 뿐이구나. 앞으로 이 나라가 어찌 될꼬."

그 소리는 한낱 여인이 내뱉는 넋두리가 아니었다. 진정으로 나라를 생각하는 마음이었고 원범을 위한 말이었다. 그렇지만 원범에게는 자신을 헐뜯는 소리로만 들렸다. 그 소리를 듣고 원범은 크게 노했다.

"중전! 그게 무슨 소리요? 나를 능멸하려 하시오? 내가 농사꾼이었다는 게 어쨌단 말이오? 농사꾼이 임금이 되었다고 나를 우습게 아는 것이오? 중전에게 대실망이오."

원범은 처음에는 철인왕후에게 미안한 마음을 고백하려 했다. 그 마음이 바뀐 것은 중전이 자신을 농사꾼이었다고 비꼬았기 때문이었다. 조선왕조 역사상 처음으로 농사꾼이 왕이 되었다. 그 사실은 두고두고 원범의 마음 속에 남아 있었다. 배우지 못한 왕이라는 것 때문에 순원왕후로부터 수렴청정을 당하지 않았던가.

수렴청정이 걷히고 나서도 원범은 여전히 안동 김 씨 세력 때문에 기를 펴지 못했다. 그 외로움을 달래기 위해 후궁을 가까이한 거였다. 후궁들은 그의 외로움을 적셔줬다. 말벗이 되었을 뿐만 아니라 그가 하는 모든 말을 다 받아줬다. 세상에 둘도 없는 애인이요, 친구들이었다. 그가 부르면 언제든 달려왔고 그가 원하는 것은 뭐든 받아줬다. 철인왕후를 상대하는 것보다 훨씬 편했다. 안동 김 씨의 딸인 철인왕후 배후에는 막강한 힘이 있었다. 장인 김문근을 비롯한 신하 세력이 원범을 압박했다. 그런 탓에 원범은 철인왕후를 부담스러워했다.

"전하! 어찌 그런 말씀을 하시옵니까. 소녀는 절대 전하가 농사꾼

원자의 탄생 | 117

이었다고 우습게 안 적이 한 번도 없사옵니다. 통촉하여 주시옵소서."

철인왕후는 그 자리에서 눈물을 흘렸다. 눈물이 옷을 다 적실 정도였다. 눈물에 약한 원범이었다. 후궁 때문에 멀리했던 중전이었지만 사랑이 식은 것은 아니었다. 항상 중궁전에 가야겠다는 생각을 갖도 있던 원범이었다. 원범은 철인왕후에게 다가가 힘껏 안았다.

"중전, 내가 너무 심한 말을 했소이다. 미안하오. 노여움을 푸시고 중궁전에 가 계시오. 오늘은 그리로 가리다."

원범은 너그럽게 중전을 감쌌다. 그러자 철인왕후 마음도 풀어졌다. 금방이라도 폭발할 것 같은 분위기가 바뀌었다. 철인왕후는 원범에게 예를 갖춰 인사를 한 뒤 자리에서 일어섰다. 철인왕후가 나가자 원범은 곧바로 내시를 불렀다.

"목욕물을 데워라. 오늘은 중궁전에서 잠을 잘 것이니라."

"네, 전하! 분부대로 거행하겠나이다."

원범이 목욕을 하려 하자 대형 욕조와 시녀들이 따라 들어왔다. 어느새 목욕물이 데워졌고 원범은 옷을 벗고 그 안에 들어갔다. 그러자 시녀들이 머리부터 발끝까지 깨끗이 씻겼다. 원범은 손 하나 까딱하지 않고 목욕을 했다. 농사꾼이었을 때는 상상도 못 할 광경이었다. 목욕은 왕이 되어 누리는 호사 중에 가장 큰 것이었다. 아리따운 궁녀가 몸에 손을 대고 씻길 때에는 욕정이 피어오르기도 했다. 원범은 다시 의관을 갖췄다. 원범이 문을 나섰다. 그러자 시녀와 하인이 따랐다.

"중전 마마! 상감마마 납시오."

중궁전 앞에 도착하자 시녀가 큰 목소리로 외쳤다. 철인왕후는 의관을 갖추고 문 앞에 나와서 원범을 맞이했다.

"전하! 어서 안으로 드시옵소서."

원범은 헛기침을 한 번 한 뒤 중궁전 안으로 들어갔다. 철인왕후가 마주 보며 앉았다. 얼마 만에 들린 중궁전이었던가. 원범은 철인왕후 얼굴을 유심히 쳐다보았다. 오똑한 콧날과 초롱초롱한 눈매는 누가 봐도 미인이었다. 그런 미인을 두고 날마다 후궁만 찾은 자신이 원망스러웠다.

"중전, 이렇게 둘이 마주 앉아 얼굴 쳐다본 지도 꽤 오래된 것 같소. 내 오늘 중전을 품으리다. 중전, 이리 가까이 오시오."

철인왕후는 부끄러운 듯 얼굴이 붉어졌다. 원범은 철인왕후와 입술을 포갰다. 뜨거운 입김이 몸속으로 파고들었다. 원범은 만족한 듯 아주 흡족한 표정이었다. 부드러운 살결이 느껴졌다. 원범은 부드러운 손길로 철인왕후의 온몸 구석구석을 만졌다. 작은 탄성이 흘러나왔다. 젊은 두 남녀에게서 나오는 소리였다. 원범은 그 시간이 오래 지속되었으면 하는 마음이었다.

어느새 날이 밝았다. 두 남녀는 알몸인 채 누워 있었다. 부끄럽지 않았다. 왕과 중전이 한 마음이 된 것이 어찌 부끄러운 일인가. 경사스러운 일이었다. 원범이 중전을 안고 밤을 지새운 것은 백성에게도 기쁜 일이었다. 원자의 탄생은 모두가 기다리는 일이었다. 숙의 범 씨가 철인왕후보다 먼저 수태 소식을 알리지 않았던가. 숙의 범 씨가 원자를 먼저 출생한다면 세자가 될 수도 있는 문제였다. 철인왕후는 그 점이 걱정됐다. 자신이 먼저 원자를 낳아야 그 아이가 세자가 될 것이 아닌가.

한편, 수태했던 숙의 범 씨가 딸을 낳았다. 딸이라는 소리를 듣고 원범은 실망이 컸다. 1849년 보위에 올라 어언 십 년이 다 되도록 대를 이을 원자를 낳지 못했다. 그러나 그로부터 몇 달이 안 되어 철인왕후에게 기쁜 소식이 날아왔다. 수태를 한 거였다. 그 소식은 원범에게도 전해졌다.

"전하, 경하드리옵나이다. 중전마마께오서 수태를 하셨사옵니다."

신하가 호들갑을 떨며 철인왕후 수태 소식을 알렸다. 원범은 뛸 듯이 기뻤다. 이번만큼은 원자가 태어나기를 바랐다.

철종 9년(1858) 음력 10월 17일 드디어 원자가 태어났다. 그토록 바라던 아들이었다. 원범이 보위에 오른 지 9년 만에 얻은 왕자였다. 원자를 얻은 기쁨은 이루 말할 수 없을 정도였다. 방방곡곡에 원자가 탄생했음을 알리는 공문이 발표되었다. 수많은 백성은 만세를 부르며 원자 탄생을 반겼다.

"참으로 기쁘도다. 내 생애 가장 기쁜 날이로다. 원자 탄생을 기념하여 대대적인 잔치를 베풀 것이니라. 아울러 특별 감형 조치도 취할 것이니라. 잔치에 참석을 원하는 백성은 모두 받아들이라. 마음껏 먹고 즐기며 보낼 수 있도록 하겠느니라."

원범은 하늘을 날아갈 듯 기뻤다. 철인왕후는 원범이 기뻐하는 모습을 보며 갓 태어난 원자를 조심스럽게 안았다. 장차 이 아이가 건강하게 성장하여 보위를 이어받기를 바라는 마음이었다.

철종 10년(1859) 음력 1월 27일 원자가 백 일이 되었다. 아이가 태어나서 백 일을 넘겼으니 참으로 경사스러운 일이었다. 그동안 후궁 몸에서 태어난 아이가 백 일을 넘기지 못하고 죽은 경우가 여러 차례 있었다. 그때마다 원범은 죽은 아이를 껴안고 슬피 울었다.

"왜 나는 이토록 자식 복이 없단 말인가. 백 일을 넘기기가 그토록 힘들단 말인가. 태어난 기쁨도 잠깐 이토록 허망하게 가면 어쩌란 말이냐. 참으로 하늘이 원망스럽도다."

어찌 하늘을 원망하지 않을 수 있을까. 그것은 자식을 먼저 잃은 부모라면 누구나 느끼는 마음일 것이다. 눈에 넣어도 아프지 않은 자식을 잃었을 때 하늘이 무너지고 땅이 꺼지도록 슬픈 법이다. 그렇기에 철인왕후가 낳은 아들이 백일을 넘긴 것은 무척 경사스러운 일이었다. 원범은 이 기쁜 날을 그냥 넘어갈 수 없었다. 원범은 조정에 나아가 원자 탄생 백일 기념 잔치를 대대적으로 베풀 것임을 선언했다.

모든 신하가 큰 절로 화답했다.

"전하! 앙축드리옵나이다. 원자께오서 만수무강하기를 기원하옵니다. 탄신 백일 기념행사를 온 백성과 함께 성대히 치루겠나이다."

큰 경사였다. 이토록 성대한 백일잔치가 있을까. 왕세자가 귀한 때였기에 원자 백일잔치는 그 어느 때보다도 화려하고 장엄하게 치러졌다. 원범은 원자를 안고 그 잔치를 흐뭇한 마음으로 보고 즐겼다.

그러나 그토록 귀한 원자가 시름시름 앓았다. 원인이 뭔지도 몰랐다. 철인왕후는 안절부절 어쩔 줄을 몰랐다. 전국에 유명하다는 의원을 모두 불렀다. 진맥을 하고 약을 썼지만 원자 상태는 나이질 기미가 보이지 않았다. 몸에 열이 오르고 기침을 자꾸 했다.

"무슨 수를 써서라도 고쳐라. 원자가 죽으면 안 된다. 원자를 낫게 하는 자에게는 큰 상과 벼슬을 내릴 것이니라."

철인왕후는 원자를 살리기 위해 열과 성을 다했다. 그토록 애지중지 정성을 다 했지만 원자는 끝내 일어나지 못했다. 철종 10년(1859) 음력 4월 23일 생을 마감했다. 불과 6개월을 살았다. 원범은 철인왕후로부터 원자가 죽었다는 소식을 듣고 대성통곡을 하였다.

"어찌 이리 허망하단 말인가. 하늘도 무심토다. 그토록 귀한 원자를 이토록 빨리 가게 하다니. 이게 무슨 변고인고? 내가 부덕한 탓이로다. 이 모든 게 다 내 탓이로다. 참으로 안타깝도다."

원범은 흐르는 눈물을 참을 수 없었다. 밤새도록 곡기가 끊이지 않앉다. 식음도 전폐할 정도였다. 날이 갈수록 기력이 쇠해졌다. 보다 못한 철인왕후가 원범을 찾았다.

"전하! 어찌 이러시옵니까? 옥체를 보전하소서. 원자는 다시 얻으면 되옵니다. 너무 심려치 마시옵소서."

철인왕후 옷에 굵은 눈물이 하염없이 흘러내렸다. 옷이 다 젖을 정도였다. 슬픔으로 치면 철인왕후도 원범 못지않았다. 자식을 잃은 슬픔은 아비나 어미나 마찬가지였다. 아니 그 자식을 몸으로 품은 어미 마음이 더하면 더 했지 못하지는 않았다.

14. 영혜 옹주(永惠翁主)

철종 9년(1858), 숙의 범씨에게서 영혜 옹주가 태어났다. 철인왕후가 낳은 원자보다 몇 달 먼저 태어났다. 원범은 원자가 아니어서 조금 서운했으나 내색하지는 않았다. 그전에 태어난 자녀들이 모두 일찍 세상을 떠난 탓에 딸이 태어나도 기뻐했다. 더구나 자신이 가장 사랑하는 후궁인 숙의 범 씨의 자식이었으니 말이다. 원범은 딸을 가까이했다.

"어찌 그리 예쁘단 말이냐. 눈, 코, 귀, 입 어느 한 군데도 예쁘지 않은 곳이 없구나."

원범은 딸을 쳐다보며 한없이 기뻤다.

"전하! 이 모두가 전하를 닮은 덕분이옵니다. 옹주가 전하 이목구

비를 빼닮았사옵니다."

숙의 범 씨는 원범을 쳐다보며 아주 기쁜 미소를 지었다. 원범은 그 말 한마디에 입이 함지막하게 벌어졌다.

"자네를 닮아서 옹주가 예쁜 게 아니고 나를 닮았다고? 정말 그러냐?"

원범은 너털웃음을 웃었다. 그 목소리가 궁밖에도 크게 들릴 정도였다. 숙의 범 씨는 옹주를 보고도 기뻐하는 원범을 보며 못내 아쉬웠다. 원자가 태어났으면 얼마나 좋았을까 하는 아쉬움이 가득했다. 숙의 범 씨는 원범을 쳐다보며 아쉬운 듯 입을 열었다.

"전하! 소인이 부족한 것이 많아 옹주가 태어났습니다. 전하! 성은을 입어 반드시 원자를 낳을 것이옵니다. 부디 성은을 베풀어주시옵소서."

숙의 범 씨에게 성은은 다름 아닌 원범의 사랑이었다. 원범이 꾸준히 자신을 찾아서 빠른 시일내에 아들을 갖고 싶었다. 철인왕후가 아들을 낳아 왕세자가 되어도 앞일은 모른 거였다. 숙의 범 씨 아들이 왕세자가 될 수도 있는 노릇이었다. 지금껏 국왕 중에 왕후의 아들이 아닌 자가 왕이 된 경우가 여러 번 있었다. 특히 영조는 무수리 출신 후궁의 아들이었다. 그렇기에 자신이 아들만 낳는다면 얼마든지 제 아이를 왕세자로 올릴 수도 있었다. 아니나 다를까 철인왕후가 낳은 아들은 태어난 지 6개월 만에 죽고 말았다. 온 백성이 슬픔에 잠기고 원범이 땅을 치며 안타까워해도 숙의 범 씨는 그다지 슬프지 않았다. 그것은 자신이 원자를 낳아 왕세자를 만들 생각을 했기 때문이었다.

숙의 범 씨의 딸은 백일을 거뜬히 넘기고 돌이 지났다. 첫돌이 지나자 원범은 영혜 옹주를 엎고 궁궐을 한 바퀴 뛰어다녔다. 딸이 무사히 잘 큰 것을 기뻐한 거였다. 원범이 그토록 기뻐한 것은 그동안 태어난 자녀 모두 첫 돌을 넘기지 못했다. 작은 병치레를 하더니 몇 달 못 되어 죽었다. 해마다 후궁에게 자녀가 태어나도 제대로 큰 자식이 없었으니 영혜 옹주가 무사히 큰 모습을 보고 기뻐한 것은 너무도 당연한 일이었다. 원범은 딸을 보고 너무 기쁜 나머지 시 한 수를 썼다. 첫돌을 맞이한 딸을 위해 쓴 시였다. 저절로 마음에서 우러나온 시였다.

영혜 옹주

태어나서 맞이한 첫돌
아무 일 없이 건강하게 자라
종종걸음 하고
말귀도 알아듣고 옹알거리기까지
보기만 해도 춤이 덩실덩실

기쁨 안겨주는 세상 둘도 없는 보물
오래도록 함께 품고만 싶어
아무리 봐도 이보다 더한 복은 없구나

 원범은 영혜 옹주를 보는 것만으로도 기뻤다. 세상에 둘도 없는 보물을 봤으니 어찌 안 기쁠 수 있을까. 왕도 일반 백성과 똑같은 아버지였다. 아버지가 딸에게 가질 수 있는 정은 다를 수 없었다. 원범은 영혜 옹주가 커서 시집갈 때까지 살아서 그 모습을 지켜보고 싶었다. 원범은 아직 젊은 나이이기에 그것이 충분히 가능할 것으로 생각했다. 아니, 그것은 영혜 옹주가 그때까지 별 탈 없이 잘 큰다는 가정 하에서였다. 영혜 옹주는 어렸을 때부터 원범과 숙의 범 씨 사랑을 듬뿍 받으면서 컸다. 원범은 영혜 옹주를 무척 좋아하면서도 아쉬워했다. 그것은 영혜 옹주가 딸이어서 보위를 물려줄 수 없다는 점이었다.
 숙의 범 씨가 영혜 옹주를 낳자 원범은 더욱 숙의 범 씨를 가까이 했다. 원자를 잃은 철인왕후는 더욱 섭섭할 수밖에 없었다. 아들을 잃은 데다 원범까지 후궁만 좋아하며 가까이했으니 더욱 심기가 불편했다. 철인왕후는 참다 못해 숙의 범 씨를 만나야겠다고 생각했다. 원범이 자리를 비운 사이에 단 둘이 만나서 할 얘기를 해야만 속이 풀릴 것 같았다. 마침내 철인왕후는 원범이 조정에 나간 사이에 숙의 범 씨를 찾았다.

"중전마마 납시오."

시녀가 숙의 범 씨에게 철인왕후가 왔음을 알렸다. 숙의 범 씨는 깜짝 놀라며 문 밖으로 뛰어나왔다.

"중전 마마! 어인 일로 이곳까지 오셨나이까?"

숙의 범 씨는 공손하게 인사하며 철인왕후를 맞았다.

"내가 이곳에 오면 안 되는가? 영혜 옹주가 궁금해서 보러 왔느니라."

철인왕후는 태연하게 대답했다. 그 소리를 듣고 숙의 범 씨는 반가워하며 철인왕후를 방 안으로 안내했다.

"중전마마! 안으로 드시옵소서. 옹주가 조금 전에 잠들었사옵니다."

철인왕후는 숙의 범 씨 방으로 들어가서 상석에 앉았다. 철인왕후는 잠든 영혜 옹주를 자세히 들여다봤다. 영락없이 원범을 닮았다. 그 얼굴만 봐도 원범이 영혜 옹주를 왜 귀여워하는지 알 것 같았다.

"거 참. 똘똘하고 귀엽게 생겼구나. 잘 커야 할 텐데. 옹주는 건강한가?"

철인왕후는 숙의 범 씨에게 다정하게 물었다. 숙의 범 씨는 활짝 미소 띤 얼굴로 대답했다.

"네. 마마! 아주 건강하옵니다. 옹주만 보고 있으면 모든 걱정이 다 사라지는 것 같사옵니다."

그 소리를 듣자 그동안 쌓였던 감정이 터졌다. 갑자기 철인왕후 얼굴이 굳어지며 숙의 범 씨를 향해 버럭 화를 냈다.

"옹주가 자네에게는 참으로 소중한 딸이라는 것을 잘 알고 있네. 그럼 난 뭔가? 아들을 잃고 독수공방하는 내 처지를 한 번이라도 생각해 봤는가? 같은 여자 입장에서 자네는 그것을 왜 모르는가?"

서릿발 같은 말이었다. 숙의 범 씨는 그 말 한마디에 온몸이 부들부들 떨렸다. 미처 거기까지 생각 못했다. 인자한 철인왕후 얼굴이 돌변하니 무서운 호랑이가 따로 없었다. 숙의 범 씨는 어찌할 줄을 모르며 고개를 떨구었다. 그러자 철인왕후가 다그쳐 물었다.

"어찌 말을 못 하느냐? 어서 대답하지 못 할까?"

숙의 범 씨는 그제야 겨우 입을 열었다.

"중전 마마! 소인 죽을죄를 지었나이다. 마마의 마음을 미처 헤아리지 못했나이다. 소인이 전하께 마마를 많이 위로해드리라고 말씀드리겠나이다. 통촉하여 주소서."

숙의 범 씨는 철인왕후 앞에 무릎을 꿇고 애원했다. 눈에는 어느새 굵은 눈물이 떨어지고 있었다. 그러자 철인왕후가 숙의 범 씨를 일으켰다.

"자네가 무슨 죄가 있겠는가. 다 내가 부덕한 탓이다. 생각해보니 내 잘못이 크니라. 그만 눈물을 그치라."

어느새 철인왕후 눈가에도 눈물이 맺혔다. 철인왕후는 마음이 약한 여인이었다. 그동안 숙의 범 씨 때문에 얼마나 마음이 상했던가. 그것을 따지기 위해 숙의 범 씨를 만났는데 막상 보니 그 마음이 풀어졌다. 화를 내려다가 말았다. 숙의 범 씨가 진실로 사과하는 눈물을 보인 때문이었다.

철인왕후는 잠들어 있는 영혜 옹주를 가만히 쳐다보았다. 그 모습을 보면서 자신이 어렸을 때를 생각해 보았다. 안동 김 씨 딸로 태어나 애지중지 컸던 어린 시절이었다. 중전이 될 수 있다는 기대를 한 몸에 받고 자랐던 시절이었다. 순원왕후 때부터 3대가 중전으로 이어졌다. 그러나 막상 중전이 되고 보니 외로웠다. 겉으로는 화려했지만 속은 그렇지 않았다. 후궁 때문에 지아비 사랑을 많이 받지 못했다. 홀로 밤을 지새우는 경우가 많았다. 더구나 원자까지 잃지 않았던가. 누구 하나 위로해주는 사람도 없었다. 철인왕후는 눈물로 하루를 보내는 날이 많았다. 그 외로움을 누군가로부터 위로받고 싶었다. 철인왕후는 조용히 문을 나섰다. 숙의 범 씨가 황급히 일어나 배웅했다.

"중전마마! 너무 심려치 마시옵소서. 소인이 전하께 말씀드리겠나이다."

철인왕후는 그 한마디 말만으로도 숙의 범 씨를 미워했던 마음을 버렸다. 자꾸만 자고 있는 영혜 옹주 얼굴이 떠올랐다. 철인왕후는 마음 속으로 영혜 옹주가 건강하게 성인이 되기를 바랐다.

철인왕후가 가고 나자 잠들었던 영혜 옹주가 깨었다. 숙의 범 씨는 딸이 자신을 도와준 것처럼 생각되었다.

"옹주야, 잘 잤니?"

옹주는 웃으며 고개를 끄덕였다. 초롱초롱한 눈망울이 번쩍였다. 숙의 범 씨는 딸을 꼭 끌어안았다. 볼수록 귀여운 딸이었다. 얼마 되지 않아 원범이 숙의 범 씨를 찾아왔다. 숙의 범 씨는 의관을 갖추고 정중히 원범을 맞이했다.

"전하! 안으로 드시옵소서."

"무슨 일이 있었느냐? 안색이 안 좋아 보이느니라."

"전하! 조금 전에 중전마마께오서 납시었사옵니다."

그 소리에 원범 얼굴색이 확 변했다. 중전이 숙의 범 씨를 찾은 데는 분명 이유가 있을 것이라고 생각했기 때문이었다.

"중전이 여기를 왜 찾아왔는가? 그것도 내가 없는 사이에."

"전하! 아무 일도 아니옵니다. 영혜 옹주를 보러 왔사옵니다. 옹주가 잘 크고 있는 모습을 보고 대견스러워했사옵니다. 심려치 마시옵소서."

숙의 범 씨는 태연하게 대답했다. 그러자 원범은 마음을 풀었으나 궁금한 게 있었다.

"중전이 옹주만 보려고 온 것은 아닐 것이다. 바른대로 말하거라. 중전이 와서 무슨 얘기를 했느냐?"

원범은 날카롭게 숙의 범 씨에게 물었다. 숙의 범 씨는 바른대로 말하지 않을 수 없었다. 어느 앞이라고 거짓을 아뢸 것인가. 숙의 범 씨는 떨리는 목소리로 대답했다.

"전하! 그동안 전하께오서 중궁전을 잘 찾지 않아 마마께오서 많이 외로워하셨나이다. 전하께오서 마마를 많이 위로해주셔야 하옵니다. 다른 말씀은 없었사옵니다. 마마께오서는 저와 옹주를 아주 많이 생각했사옵니다."

원범은 그 소리를 듣자 정신이 번쩍 들었다. 옹주가 태어난 뒤 중궁전을 거의 찾지 않은 게 생각났다. 더구나 중전은 원자를 잃어서 실의에 빠진 상태였다. 그것을 자신이 제대로 위로하지 못했다. 원범이 중전을 싫어해서가 아니었다. 숙의 범 씨와 영혜 옹주에 너무 빠진 나머지 중전을 잘 챙기지 못한 거였다.

"아, 그렇구나. 내가 너무 중전에게 무심했도다. 중전을 찾아 위로해야겠노라."

원범은 그 말을 마치고 곧바로 중궁전으로 발길을 옮겼다. 숙의 범 씨는 그 뒷모습을 물끄러미 쳐다보았다.

영혜 옹주는 원범과 숙의 범 씨의 사랑 속에 무럭무럭 컸다. 원범이 죽을 때까지도 성장하여 고종 9년(1872) 음력 4월 13일 박원양의 아들 박영효와 혼례를 치렀다.

그러나 옹주는 같은 해 음력 7월 4일 15세에 느닷없이 생을 마쳤다. 혼례를 치룬 지 불과 3개월도 못 되어 일어난 변고였다. 훗날 고종은 놀랍고 슬픈 마음을 금할 수 없다며 예를 갖춰 성대하게 영혜 옹주의 장례를 치뤘다.

15. 박영효

　영혜 옹주가 커 가자 혼담이 있었다. 어서 부마를 맞이해야 한다는 상소가 곳곳에서 올라왔다. 열다섯 살은 그 당시에 혼례를 치르기에 어린 나이가 아니었다. 오히려 늦은 감이 있을 정도였다. 열한 살, 열두 살에도 혼례를 치루는 경우가 많은 시절이었다.
　숙의 범 씨는 영혜 옹주의 배필을 누구로 할까 많은 고민을 했다. 양반집 자제 중에 골라야 했다. 당연히 훌륭한 집안 자제여야 했다. 공조판서를 지낸 박원양의 아들 박영효가 낙점되었다. 당시 박영효는 열두 살이었다. 영혜 옹주보다 연하였다. 박영효는 열두 살 어린 나이였지만 옹주와 결혼하게 되었다는 사실에 흥분했다. 또래 친구들에게 자랑삼아 얘기했다.

"나는 이제부터 부마야. 부마가 뭐냐 하면 임금님 사위란 말이야. 나는 이제 돌아가신 철종 대왕 따님과 결혼할 몸이야."

친구들은 박영효를 몹시 부러워했다. 자신들은 아직 혼례를 치를 생각도 못하고 있는데 박영효가 옹주와 결혼하게 되었다. 친구가 부마가 된다는 사실은 자랑이었다. 친구 좋다는 게 뭔가. 박영효라는 뛰어난 친구를 둬서 도움을 받으면 받았지 나쁠 것은 하나도 없었다.

영혜 옹주는 원범의 하나밖에 없는 자식이었다. 숙의 범 씨는 영혜 옹주가 결혼하게 되어서 한량없이 기뻤다. 지금껏 딸을 고이 키운 보람이 느껴졌다. 숙의 범 씨는 결혼을 앞둔 영혜 옹주를 불렀다.

"옹주 마마. 이 어미는 기쁘기 한량없사옵니다. 마마께오서 이토록 장성하여 혼례를 올리게 되니 죽어도 여한이 없사옵니다."

숙의 범 씨는 얼굴 가득 미소를 지었다.

"어마마마, 이 모두가 어마마마께서 소녀를 잘 키워주신 덕분이옵니다. 소녀 혼례 치른 뒤에도 어마마마를 자주 찾아뵙겠사옵니다."

영혜 옹주는 어미를 생각하는 마음이 남달랐다. 그러나 영혜 옹주는 박영효와 혼례를 치른 뒤 불과 3개월 만에 시름시름 병을 앓더니 죽고 말았다. 청천벽력 같은 일이었다. 부마가 되어서 좋아했던 박영효는 더 큰 상처를 받았다. 당시 고종은 박영효에게 비단과 돈을 하사하며 크게 위로했으나 상처가 아무는 데는 오랜 시간이 걸렸다.

박영효는 졸지에 어린 나이에 홀아비가 되었다. 부마는 결혼을 함부로 할 수도 없었다. 왕이 교지를 내리기 전까지 스스로 혼례를 치를 수 없었다. 비록 짧은 기간이었지만 박영효는 영혜 옹주를 사랑했다. 누나 같은 부인이었다. 열두 살 어린 나이에 장가를 갔으니 사랑인들 얼마나 했을까? 아직 어리광을 부릴 나이였다. 꼬마 신랑이 따로 없었다. 그 나이에 상처를 당했으니 그 마음인들 오죽했을까?

너무 이른 나이에 부인을 잃은 탓일까? 박영효는 또래보다 성숙했다. 인생이 쓰다는 것을 너무 일찍 알았다. 그때부터 박영효는 잘 웃지 않았다. 그는 부마라는 신분을 이용하여 조정에서 큰 역할을 맡았다. 고종은 그를 크게 썼다. 그에게 높은 벼슬을 내렸다. 그는 개화에 눈을 떴다. 그것은 그가 일본을 방문하고 나서였다. 당시 일본은 일찍이 서양문물을 받아들여 눈부신 발전을 하고 있었다. 박영효는 그 모습을 직접 보았다. 안동 김 씨 세도정치가 판을 치던 우리와 일본은 분명 많은 차이가 있었다. 박영효는 우리도 일본처럼 서양문물을 받아들여야 한다고 굳게 믿었다. 그는 수시로 일본을 드나들었다. 김옥균, 홍영식, 서광범, 서재필과 의기투합했다. 조선을 그대로 둬서는 안 되겠다고 생각했다. 급진적인 개혁이 필요하다는 것을 깨달았다. 박영효는 일찍 깬 사람이었다. 일본에 가서 보고 듣고 느낀 때문이었다.

고종 21년(1884) 조선의 완전 자주독립과 자주 근대화를 이룩한 갑신정변이 일어났다. 그 중심에 선 인물이 박영효였다. 부마에서 근대

개혁가로 변신한 그에게는 어렸을 때부터 기질이 보였다. 아무나 부마가 될 수 없는 일이었다. 박영효는 스스로 부마가 될 결심을 했다. 부마가 되어 왕의 친척으로 세도를 누려보고 싶은 마음이 싹텄다.

될 성 부른 나무는 떡잎부터 알 수 있다는 말은 박영효를 두고 한 말이었다. 친구들은 그가 부마가 된다고 했을 때 장난인 줄 알았다. 그는 어렸을 때부터 친구들에게 부마가 되겠다는 말을 했다. 박영효가 너무 자주 그 말을 하다 보니 실제 부마가 되었을 때도 사실이 아닌 것으로 알았다. 박영효는 자신이 하고자 하는 일이 있으면 끝까지 물고 늘어져야 하는 성품이었다. 남에게 지기 싫어했기에 골목대장은 항상 그의 몫이었다.

조선말 외세 침입이 잦은 시기였다. 삼정문란으로 도적질이 성행했고 가난한 백성은 늘어만 갔다. 굶어 죽는 백성도 있었다. 제대로 먹지 못해서 일찍 죽는 아이들이 부지기수였다. 전염병이 돌면 그 주변 아이들이 몰살당하는 경우까지 생겼다. 박영효가 열 살 때만 해도 병으로 여러 친구들이 죽었다. 그 모습을 보며 박영효는 더욱 근대화에 대한 열망을 키웠다.

그는 뼈대 있는 집안 자손으로 문인이 갖춰야 할 덕목을 모두 갖췄다. 특히 문장 실력이 빼어났다. 그가 고종에게 자신의 상황에 대한 장문의 글을 써서 죄를 탕감받은 것만 봐도 그 사실을 잘 알 수 있다. 조선은 문치의 나라였다. 문을 알면 벼슬길이 열렸다. 그가 어떻게 철종의 딸 영혜 옹주와 혼례를 할 수 있었을까? 집안 배경이 좋아서만은 아니었다. 부마를 결정하는 일은 국가 대사였다. 아무나 될 수는 없었다. 뛰어난 용모와 지혜를 갖춘 자만이 자격이 있었다. 박영효가 부마가 된 결정적인 이유는 외모에 있었던 게 아니었다. 그가 보인 탁월한 문장 실력 때문이었다. 그는 천재였다. 비상한 머리를 갖추고 있었다. 어떤 시제가 나와도 그것을 시로 썼다. 문장 한 구절 한 구절이 의미심장했다. 그것을 조정에서 모를 리 없었다. 그의 문장은 열두 살 아이가 아니었다. 그 문장에는 닳고 닳은 인생이 들어 있었다. 어찌 어린 아이에게 그런 문장이 나올 수 있었을까? 그것은 그가 부마가 되기 위한 착실한 수업을 쌓았기에 가능한 일이었다. 그 수업은 다름 아닌 시를 쓰는 거였다. 그는 음유시인이었다. 김삿갓을 능가할 만큼 시에 소질을 보였다. 그의 눈빛은 빛났다. 매일 시를 쓸 생각을 하며 사물을 유심히 관찰했다. 그런 총명함과 예민함이 훗날 재상 박영효를 만들었다. 그가 부마가 되어 쓴 시를 보면 그 총명함이 그대로 드러나 있다.

부마가 되어

열두 살 마침내 다가온 기회
남들은 아무것도 모른다고 할지 몰라도

내 마음엔 꿈이 피었네

용을 타고 하늘로 솟구쳐
훨훨 날아가는 꿈
어린 가슴 오래도록 간직하며
기다리고 기다렸던 순간

아무도 누구도 생각못했지만
나는 알고 있었네
내가 용을 타고 오른다는 사실을

이 시를 열두 살 어린아이가 썼다. 보통 어린아이가 이런 시를 쓸 수 있을까? 얼마나 그가 어렸을 때부터 부마가 되려고 했는지 알 수 있는 시이다.

박영효는 마침내 부마가 되었지만, 그 지위를 오래 유지하지 못했다. 그 기간은 불과 3개월도 안 됐다. 박영효는 영혜 옹주가 죽자 대성통곡을 했다. 온몸에 피를 토하듯이 눈물을 흘렸다. 많은 사람이 그를 걱정했다. 이러다가 그도 곧 죽을 것 같았다.

그가 연일 눈물로 세월을 보내자 보다 못한 숙의 범 씨가 그를 찾았다. 숙의 범 씨는 영혜 옹주 친모이며 박영효의 장모이다.

"이보게. 자네가 이러면 어쩌나? 자네보다 내 마음이 더 아프다는 것 모르나? 어미가 자식을 먼저 잃었는데도 이렇게 참고 살고 있지 않나. 힘을 내게. 옹주 운명이 그것뿐인 것을 어쩌겠나."

숙의 범 씨는 안타까운 마음을 사위에게 토로했다. 박영효는 장모를 보자 울음을 멈췄다. 그러더니 장모에게 다가갔다.

"마마! 어머니!"

박영효는 장모인 숙의 범 씨를 평소 마마로 불렀다. 그러더니 감정이 복받치면서 어머니라고도 불렀다. 박영효에게 숙의 범 씨는 어머니 같은 존재였다. 곱게 키운 딸을 자신에게 보낸 고마운 사람이었다. 그 귀한 딸을 자신이 지켜주지 못한 것 같아서 마음이 너무 아팠다. 숙의 범 씨도 그런 마음을 읽었다. 그가 얼마나 영혜 옹주를 사랑했는지 눈빛만 봐도 알 수 있었다.

박영효는 위기 때마다 자신이 처한 상황을 글로 썼다. 글의 힘은 위대했다. 목숨을 잃을 수 있는 상황을 구했다. 그는 고종에게 상소문을 보냈다. 그 상소문을 읽은 고종은 탄복하여 그를 석방했을 뿐만 아니라 높은 벼슬까지 내렸다.

"신 박영효는 원통하고 절박한 심정으로 이 글을 쓰옵니다. 신의 가문은 전하의 특별한 총애를 받아서 대대손손 번창하였나이다. 이에 전하의 성은에 몸 둘 바를 모르겠나이다. 신의 아버지 박원양은

늘 '나라의 은덕에 보답하려면 위험과 어려움을 피하지 말아야 한다'고 가르쳤나이다. 신은 어리고 식견이 얕아서 그 말 뜻을 이해하지 못하였나이다. 다만 성은의 일만 분의 일이라도 보답할 생각을 하였으나, 사리 판단을 제대로 못하였사옵니다. 갑신년(1884년) 겨울에 이르러 나라의 정세가 점점 위태로워지는 것을 그냥 보고만 있을 수 없었사옵니다. 그것을 바로 잡을 방도를 찾으려고 했으나, 누명을 뒤집어썼사옵니다. 그로 인해 위로는 임금께 걱정을 끼치고 아래로는 집 안에 화를 미치게 하였사옵니다. 부모형제는 거의 다 죽고 이 한 몸 떠돌아다니다가 다른 나라로 도망쳤나이다. 신이 지은 죄는 목숨을 부지할 수 없는 것이오나 나라를 사랑하는 마음은 하늘에 두고 맹세할 수 있나이다. 애매한 누명은 천 년 후에도 씻을 수 없는 과오가 될 것이옵니다. 이로 인해 신은 거의 12년이란 세월 동안 떠돌아다녔사옵니다. 삼가 듣건대 전하의 정사와 교화가 개혁되어 허물을 벗겨준다고 하기에 이렇게 애원하옵나이다. 부디 전하께오서 신의 억울한 누명을 풀어주시옵기를 바라옵나이다. 이 누명만 벗게 해 준다면 개천과 수렁에 빠져 죽는다 해도 한이 될 것이 없사옵니다. 신은 일본에서 11년 동안 잠을 하루도 편하게 자지 못하고 음식도 제대로 못 먹었사옵니다. 처자를 두지도 않았고 음악을 즐기는 데 참여하지도 않았사옵니다. 오로지 밤낮으로 근심과 황송함에 전하께오서 신의 억울함을 풀어주시기만을 바랄 뿐이었사옵니다. 삼가 머리를 땅에 박고 엎드려 비오니 천지 같은 부모의 심정으로 살펴주시옵소서. 신 이렇게 어찌할 바를 모르고 간곡히 부탁드리옵나이다."

이 얼마나 구구절절한 문장인가. 고종은 그의 재주를 칭찬했다. 이 상소문을 본 뒤부터 고종은 박영효를 믿었고 높은 벼슬을 주었다. 그는 1939년 중추원 부의장 시절 향년 79세에 생을 마쳤다. 영욕을 모두 누린 일생이었다.

16. 진주 민란

철종 13년(1862), 삼정문란이 극에 달했다. 농민 탄압은 갈수록 심해졌다. 생활고에 지친 백성은 굶어 죽기까지 했다. 이대로 가만히 있다가는 모두 죽을 수도 있다는 위기감이 팽배했다. 그야말로 민심이 흉흉해졌다. 탐관오리는 더욱 악랄하게 사리사욕을 챙겼다. 원범은 사태가 이토록 심각한지를 알지 못했다. 그 자신이 농사꾼이었으면서도 구중궁궐에 파묻혀 있다 보니 옛일을 잊은 것이다. 안동 김씨는 농민 생활이 어렵다는 사실을 알고 있었으나 원범에게 사실대로 보고하지 않았다.

그러다 마침내 터질 것이 터지고 말았다. 참다못한 농민이 진주 지역을 시작으로 봉기하였다. 1862년 음력 2월 14일이었다.

"더는 못 참겠소이다. 이대로 우리가 탄압만 받다가 죽을 수는 없는 노릇입니다. 모두 일어납시다."

진주에 살던 몰락 양반 출신 유계춘이 격분해서 일어났다. 그는 고심 끝에 무력 항쟁을 하기로 결심했다. 그는 조세의 부당성과 관리들 착취에 대해 비변사에 여러 차례 소장을 냈으나 묵살당했다. 수많은 농민이 유계춘을 따랐다.

"옳소! 일어납시다. 탐관오리를 모조리 잡아 본때를 보여줍시다."

농민들은 구름 떼처럼 몰려들었다. 그들은 관가를 습격했다. 그들은 관가에 불을 질렀다. 놀란 관리들은 도망가기에 바빴다. 농민들은 부정 관리들을 불태워 죽였다. 기세가 올랐다. 그 힘은 실로 대단했다. 마침내 그 소식이 원범에게 들렸다.

"전하! 큰일 났사옵니다. 진주 지방에서 대규모 농민 반란이 일어났사옵니다. 수많은 관리들이 그들에게 잡혀서 죽었다고 하옵니다. 조속히 군사를 풀어 진압해야 하옵니다."

다급한 신하들이 원범에게 민란을 진압할 것을 재촉했다. 원범은 놀랐다. 당시 원범은 몸이 좋지 않은 상태였다. 밤에는 몸에 열이 나기까지 했다. 그 상황에서도 나라에 변고가 생겼다는 소식을 들으니 정신이 번쩍 들었다.

"뭐라고? 민란이 일어났다고? 그렇다면 어서 군사를 풀어 진압하도록 하라. 주동자는 보는 즉시 목을 베도록 하라."

원범은 목소리를 높였다. 농민을 그대로 뒀다가는 나라가 위태롭다고 생각했다. 그때 원범에게 비룡이 생각났다. 원범은 그동안 비룡을 잠시 잊고 있었다. 복녀가 죽은 사실을 알고도 제대로 보고하지 않아 감옥에 가 있던 비룡이었다.

"여봐라! 거 아무도 없느냐?"

원범이 소리치자 신하가 곧바로 대령했다.

"네, 전하!"

"비룡을 불러오너라. 그에게 할 말이 있노라."

"분부대로 거행하겠나이다."

원범이 명령하자 신하는 곧바로 감옥에 갇혀 있는 비룡을 불러왔다. 비룡은 영문을 모른 채 원범 앞에 섰다. 비룡은 원범을 똑바로 쳐다볼 수 없었다. 마침내 자신이 죽을 때가 되었다고 생각했다. 그는 고개를 숙인 채 떨고만 있었다. 원범은 그런 비룡 앞으로 다가왔다.

"비룡! 내가 오늘 너를 부른 이유가 있노라. 너에게 기회를 주기 위함이다."

비룡은 귀가 번쩍 했다. 원범이 자신에게 기회를 준다고 함은 무엇인지 궁금했다. 그 기회라는 게 뭔가? 비룡은 조심스럽게 원범을 쳐다보았다.

"겁먹지 마라. 너는 한 때 나의 충실한 호위무사였느니라. 지금 진주 지방에서 대규모 민란이 일어났다. 내가 너에게 민란을 진압할 총

책임을 맡기겠노라. 너에게 수많은 군사를 줄 터이니 반드시 민란을 진압하도록 하라. 너의 용맹을 믿기에 내린 결단이다."

원범은 아주 진지했다. 원범은 비룡을 격려하며 손을 잡았다. 그러자 비룡은 뜨거운 눈물을 흘렸다. 원범이 자신을 버리지 않았다는 것에 대한 눈물이었다.

"전하! 어찌 신 같은 죄인에게 중책을 맡기시나이까. 신은 죽기만을 고대하고 있었나이다. 신은 그 같은 막중한 일을 할 능력이 없사옵니다. 통촉하여주시옵소서."

비룡은 원범이 자신을 믿어준 것이 고마웠으나 그런 직책을 덥석 받아들일 자신이 없었다.

"비룡! 그게 무슨 소리인가. 자네는 나를 위해 목숨까지 바친다고 하지 않았던가. 그런 자네가 어찌 내 명령을 거절할 수 있단 말인가. 자네가 명예를 회복할 수 있는 기회를 주는 것이니 사양치 마라."

원범이 마음을 바꿀 것 같지 않았다. 비룡은 어쩔 수 없었다. 더는 사양할 수 없었다.

"전하! 신 죽기를 다짐하고 명령을 받들겠나이다."

"고맙네. 비룡! 자네만 믿겠네."

원범은 비룡이 명령을 받아들이자 미소가 피어올랐다. 두 눈이 빛났다. 원범과 비룡은 두 손을 굳게 마주 잡았다. 원범은 비룡에게 천리마를 내주었다.

"그대는 지금 즉시 진주로 가라!"

"네. 전하! 지금 당장 가서 적을 진압하겠나이다."

비룡은 원범이 내준 수많은 군사를 이끌고 진주로 향했다. 진주에 도착하니 차마 눈을 뜨고 보지 못할 만큼 엉망이었다. 가옥은 불타고 곳곳에 불에 타 죽은 시신이 널려 있었다. 분노한 농민에게 죽은 관리들이었다.

"너희들은 관군에게 저항하는 모든 농민을 무찔러라. 투항하지 않는 농민은 모조리 잡아 죽여라!"

서릿발 같은 비룡의 목소리였다. 비룡이 앞장서서 반란 농민을 처단했다. 곳곳에서 피가 튀었다. 민란은 진주에서만 일어난 게 아니었다. 그곳에서 자극받은 농민들이 충청도와 경상도 지역까지 반란을 일으켰다. 비룡은 농민 반란을 진압하지 못하면 자신이 살 수 없다는 사실을 알았다. 원범이 왜 자신에게 그런 중책을 맡겼는지 알 수 있었다. 비룡은 죽기 살기로 이번 농민 진압에 온 힘을 다 쏟았다. 농민 반란 지도자를 보는 즉시 처단했다.

"비룡을 잡아 죽여야 합니다. 그가 있는 한 우리 반란은 성공할 수 없습니다."

농민 반란 두목이 나섰다. 비룡이 워낙 많은 농민 두목을 처단했기에 나선 거였다.

"옳소. 비룡을 반드시 죽여야 하오. 우리 모두 힘을 합칩시다. 우리

16. 진주 민란 | **147**

거사가 성공하기 위해서는 어쩔 수 없습니다."

농민 두목은 비룡을 잡기 위해 온갖 노력을 다했다. 비룡도 자신이 위협을 받는다는 사실을 잘 알았다. 그렇지만 몸을 사릴 수 없었다. 반드시 반란을 진압해야 한다는 생각이 앞섰기 때문이었다.

원범은 비룡을 진주에 보냈으나 많이 걱정됐다. 비룡만 믿고 있을 수는 없었다. 농민 반란이 왜 일어났는지 원인을 파악해서 그에 따른 조치를 하는 게 필요했다. 원범은 긴급히 조정 회의를 소집했다.

"진주에 왜 민란이 일어났는지 경들의 의견을 말해보시오."

원범은 창백했다. 얼굴에 핏기 하나 없었다. 원범은 그만큼 민란에 대해 걱정을 많이 했다.

"전하! 민란을 진압하기 위해서는 삼정을 개혁해야 하옵니다. 민란이 일어난 것은 삼정이 문란해졌기 때문이옵니다. 전하! 부디 삼정문란을 바로 잡아주시옵소서."

한 신하가 간곡하게 머리를 조아리면서 원범에게 아뢰었다. 원범은 고개를 끄덕했다.

"그대 말이 옳도다. 삼정이라 함은 전정, 군정, 환곡을 말하는 바이로 인해 농민 피해가 발생했다면 반드시 바로 잡아야 하느니라. 어찌 백성을 굶주리게 할 수 있단 말인가. 삼정이정청을 설치하여 그에 대한 대책을 마련토록 하라."

어명이 떨어졌다. 그에 따라 삼정문란을 해결하기 위한 삼정이정

청이 설치되었다. 원범은 농민이 얼마나 배고픈지 아는 군왕이었다. 원범은 민란을 겪으며 강화도에서 농사꾼으로 있었던 때를 생각했다. 배가 고파서 산나물을 뜯으며 살았던 기억이 났다. 원범은 자신도 모르게 입에서 복녀라는 말이 나왔다.

"아! 복녀!"

생생한 복녀 얼굴이 떠올랐다. 이제는 다시 볼 수 없는 얼굴이었다. 왕이 되면 궁궐에 꼭 데려와 같이 살고 싶었다. 왕이면 모든 걸 다 할 수 있다고 생각했는데 그렇지 않았다. 원범은 두 눈을 감았다. 별안간 슬픔이 밀려왔다. 자신도 모르게 눈에서 뜨거운 눈물이 흘러내렸다.

진주에 내려간 비룡은 닥치는 대로 반란 농민을 죽였다. 그는 성난 사자 같았다. 먹이를 찾아 인정사정없이 달려가는 사자였다. 많은 농민이 그를 보면 피했다. 도저히 그를 이길 수 없다고 생각했기 때문이었다. 창과 칼을 들고 그에게 덤벼봤자 이내 목숨을 빼앗겼다. 그러자 농민 대표가 소리쳤다. 이대로 둬서는 결코 비룡을 잡을 수 없다고 생각했기 때문이었다.

"비룡을 꼭 잡아야 한다. 그를 잡지 않으면 우리 모두 죽어!"

그러자 농민들이 우르르 비룡에게 몰려들었다. 그들은 온 힘을 다해 비룡에게 덤볐다.

"목숨이 아깝지 않은가? 지금이라도 투항하면 목숨만은 살려주겠다. 그렇지 않으면 모두 목을 베고 말 것이다."

천리마에 올라 비룡은 당당히 외쳤다. 농민 대표는 이대로 물러서면 안 되겠다고 생각하고 외쳤다.

"비룡! 네 놈을 가만두지 않겠다. 내 칼을 받아라."

칼과 칼이 맞부딪쳤다. 비룡의 군사와 농민 간에 치열한 전투가 벌어졌다. 한 치도 물러설 수 없는 전투였다. 피비린내가 진동했다. 여기저기 쓰러지는 군사와 농민 수가 부지기수였다. 그때 누군가 쏜 화살이 비룡 가슴에 정확히 꽂혔다. 비룡은 외마디 비명을 지르며 천리마에서 떨어졌다.

"이 때다!"

비룡이 말에서 떨어지는 모습을 보고 농민 대표가 소리쳤다. 반란 농민들이 비룡을 향해 칼과 창을 찔렀다. 비룡은 피범벅이 되었다.

"전하! 신 전하를 지키기 위해 목숨을 바쳤나이다. 전하! 부디 이 나라를 잘 지켜주시옵소서."

비룡은 그 말을 마지막으로 남기고 숨을 거두었다. 갑자기 하늘에 먹구름이 끼면서 천둥번개가 내리치기 시작했다.

"비룡이 죽었다!"

농민들은 소리치며 기뻐했다. 비룡의 죽음을 목격한 군사들은 가만히 있지 않았다.

"비룡의 원수를 갚아야 한다."

그들은 있는 힘을 다해 반란 농민을 마구 공격했다. 그러자 수많은 농민이 쓰러졌다. 현장은 온통 핏빛이었다.

"무슨 비가 이리 많이 내리는가?"

궁에 있던 원범은 왠지 마음이 불안했다. 진주에 내려간 비룡이 생각났다. 비룡이 반란 농민을 잘 진압하고 있다는 소식은 며칠 전에 들은 바 있었다. 원범은 혹시 비룡에게 무슨 일이 생긴 것은 아닐까 걱정됐다. 그때 궁 밖에서 황급히 뛰어오는 신하가 있었다.

"전하! 신 긴급히 드릴 말씀이 있사옵니다."

너무도 급한 전갈 같았다. 원범은 놀라서 그 신하를 어서 방 안으로 들였다.

"무슨 일이냐?"

"전하! 진주 소식을 전해드리려고 왔나이다. 신이 방금 진주에서 올라왔나이다. 다급한 마음에 몸만 겨우 빠져나왔사옵니다."

"자네가 진주에서 왔단 말인가?"

"그러하옵니다. 전하!"

"그렇다면 비룡은 어떻게 되었느냐?"

그 말에 신하는 멈칫했다. 그러자 원범은 더욱 초조했다.

"뭐 하는 게냐? 비룡이 어찌 되었냐고 묻지 않았느냐?"

"전하! 아뢰옵기 황공하오나 비룡 장군께오서는 전하를 부르며 장렬히 전사했나이다."

신하는 그 말을 하며 안타까움에 어찌할 바를 몰랐다.

"아니! 뭐라고? 그 말이 사실이렷다?"

원범은 온몸을 부들부들 떨었다. 도저히 믿어지지 않는 말이었다.

"신 어찌 전하께 거짓을 아뢰오리까. 안타깝게도 비룡 장군께오서 전사하셨사옵니다. 전하!"

신하는 그 자리에서 통곡했다. 안타까운 울음은 그칠 줄 몰랐다. 원범도 흐르는 눈물을 참을 수 없었다.

"비룡! 그대가 나를 지키려다 죽었구나. 내 그대에게 대장군 칭호를 내리고 그 업적을 평생토록 기리리라."

원범은 몹시 애통해했다.

관군이 강력하게 진압하자 확산되던 농민 반란도 수그러들었다. 조정에서 반란 농민에게 유화책을 발표하자 마침내 농민 반란은 진압되었다. 반란이 진압된 것은 다행스러운 일이었으나 원범은 몹시 힘들었다. 반란을 진압하기 위해 밤낮으로 신경을 많이 썼던 원범은 점점 몸이 더 쇠약해졌다.

17. 순원왕후 승하

　원범은 순원왕후를 잘 따랐다. 원범이 왕이 될 수 있었던 것은 순전히 순원왕후 덕분이었다. 원범은 원래 왕이 될 수 없었다. 아니 꿈조차 꾸지 않았다. 헌종이 후사 없이 죽자 순원왕후 명에 의해서 왕이 될 수 있었다. 순원왕후는 왕실의 법도를 가장 중요시했다. 원범은 농사꾼이었지만 왕실에 가장 가까운 친척이었다. 그런 이유로 순원왕후는 원범을 왕으로 지목했다. 순원왕후는 순조 대왕의 비로 왕실의 가장 큰 어른이었다. 이 때문에 어느 누구도 순원왕후 말에 대항할 수 없었다.

　원범은 자신을 왕이 되게 한 순원왕후를 은인으로 생각했다. 부모보다도 더 귀하게 여겼다. 원범은 순원왕후를 지극히 섬겼다. 아침마다 문안 인사를 드렸다. 순원왕후는 원범이 왕위에 오른 뒤 3년 동안이나 수렴청정을 했다. 헌종이 왕위에 올랐을 때는 무려 7년이나 수렴청정을 한 바 있다. 조선 역사상 유일하게 두 차례나 수렴청정을 한 여인이었다. 그야말로 파란만장한 일생을 산 여인이었다.

"대왕대비 마마! 상감마마 납시오."

원범이 순원왕후를 찾았다. 순원왕후는 큰 어른이었으나 원범이 오면 직접 나와서 반갑게 맞았다. 그날도 여느 때와 마찬가지로 문 앞까지 나와서 원범을 맞이했다.

"전하! 어서 오시옵소서."

"대왕대비 마마! 밤새 안녕하셨는지요?"

원범은 순원왕후를 조심스럽게 쳐다보았다. 대왕대비의 안색이 전보다 안 좋은 것 같았다. 힘이 하나도 없어보였다. 원범은 첫눈에 그 사실을 알아챘다.

"전하! 걱정 마시옵소서. 괜찮사옵니다."

"아니옵니다. 마마! 오늘따라 많이 안 좋아 보이옵니다. 어디 아프신 데는 없사옵니까?"

"늙은 몸이옵니다. 안 아픈 게 이상한 일이옵니다."

원범은 그 말을 듣고 예사 일이 아니라고 여겼다. 순원왕후가 병이 든 게 틀림없다는 생각이 들었다. 그대로 가만히 둬서는 안 되겠다는 생각이 들었다.

"대왕대비 마마! 의원을 불러야겠사옵니다. 몸이 많이 편찮아 보이옵니다."

원범은 몹시 걱정된 표정으로 순원왕후를 바라보았다. 그러자 순원왕후는 원범에게 손을 내저으며 괜찮다는 신호를 보냈다.

"전하! 노환이옵니다. 늙으면 누구나 생기는 병이옵니다. 심려치 마시옵소서. 이 병은 치료할 수 없사옵니다."

"대왕대비 마마! 아무리 그래도 소인은 그냥 지나칠 수 없사옵니다. 부디 쾌차하시옵소서."

원범은 그 자리에서 눈물이 떨어졌다. 원범은 자신 때문에 순원왕후가 병에 걸린 것 같아 더욱 마음이 아팠다. 무식한 자신을 군왕으로 가르치기 위해 순원왕후는 온갖 노력을 다했다. 그에게 혹독한 군왕 수업을 시켜 준 사람이었다. 순원왕후는 하나부터 열까지 자신을 챙겨준 스승 같은 대왕대비였다. 수렴청정을 거두었다고 해도 원범은 중요한 나라 일은 항상 순원왕후에게 물었다.

원범은 눈물을 머금고 대왕대비전을 나왔다. 순원왕후가 오래도록 살아서 자신 곁에 있기를 바랐다. 아픈 순원왕후 모습을 보니 얼마 살지 못할 것 같았다. 얼굴에 깊게 패인 주름과 부쩍 늘어난 흰머리를 보니 안타까운 마음도 들었다.

원범은 물끄러미 하늘을 쳐다봤다. 오래간만에 중전 생각이 났다. 원범은 곧바로 중궁전으로 발길을 옮겼다. 울적한 마음을 달래기 위한 목적도 있었다. 철인왕후는 원범이 자신을 찾아오자 아주 반가운 얼굴로 맞이했다.

"전하! 어인 일이옵니까?"

"중전, 내가 못 올 곳을 왔소? 중전이 보고 싶어서 왔소이다."

원범은 철인왕후를 보니 울적했던 기분이 풀어지는 느낌이었다. 중전 얼굴이 그날따라 달덩이처럼 환하게 보였다.

"전하, 송구하옵니다."

철인왕후가 고개를 숙이며 인사했다.

"방금전에 대왕대비전에 갔다 오는 길이오. 대비마마께오서 몸이 몹시 안 좋아보이오. 어찌하면 좋겠소?"

원범은 아주 걱정스러운 표정으로 철인왕후에게 물었다. 그 소리를 들은 철인왕후는 어느새 낯빛이 창백해졌다.

"전하! 정말 큰일이옵니다. 대왕대비 마마께오서 이대로 쓰러지기라도 하면 어찌하오리까. 오래도록 사셔야 할 텐데 말입니다."

철인왕후도 원범 못지않게 대왕대비를 걱정했다.

"아무래도 소인이 대비 마마를 찾아봬야 할 것 같사옵니다."

"그럴 필요 없소. 대비 마마께서는 심신이 피곤해서 그런 것이오. 푹 쉬면 좀 좋아질 것이오."

원범은 걱정하는 철인왕후를 다독였다. 어깨를 두드리며 격려했다.

"오늘 밤은 중전과 함께 하리다."

원범은 그날 밤은 철인왕후와 같이 있어야만 잠이 올 것 같았다. 후궁이 아무리 잘해줘도 철인왕후만큼 자신을 잘 위로해주지 못할 것 같았다. 원범은 철인왕후에게 너무 미안했다. 후궁을 가까이하면서 중궁전을 자주 찾지 않았기 때문이었다. 어떨 때는 한 달에 한 번도 찾지 않은 적도 있었다. 그랬음에도 철인왕후는 자신에게 큰 소리 한 번 치지 않았다. 숙의 범 씨와 몇 번 다툰 적은 있었으나 이내 화를 풀었다.

그로부터 며칠 뒤 원범은 순원왕후 병세가 악화되어 의식을 잃었다는 소식을 들었다. 원범은 황급히 대왕대비전을 찾았다. 시녀가 원범을 맞이했다.

"상감마마! 대왕대비 마마께오서 아무도 들이지 말라는 엄명이 있었사옵니다. 통촉하여주시옵소서."

순원왕후는 병세가 깊어지자 누구도 만나주지 않으려고 했다. 심지어 국왕인 자신조차도 만나려 하지 않았다. 초라한 모습을 보이기 싫은 이유에서였다. 아무리 그래도 원범은 궁금해서 참을 수 없었다. 순원왕후 병환이 어느 정도인지 직접 눈으로 확인하고 싶었다.

"어명이다. 어서 문을 열라."

원범은 지엄한 표정으로 명령했다. 그러자 시녀도 할 수 없이 대왕대비전 방문을 열었다. 순원왕후는 반드시 누워 있었다. 원범은 순원왕후 앞으로 다가가서 무릎을 꿇었다.

"대비 마마! 소인이 왔사옵니다. 어서 일어나시옵소서."

원범은 흐느끼며 순원왕후를 흔들었다. 그러자 순원왕후가 힘없는 표정으로 눈을 떴다.

"전하! 어인 일로 오셨나이까? 이 몸은 늙어서 더는 회복이 어렵사옵니다. 전하! 옥체를 보전하소서."

순원왕후는 오히려 원범을 더 걱정했다. 원범은 땅이 꺼지도록 소리 내어 울었다. 순원왕후가 이대로 쓰러져 죽을 것 같은 느낌 때문이었다.

아니나 다를까 그날 밤 순원왕후가 눈을 감았다. 원범은 침소에서 그 소식을 들었다. 내시가 황급히 원범에게 소식을 알렸다.

"전하! 대왕대비 마마께오서 방금 전에 승하하셨나이다."

청천벽력 같은 소리였다. 하늘이 무너지는 듯한 소리였다. 원범은 정신이 하나도 없었다. 어서 가서 순원왕후를 볼 생각뿐이었다.

"아니! 뭐라고? 대비 마마께오서 끝내 돌아가셨단 말인가?"

원범은 부리나케 대왕대비전으로 달려갔다. 순원왕후는 잠든 듯이 누워 있었다. 원범은 순원왕후를 붙잡고 온몸을 흔들었으나 아무런 반응이 없었다. 순원왕후는 어느새 몸이 식어가고 있었다.

"대비 마마! 어찌 이리 가셨단 말이옵니까? 하늘도 무심하옵니다. 소인과 이 나라를 위해 할 일이 많사온데 이렇게 가시면 어찌하오리까."

원범은 대성통곡을 했다. 울음이 대궐을 쩌렁쩌렁하게 울렸다. 순식간에 대궐은 눈물바다를 이뤘다.

순원왕후는 철종 8년(1857) 음력 8월 4일 향년 69세로 승하했다. 원범은 순원왕후를 예를 갖춰 성대하게 장례를 치렀다. 순원왕후에 대한 원범의 예는 아주 지극했다. 하루도 눈물을 그치는 날이 없었다. 보다 못한 신하들이 원범을 찾아 슬픔을 거두라고 간곡히 부탁했다. 아무리 그래도 원범은 슬픔을 거둘 수 없었다.

"전하! 옥체를 보전하소서."

신하들은 한 목소리로 원범을 걱정하며 외쳤다. 그러자 원범은 도리어 신하들을 나무랐다.

"내 어찌 어른에 대한 은혜를 잊을 수 있단 말인가. 대왕대비 마마께오서 오늘날 나를 만들었다. 그 은혜를 갚자면 한도 끝도 없노라. 대비 마마는 내 부모보다도 더 존경할 분이다. 그런 분이 돌아가셨는데 어찌 슬퍼하지 않을 수 있겠는가."

원범은 그만큼 순원왕후에 대한 효심과 애정이 넘쳤다.

순원왕후는 불행한 왕비였다. 남편과 자식을 모두 자신보다 일찍 보냈다. 왕자와 공주를 낳았지만 모두 일찍 죽고 말았다. 특히 소현세자의 죽음은 너무나 안타까웠다. 22살까지 장성했는데 각혈을 하고 죽었다. 순원왕후에게 아들의 죽음은 큰 충격이었다. 남편인 순조가 죽었을 때보다도 더 큰 슬픔으로 다가왔다. 소현 세자는 순조 때 대리청정까지 할 만큼 영특한 아들이었다. 장차 군왕으로서 손색이 없는 학식과 덕행을 쌓았다. 누구도 소현세자가 순조 뒤를 이을 왕이 될 것이라고 의심하지 않았다. 그런 아들이 갑자기 숨을 거두니 그 충격은 이루 말로 표현못할 정도였다.

순원왕후의 죽음 이후 원범은 몇 날 며칠 동안 아무것도 먹지 않았다. 아무리 산해진미를 차려 올려도 먹고 싶은 마음이 들지 않았다. 워낙 큰 충격을 받았기 때문이었다. 보다 못한 신하들이 원범을 걱정하며 대거 몰려와 하소연하였다.

"전하! 옥체를 보전하소서. 대왕대비 마마께오서 승하하신 것은 아주 슬픈 일이오나 그만 눈물을 거두어주소서. 이러다가 전하께오서 병이 들까 심히 걱정되옵나이다. 더구나 식음까지 전폐하오면 아니 되옵니다. 통촉하여주시옵소서."

"알았소. 내 몸은 내가 지킬 것이오."

원범은 그 소리를 듣고 조금씩 식사를 하기 시작했다. 마냥 슬퍼한다고 돌아가신 순원왕후가 살아 돌아오지 않는다. 원범이 그 사실을 모를 리 없다. 다만 슬픔을 억누를 수 없었을 뿐이었다.

18. 동학 창도

  삼정문란으로 민심이 흉흉했다. 전국적으로 도적이 들끓었다. 조정은 도적을 잡기 위해 군사를 대거 동원했다. 그렇지만 늘어나는 도적을 감당할 수 없었다. 이러한 때 서양에서 천주교가 전파되었다. 신도가 늘어나자 조정은 발칵 뒤집어졌다. 신하들은 원범에게 연일 상소를 올렸다.

  "전하! 지금 나라꼴이 말이 아니옵니다. 민심을 혹하는 무리들이 있사옵니다. 그들이 삼삼오오 모여 나라를 어지럽힐 궁리를 하옵니다. 이대로 두면 이 나라가 온전치 못할 것이옵니다. 전하! 하루속히 그들을 모조리 잡아드려 처단해야 하옵니다."

  특히 안동 김 씨 세력은 민심에 민감했다. 그들이 세도를 유지하기 위해서는 민심을 잡아야만 했다. 언제 민심이 폭발해서 자신들에게 해가 미칠지 모르는 판국이었다.

"어찌 이리 소란스럽단 말인가? 하루도 잠잠할 날이 없구나."

원범은 깊은 한숨을 내쉬었다. 직접 정사를 챙긴 뒤에는 잠시도 쉴 틈이 없었다. 몸에 열이 올라도 조정에 나가서 회의를 주관해야 했다. 원범은 모든 것을 내려놓고만 싶었다. 왕세자라도 있다면 바로 자리를 물려주고만 싶었다. 원자는 태어났다 하면 1년을 못 버티고 죽었다.

"전하! 이러고 있을 때가 아니옵니다. 민심을 더럽히는 무리를 모조리 처단하여 주시옵소서."

그 말은 천주교 신자를 모조리 죽이라는 소리였다. 원범은 그 소리를 듣고 오랫동안 고민했다. 수많은 백성이 천주교를 믿는 이유는 무엇일까? 천주교를 믿는 것 때문에 민심이 나빠지는 것일까? 민심이 나빠진다면 자신에게 하나도 좋을 게 없는 것 아닌가. 원범은 생각이 거기에 미치자 그대로 가만히 있어서는 안 되겠다고 생각했다.

"여봐라! 지금 당장 천주교 신자를 모조리 잡아들이도록 해라!"

어명이 떨어졌다. 전국적으로 군사를 풀었다. 군사들은 천주교 신자가 보이는 대로 잡아서 감옥에 가뒀다. 그들에게는 민심을 어지럽힌다는 죄목이 붙었다. 원범은 수많은 사람들이 잡혀오는 모습을 지켜보았다. 그들을 모두 처단한다는 것은 마음에 내키지 않는 일이었다. 신하들은 원범에게 애원했다.

"전하! 어서 처분을 내려주시옵소서. 민심을 어지럽힌 자들이옵니다. 그들을 그냥 둬서는 아니 되옵니다."

상소가 연일 이어졌다. 원범은 더는 참을 수 없었다. 머리가 아파서 미칠 지경이었다. 아무리 민심을 어지럽혔다고 해도 그들도 백성이었다. 그렇지만 그대로 둘 수 없는 처지였다. 원범은 신하들이 무서웠다. 그들은 왕을 조정하는 힘이 있었다. 원범 입에서 알 듯 모를 듯한 비명이 터져 나왔다.

"내 친히 그들을 벌하겠노라."

원범은 직접 죄인 앞으로 나갔다. 수많은 사람들이 고개를 숙이고 원범이 내릴 처분을 기다렸다.

"전하! 목숨만 살려주시옵소서."

그들은 원범 앞에서 살기 위해 몸서리쳤다. 원범이 하는 말 한마디에 그들 목숨이 달렸다. 목숨을 갈구하는 눈빛을 본 원범은 차마 죽이라는 명령을 할 수 없었다. 한참 망설였다. 그때 신하들이 다시 나섰다.

"전하! 이대로 둬서는 아니 되옵니다. 그들을 처단해야만 하옵니다. 사사로운 감정에 휩싸여서는 아니 되옵니다."

그 소리를 듣고 원범은 이를 악물었다.

"안타깝지만 죄를 그대로 넘길 수는 없는 법이다. 이 나라가 너희들 때문에 어지러워졌느니라. 저 자들의 목을 베도록 하라!"

청천벽력 같은 어명이 떨어졌다. 살기 위해 몸부림쳤던 사람들은 피눈물을 흘리며 하나둘 씩 쓰러졌다. 주위는 온통 피바다를 이뤘다. 천주교를 믿었던 사람들이 희생되었다는 소식은 금방 퍼졌다. 이제 누구도 함부로 천주교를 믿을 수 없게 되었다. 믿었다가 발각되면 목숨을 잃는다는 것을 누구나 깨닫게 되었다.

수많은 사람을 처단한 뒤 원범은 몹시 마음이 울적했다. 자꾸 강화도에서 생활했던 시절이 생각났다. 어쩔 수 없이 받아들인 왕 자리였다. 왕이 이토록 고독한 자리라는 것을 알았다면 절대 되려 하지 않았다. 자꾸 한숨만 나왔다. 원범은 그 외로움을 달래고 싶었다. 그때 숙의 범 씨가 생각났다. 자신을 가장 이해하고 받아주는 여인이었다. 그는 지체 없이 숙의 범 씨를 찾았다. 숙의 범 씨는 수심에 찬 원범을 보고 얼굴빛이 새 파랗게 질렸다.

"전하! 어찌 이리 안색이 안 좋단 말이옵니까? 무슨 고민이라도 있사옵니까?"

"별일 아니다. 몸이 좀 안 좋을 뿐이야."

"전하! 옥체를 보전하소서. 무엇보다 중요하옵니다."

숙의 범 씨는 원범이 걱정되어 어쩔 줄 몰랐다. 원범은 숙의 범 씨 어깨를 다독이며 꼭 안았다. 모든 걱정과 근심이 사라질 만큼 포근한 품이었다. 철인왕후에게는 느낄 수 없는 따스한 기운이 느껴졌다. 그날 밤 원범은 숙의 범 씨와 뜨거운 밤을 지새웠다.

　1860년 4월(철종 11년) 최제우는 동학을 창도했다. 그는 몰락한 양반 집안 출신이었다. 아무리 열심히 글을 읽어도 벼슬하기 힘들었다. 그는 이대로는 안 되겠다고 생각했다. 자신이 나라를 구해야겠다는 일념으로 동학을 일으켰다. 동학은 서학에 반발하여 일어난 종교였다. 인내천(人乃天)을 사상으로 했다. 사람이 곧 하늘이라는 뜻이었다. 인본주의에 그 바탕을 뒀다. 그러자 많은 백성이 동학을 믿게 되었다.

　"동학은 믿어도 괜찮아. 천주교를 반대해서 만든 종교니까."

　많은 백성은 그렇게 생각했다. 백성을 위해 만든 종교이기에 나쁘게 하나도 없다고 여겼다. 조정에서도 동학을 억압하지 않았다. 그러자 신도 수가 날이 갈수록 늘어났다. 전국적으로 동학이 퍼져나갔다. 나라에서도 그토록 빨리 동학이 전파될지 몰랐다. 최제우는 기세등등했다. 그는 신도가 늘어나자 자신을 마치 왕처럼 생각했다.

　"내가 교주니라. 내가 하늘이다. 나를 따르라!"

　최제우는 동학 전파를 위해 전국을 누비며 다녔다. 마침내 동학은 2대 교주 최시형과 3대 교주 손병희까지 세력이 확산되었다. 그러자 조정에서 겁을 먹었다. 특히 안동 김 씨는 자신들 세력이 위축될 것이 걱정됐다. 그들은 천주교를 탄압할 때처럼 동학도 가만둬서는 안 되겠다고 생각했다.

"최제우를 잡아들여라!"

안동 김 씨들은 원범이 명령하지 않았는데도 최제우를 잡았다. 그에게 각종 죄를 뒤집어 씌워 처단하기 위한 목적이었다.

"전하! 동학을 그대로 둬서는 아니 되옵니다. 동학을 창도한 최제우의 목을 치소서."

안동 김 씨들은 아주 노골적으로 최제우를 없애려고 했다. 원범은 이번에도 망설였다. 동학이 백성들에게 전파되는 게 나쁜 일인지 잘 알지 못했다. 그때 원범은 몸 상태가 좋지 못했다. 진주민란을 겪은 뒤 더욱 쇠약해진 몸이었다. 만사가 다 귀찮을 정도였다. 이대로 정사를 놓고만 싶었다. 아무리 그렇다고 해도 최제우를 죽이는 문제는 신중해야 했다. 그를 따르는 백성이 많다는 사실을 원범도 알고 있었다.

"생각해보겠노라."

원범은 바로 결정할 수 없었다. 최제우는 감옥에 갇혔다. 그는 감옥에 있으면서도 동학의 전파만 생각했다. 그는 불쌍한 백성을 교화시켜야 한다고 생각했다. 백성이 근본이 되어야 한다고 여겼다. 그는 감옥에 있으면서도 꾸준히 책을 읽고 글을 썼다. 그는 언젠가는 자신이 풀려날 수 있다고 믿었다. 그렇지만 아무리 기다려도 소식이 없었다. 그는 고종 1년 (1864)이 되어서야 연락을 받았다. 고종은 그를 살려두지 않았다. 원범이 결단하지 못하고 숨을 거두자 고종이 그를 처단했다. 고종은 동학이 전파되어 나라를 흔들 것을 걱정했다. 동학을 창도한 최제우는 그 꿈을 이루지 못하고 41세에 안타깝게도 처형당하고 말았다.

　죽음을 앞둔 최제우는 고종에게 편지를 썼다. 그 편지에는 원범이 자신을 죽이지 않은 이유에 대해 쓰여 있었다.

　신 최제우 상감마마께 글 올리옵나이다. 신이 동학을 창도 하여 수많은 백성이 믿고 따랐나이다. 신은 절대로 이 나라를 어지럽히고자 동학을 창도한 것이 아니옵니다. 오로지 백성을 위하는 마음 하나로 창도한 것이옵니다. 백성을 떠받들고 나라를 지키기 위한 충정에서 만든 것이옵니다. 가난과 궁핍으로 나날이 생활이 어려워지고 있는 현실이옵니다. 이 현실을 타파하고 백성이 굶주리지 않고 잘 살아가기 위해서 동학이 필요하다고 생각했사옵니다. 동학은 널리 사람을 이롭게 하기 위한 것이옵니다. 신은 감히 맹세하옵니다. 제 한 목숨 바쳐 이 나라를 구할 수 있다면 달게 처벌을 받겠나이다. 왜 수많은 백성이 동학을 믿고자 하는지 살펴봐주시옵소서.

　일찍이 철종 대왕께오서 신을 죽이지 않았나이다. 신하들이 신을 죽이라고 간청했사오나 철종 대왕께 오서는 생각해보겠다고 했사옵니다. 그것은 철종 대왕께오서 백성이 동학을 믿고 따르는 데는 이유가 있다고 생각했기 때문이옵니다. 동학이 나쁜 종교였다면 철종 대왕께 오서는 신을 그 자리에서 처단했을 것이옵니다. 신을 살려둔 것은 다 이유가 있었사옵니다. 신은 결단코 죽음을 두려워하지 않사옵니다. 당장 죽어도 전하를 원망하지 않겠사옵니다. 신이 동학을 만든 뜻이 만천하에 제대로 알려진다면 그것으로 족하옵나이다. 전하! 통촉하여주시옵소서.

고종은 그 편지를 읽었지만 소용없었다. 13살 고종은 힘이 없었다. 권력은 그의 손에 있지 않았다. 그는 최제우를 살릴 수 없었다. 신하들 힘에 밀려 고종은 그를 죽여야만 했다. 최제우는 그렇게 쓸쓸히 죽었다. 그렇지만 동학은 죽지 않았다. 그가 남긴 정신을 그대로 이어받아 뻗어 나갔다.

19. 국구 김문근의 죽음

 원범은 뒤늦게 장인이 큰 병에 걸렸다는 사실을 알았다. 원범 자신도 몸이 좋지 않아 장인까지 신경 쓸 틈이 없었다. 원범은 조정에서 장인을 볼 경우는 있었으나 단 둘이 얘기한 경우는 거의 없었다. 원범의 장인은 안동 김 씨 세력가인 김문근이었다. 철인왕후는 친정아버지가 아프다는 소식을 듣고 원범에게 그 사실을 알렸다.
 "전하! 아뢰옵기 황공하오니 소녀의 아버지께오서 몹시 편찮다고 하옵니다. 의원을 보내서 치료해야 할 것 같사옵니다."
 철인왕후는 울상이 되었다. 금방이라도 눈물을 뚝뚝 흘릴 것 같았다. 왕후를 바라보는 원범도 마음이 편치 않았다. 원범은 장인을 만날 차비를 했다.

"중전, 이대로 가만히 있을 수 없소. 사위된 도리를 해야겠소."

원범은 그 말을 마치자마자 자리를 박차고 일어났다.

"전하, 소녀도 같이 가겠나이다."

원범이 장인 집을 찾은 게 언제였던가? 혼례를 치르기 전 몇 차례 찾은 외에는 처음이었다. 원범은 마음이 두근거렸다. 왕후와 함께 장인을 찾는다는 게 쉬운 일은 아니었다. 왕이 행차를 하는 데는 수많은 군사와 신하가 따라야 하는 법이었다. 원범은 그게 부담스러웠다. 마음 같아서는 중전과 단 둘이 장인을 찾아보고 싶었다. 원범이 궁을 나서려고 하자 신하들이 걱정했다.

"전하! 옥체를 보전하소서. 사사로운 일로 민가에 납시는 것은 삼가야 하는 줄 아뢰옵나이다."

그 소리를 듣자 원범은 불 같이 화를 냈다.

"네 이놈! 네 놈이 어찌 그런 말을 할 수 있단 말이냐? 네 놈에게는 아비어미도 없단 말이냐?"

철인왕후는 원범이 그토록 화내는 모습을 처음 보았다. 순하게만 보였던 왕이었다. 원범에게 그런 기질이 있다는 것은 놀라운 일이었다. 철인왕후는 그 모습을 보고 원범이 장인을 많이 걱정한다고 느꼈다. 신하는 얼굴이 벌게져서 어쩔 줄 모르며 뒤로 물러났다. 그러자 아무도 원범이 가는 길을 막지 못했다.

원범이 궁을 나서자 수많은 신하와 군사가 뒤를 따랐다. 원범에게는 왕의 기품이 저절로 풍겨져 나왔다. 원범과 철인왕후는 각각 가마에 올랐다. 그 주위를 호위무사가 둘러쌌다. 일대 장관이었다. 긴 행렬이 이어졌다. 마침내 원범이 장인 집 앞에 도착했다. 밖에서 소란한 소리가 들리자 김문근은 무슨 영문이지 궁금해서 문밖으로 나왔다. 김문근은 수많은 신하와 군사 틈에서 원범을 보았다. 아무리 사위라고 해도 국왕이었다. 어찌 신하가 왕을 보고 가만히 있을 수 있겠는가. 김문근은 곧바로 의관을 바로 하고 원범 앞에 무릎을 꿇었다.

"전하! 이인 일로 누추한 이곳까지 납시었나이까? 신 몸 둘 바를 모르겠나이다."

원범은 장인이 무릎을 꿇고 자신을 맞이하자 다가갔다.

"장인! 왜 이러시오. 어서 일어나시오. 몸이 편찮다고 들었소. 중전이 하도 걱정해서 그냥 있을 수 없어 이리 왔소이다. 그래. 몸은 좀 어떠시오?"

원범은 아주 근심스러운 목소리로 김문근에게 물었다. 김문근은 어느새 눈물을 흘리며 원범에게 대답했다.

"전하! 성은이 망극하옵나이다. 전하께오서 이토록 신을 생각해주니 어찌 그 은혜를 잊을 수 있겠나이까? 전하 신은 괜찮사옵나이다. 전하의 옥체를 보전하소서."

김문근은 오히려 원범을 더 걱정했다. 얼굴 주름이 더 깊게 새겨졌다. 늙은 장인을 쳐다보는 원범 마음도 편치 않았다. 마음이 찡했다.

"전하! 어서 안으로 드시옵소서."

김문근은 원범을 집안으로 안내했다. 원범은 왕후에게도 같이 들어가자며 눈짓을 보냈다. 철인왕후는 아버지에게 다가가 몸을 부축했다.

"아버지! 어찌 이리 늙으셨나이까? 몇 년 사이에 주름도 많이 생기고 안색이 너무 안 좋아졌사옵니다."

철인왕후는 김문근을 몹시 걱정했다. 몇 년 전 건강할 때 아버지 모습이 아니었다. 계속 한숨만 나왔다. 원범은 철인왕후를 쳐다보며 같이 한숨을 내쉬었다. 그 모습을 김문근이 봤다.

"전하! 너무 심려치 마시옵소서. 노환이옵니다. 환갑을 훌쩍 넘기니 병이 찾아온 것이옵니다. 늙은 몸이어서 어쩔 수 없사옵니다. 세월을 이길 수는 없사옵니다."

그날따라 장인 모습은 더 늙어 보였다. 원범은 왕후가 더 걱정이었다. 아버지에 대한 효심이 지극한 왕후였다. 원범이 김문근 집까지 직접 찾아온 이유도 왕후 때문이었다. 철인왕후가 날마다 한숨을 내쉬며 걱정하는 모습을 본 때문이었다. 그 모습을 지켜본 원범도 마음이 편할 리 없었다. 원범은 철인왕후에게 다가가 어깨를 다독였다.

"중전! 너무 슬퍼하지 마시오. 중전이 마음 아파하는 모습을 보니 차마 발걸음이 떨어지지 않소. 중전, 당분간 아버님곁에 있으시오.

그리해야만 내 마음이 편할 것 같소."

너무나 뜻밖의 말이었다. 철인왕후는 그 말을 한 원범이 말할 수 없을 정도로 고마웠다. 원범이 그 말을 하지 않았더라도 그 얘기를 해 보려고 했던 왕후였다. 철인왕후는 원범이 자신을 너무나 잘 아는 것 같았다. 지금껏 한 번도 겉으로 드러낸 적이 없었는데도 원범은 알았다.

"전하! 어찌 소녀가 궁을 벗어나 있겠사옵니까. 천부당만부당하신 말씀이옵니다. 그 말씀을 거두어 주시옵소서."

철인왕후는 속마음과 다른 말을 했다. 원범은 고개를 저었다.

"아니오. 내 중전 마음을 잘 아오. 아비를 생각하는 그 마음을 어찌 모르겠소. 어명이오. 아버님이 완쾌할 때까지 곁에서 잘 보살피도록 하시오."

그 소리를 듣고 철인왕후는 더는 눈물을 참지 못했다. 그 자리에서 무릎을 꿇고 하염없이 눈물을 흘렸다.

"전하!"

철인왕후는 무언가 더 말을 하려다가 입을 닫았다. 더는 말이 필요 없었다. 철인왕후는 이번이 아니면 다시 아버지를 볼 수 없을 것 같았다. 그토록 기골이 장대하고 힘이 셌던 아버지가 이제는 금방이라도 쓰러질 것처럼 힘이 없었다. 누가 봐도 큰 병이 든 게 보였다. 철인왕후는 아버지 김문근에게 다가가 두 손을 꼭 잡았다.

"아버지! 왜 이렇게 약해지셨어요? 어서 기운 차리세요. 이제 제가 아버지를 보살필게요."

철인왕후는 슬픔에 젖은 눈으로 아버지를 쳐다보았다. 김문근 눈에도 눈물이 가득했다. 김문근도 눈물을 흘리지 않을 수 없었다. 여식을 향한 애틋한 부정(父情)이 그대로 나타났다.

"중전마마! 너무 심려치 마시옵소서. 반드시 다시 일어날 것이옵니다."

김문근은 그 말을 하면서도 힘이 없었다. 아무리 해도 자신이 다시 일어날 수 없다고 생각했다. 원범은 철인왕후를 놔두고 신하와 군사를 이끌고 다시 궁으로 돌아왔다. 돌아가면서도 철인왕후에게 아버님을 잘 모시라고 신신당부를 했다.

궁으로 돌아온 원범은 힘이 하나도 없었다. 아픈 장인 모습을 보니 자신도 기력이 빠졌다. 급기야 기침까지 했다. 놀란 내시가 황급히 원범에게 다가왔다.

"전하! 큰일이옵니다. 의원을 불러야겠사옵니다."

내시는 몹시 걱정하며 원범에게 물었다. 원범은 별 거 아니라고 생각하며 손을 내저었다.

"아니다. 됐다. 조금 피곤할 뿐이니 걱정마라. 오늘은 조정에 나가지 않을 것이니라. 침소에 쉴 터이니 그리 전하도록 하라."

"알겠사옵니다. 전하!"

그날 원범은 침소에서 꼼짝도 하지 않았다. 몸에서 열이 많이 났다. 아무것도 하고 싶지 않았다. 그냥 푹 쉬고 싶었다. 숙의 범 씨가 원범이 아프다는 소식을 듣고 부리나케 달려왔다.

"전하! 숙의 범 씨 대령하였사옵니다."

원범은 조용히 혼자 있고 싶었으나 숙의 범 씨가 왔다는 소리를 듣고 귀가 번쩍했다.

"어서 들라하라."

숙의 범 씨는 얼굴이 하얗게 질린 표정이었다.

"전하! 어인 일이옵니까? 몹시 아프다는 소식을 듣고 이렇게 왔나이다."

"그냥 기침을 많이 할 뿐이니라. 푹 쉬면 나을 것이니 너무 걱정하지 마라."

원범은 아무렇지도 않은 듯 미소를 띠며 숙의 범 씨를 쳐다보았다. 원범은 숙의 범 씨를 보는 것만으로도 마음이 흡족했다. 언제 봐도 반가운 얼굴이었다. 골치 아픈 조정 일도 숙의 범 씨만 보면 씻은 듯이 사라졌다.

"자네가 이리 찾아와 주니 온몸이 가뿐해진 것 같노라."

원범은 어느새 기쁜 표정이 되었다. 숙의 범 씨는 비로소 안심할 수 있었다.

원범 덕분에 철인왕후는 궁을 나와서 친정에 머물 수 있었다. 시집간 이후 친정아버지와 처음으로 오랜 시간을 같이 보낼 수 있었다.

"아버지! 어서 예전 모습으로 돌아오셔야지요. 뭐든 잘 드셔야 해요."

"마마! 이 아비는 이미 몸이 다 쇠하였나이다. 너무 심려치 마시옵소서."

김문근은 힘없이 대답했다. 그 소리를 듣자 철인왕후 가슴은 찢어질 것 같았다. 저절로 눈물이 비단옷에 떨어졌다.

"아버지! 그리 말씀하시면 어찌하옵니까? 여식이 중전이옵니다. 어찌 아비가 아픈데 마음이 안 아플 수 있사옵니까. 어서 일어나시옵소서"

김문근은 안타까운 표정으로 눈물을 흘리는 딸을 보니 나오는 눈물을 참을 수 없었다. 두 부녀는 서로 껴안으며 한없이 울었다. 밖에서 까마귀 소리가 처량하게 들렸다. 철인왕후는 그 소리를 듣자 불안한 마음을 감출 수 없었다. 철인왕후는 문 밖으로 나와서 까마귀를 쫓았다.

"저리 가라! 이 요망한 새야!"

어느새 철인왕후가 친정에 온 지도 열흘이 지났다. 철인왕후는 지성으로 아버지를 간호했으나 병에 차도가 없었다. 아버지는 시름시름 앓기만 했다. 점점 더 기력이 없어지는 것 같았다. 철인왕후는 까마귀가 계속 울어대는 게 마음에 걸렸다. 철인왕후는 혹시나 싶어서 아버지 침실에 들렀다. 아버지는 자고 있는 것 같았다. 아침 먹을 시간이 지나가고 있었다. 철인왕후는 아버지에게 다가가 몸을 흔들었다. 아무리 흔들어도 아버지는 일어나지 않았다. 철인왕후는 소스라치게 놀라서 비명을 질렀다. 그 소리를 듣고 하녀가 달려왔다.

"중전마마! 무슨 일이옵니까?"

"아버지가 일어나시지 않는다."

"아니! 이럴 수가. 대감 마마! 대감 마마!"

하녀는 김문근을 붙잡고 통곡했다. 김문근이 숨을 거두었다.

"중전마마! 이를 어쩌면 좋단 말입니까? 대감 마마께오서 돌아가셨사옵니다."

하인도 철인왕후도 그 자리에서 몸이 얼었다. 결코 맞이하고 싶지 않은 순간이었다. 지극 정성으로 돌 본 것도 다 소용없었다. 철인왕후는 주름진 아버지 모습을 보며 긴 한숨만 내쉬었다. 한시가 급했다. 그 소식을 원범에게 알려야 했다. 왕의 장인이 죽었다. 그야말로 큰 변고가 아닐 수 없었다.

철인왕후는 하인을 대동하고 황급히 궁으로 향했다. 궁에 도착한 철인왕후는 곧바로 원범을 찾았다. 철인왕후가 황급히 자신을 찾는 모습을 보고 원범은 온몸을 떨었다. 분명히 무슨 큰일이 생긴 게 틀림없다는 예감이 들었다.

"중전 무슨 일이 있소?"

"전하! 아버지께오서 운명하셨나이다."

그 소리를 하고 철인왕후는 그 자리에서 쓰러졌다. 원범은 황급히 철인왕후를 부둥켜안았다.

"중전! 일어나시오. 어서! 여봐라! 어서 중전을 모시어라."

원범이 다급히 외치는 소리에 신하들이 우르르 몰려왔다. 철인왕후는 잠시 기절했다가 이내 눈을 떴다. 원범은 철인왕후가 눈을 뜨자 안심하며 서둘러 의관을 갖췄다.

"어서 장인어른을 뵈러 가야겠다."

원범은 그 길로 김문근을 찾았다. 수많은 신하와 군사들이 대동했다. 장인의 죽음을 확인한 원범은 피를 토하는 심정으로 흐느꼈다.

"장인어른! 어찌 이리 황망히 가셨나이까. 이 나라 정사가 날로 어지러운 판에 이토록 가시면 어쩌란 말입니까? 대왕대비 마마께서도 가시고 참으로 이 나라가 걱정되옵니다."

원범은 큰 어른을 잃은 슬픔에 어찌할 바를 몰랐다. 하나둘 씩 주위 어른이 떠나가는 모습을 보며 몹시 안타까워했다. 원범은 김문근을 예를 갖춰서 장사를 치렀다. 뿐만아니라 영의정으로 추존했다.

20. 삼정 문란

　원범은 누구보다도 농민을 잘 아는 왕이었다. 그 자신이 농민으로서 삶을 19년이나 살아왔다. 그랬기에 농민이 얼마나 어려운 삶을 살아가는지 잘 알고 있었다. 원범은 왕이 되자마자 농민을 위한 정책을 펼쳐야겠다고 결심했다. 어떻게 하면 농민이 가난에서 벗어 날 수 있을지 생각했다.

　원범이 생각한 가장 좋은 방법은 나라에서 백성에게 곡식을 빌려주는 것이었다. 저장한 곡식을 굶주리는 백성에게 나눠 준 뒤 형편이 나아질 때 받는 거였다. 받을 때는 빌려 준 곡식에 대한 대가로 세금을 걷는 식이었다. 그 세금이라는 것은 백성이 갚을 수 있는 것이어야 했다. 추가로 곡식을 더 거둬들이는 게 가장 일반적인 방법이었다.

원범은 그렇게 하면 국가도 이익이고 백성도 어려움에서 벗어날 수 있을 것으로 생각했다. 그렇지만 그것은 단순한 생각일 뿐이었다. 관리들의 횡포가 상상 이상이었다. 관리들이 세금을 지나치게 높이 매기는 바람에 백성들은 곡식을 빌려가도 갚지 못하곤 했다. 관리들은 자신의 배를 채우기 바빴다. 가난한 백성을 도우려고 한 것이 아니라 더 빼앗아가려고만 했다. 세도 정치 그늘에 가려있던 원범은 그 실상을 제대로 알지 못했다. 자신이 뜻한 대로 백성의 삶이 나아지는 것으로만 생각했다.

조정에서 회의가 있었다. 원범이 신하들에게 물었다.

"백성에게 곡식을 나눠주는 일은 잘 이루어지고 있소?"

참으로 답답한 질문이었다. 원범은 정말로 세상이 어떻게 돌아가고 있는지 몰랐다. 신하들은 조정 회의에서 원범에게 제대로 실상을 보고하지 않았다.

"전하! 백성에게 곡식이 골고루 잘 나눠지고 있나이다. 그 덕분에 삶이 점차 좋아지고 있나이다."

한 신하가 거짓으로 보고했다. 원범은 그 보고를 믿고 만족한 듯 미소를 지었다. 그때 한 젊은 신하가 용기 있게 나섰다.

"전하! 신 죽음을 무릅쓰고 보고 드리옵나이다. 지금 전국적으로 농민 반란이 일어날 기세이옵니다. 굶주린 백성이 지천에 깔려 있사옵니다. 관리들이 곡식을 빌려준다는 명목으로 세금을 강탈하고 있나이다. 그로 인해 수많은 백성이 굶어 죽고 있는 현실이옵니다. 관리들 횡포가 극에 달했사옵니다. 이대로 둬서는 이 나라가 어찌 될지 개탄스러울 뿐이옵니다."

청천벽력 같은 보고였다. 그 보고에 조정이 발칵 뒤집어졌다. 모두 그 신하를 쳐다보았다. 원범은 정신이 번쩍 들었다. 누군가에게 머리를 한 대 맞은 것 같았다. 원범도 그 신하를 노려보았다.

"뭐라고? 그 말이 사실이렷다."

원범은 노여움에 찬 목소리로 그 신하에게 물었다. 신하는 고개를 땅에 떨구고 흐느끼듯 대답했다.

"전하! 신이 어찌 군왕께 거짓 보고를 하겠나이까? 만약 신이 하는 말이 거짓이라면 죽여주시옵소서."

그 말을 하는 신하 목소리는 무척 떨렸다. 조정에 있는 모든 신하가 그를 쳐다보며 온몸을 떨었다. 차가운 공기만이 흐르고 있었다. 원범은 긴 한숨을 내 쉰 뒤 크게 소리쳤다.

"모두 들으라. 어찌 그대들은 백성을 알지 못한단 말인가? 이러고도 그대들이 나라 녹을 먹는 신하라고 말할 수 있겠는가? 내 직접 백성 앞에 나가서 실상을 알아보겠노라."

그날 원범은 온몸에 치가 떨렸다. 원범뿐만이 아니었다. 조정에 모인 모든 신하들이 떨며 자리에서 일어났다. 자칫 피비린내가 터져 나올 수 있는 분위기였다.

그날 원범은 밤새 잠을 이루지 못했다. 원범은 나라와 백성 걱정이 가득했다. 빨리 날이 밝아 민가에 나갈 일만 생각했다. 원범은 몹시 피곤한 얼굴이었으나 민가로 나갈 차비를 마쳤다.

"여봐라. 내 친히 민가에 나가 백성이 어떤 삶을 사는지 살펴보고 올 것이니라. 이번 행차는 비밀리에 진행하는 것이니 조용히 다녀올 것이다. 호위무사 몇 명만 데리고 다녀올 것이니 그리 알도록 하라."

원범은 당당했다. 혹시나 모를 사고에 대해 걱정하는 신하가 있었으나 개의치 않았다. 백성이 어떤 삶을 사는지 제대로 알기 위해서는 신분을 드러내서는 안 되었다. 원범은 일반 백성이 입는 복장으로 갈아입었다. 그야말로 미행이었다. 철인왕후는 원범이 미행을 나간다고 하자 몹시 걱정했다. 철인왕후는 미행을 떠나는 원범에게 달려 나왔다.

"전하! 어찌 이리 어려운 길을 떠나려고 하시옵니까? 옥체를 상할까 두렵사옵나이다. 이 일은 가신들에게 맡기는 것이 어떠하온지요?"

원범은 철인왕후가 자신을 걱정해주는 마음을 알았다. 그렇지만 자신이 나서지 않으면 백성이 어떤 삶을 살고 있는지 알 수 없는 일이었다. 그것은 원범에게 제대로 된 보고가 올라오지 않았기 때문이었다.

"중전이 나를 걱정해주는 마음 모르는 바 아니오. 내 곁에 호위무사가 있으니 너무 걱정하지 마오. 빨리 갔다 올 것이오. 굶주리는 백성이 부지기수라고 하니 내 어찌 가만히 있을 수 있단 말이오. 나만 호의호식할 수는 없는 법이오."

그 말을 하는 원범 눈가에는 어느새 눈물이 가득 고였다. 나라를 걱정하는 마음이 그대로 드러나 있었다. 철인왕후도 더는 원범을 말리지 못했다. 원범은 철인왕후를 뒤로 하고 궁을 나섰다.

원범은 주막에 먼저 들렀다. 주막에는 많은 사람이 술잔을 기울이고 있었다. 원범은 많이 술을 마시는 척하면서 그들이 하는 소리를 엿들었다.

"이거 살라는 거야 말라는 거야. 정말 말세야 말세. 토지 조금 있다고 세금을 왕창 떼 가면 어쩌란 말이야. 있는 대로 세금 뜯어 가면 어떻게 살라고?"

여기저기 세금에 대한 불만이 터져 나왔다. 원범은 그때서야 토지에 대한 세금이 과다하게 걷힌다는 것을 알았다.

"관리 놈들이 문제야. 그 세금을 뜯어서 자기 배만 채운다고."

원범은 그 한 마디에 피가 거꾸로 솟았다. 원범은 그 말을 하는 사람 옆으로 다가가 앉았다.

"여보시오. 지금 한 말씀 좀 다시 묻겠소? 관리들이 세금을 마구 뜯어간단 말이오? 그 세금이 관리들 주머니로 다 들어가는 게 사실이오?"

원범이 놀라며 묻는 소리에 그 사람은 퉁명스럽게 대답했다.

"어디서 살다 온 사람이오? 세상이 다 아는 일을 댁은 아직 모르고 있단 말이오? 참 답답한 사람일세."

원범은 더는 그곳에 있을 수 없었다. 허탈한 마음에 가슴이 찢어질 것 같았다. 구중궁궐에 갇혀 세상을 너무 모르고 산 자신이 원망스러웠다. 농민을 구제하기 위해서 자신이 펼친 정책이 하나도 먹히지 않고 있다는 사실을 알았다. 오히려 그것으로 인해 농민들 삶이 더 어려워진 것만 같았다.

원범은 심각한 얼굴을 하고 궁으로 돌아왔다. 원범은 온몸을 부들부들 떨었다. 철인왕후는 원범이 궁으로 들어왔다는 소식을 시녀로부터 들었다. 그 소리를 듣고 그대로 가만히 있을 수 없었다. 철인왕후는 곧바로 원범을 찾았다.

"전하! 미행한 일은 잘 되었사옵니까?"

원범은 머리를 뜯었다. 철인왕후는 그 모습을 보고 뭔가 일이 잘 안 된 것이라고 직감했다.

"전하! 무슨 일이 있었사옵니까?"

원범은 길게 한숨을 내쉰 뒤에 대답했다.

"중전! 이를 어찌하면 좋겠소?"

"이 나라를 어찌 바로 잡을 수 있단 말이오? 나라가 말이 아니요. 백성이 제대로 살 수 있는 나라가 아니란 말이오."

원범은 땅이 꺼지도록 한숨을 쉬었다. 철인왕후는 너무나 낙담한 원범을 보니 덜컥 겁이 났다. 이러다가 원범이 큰 병이라도 걸려 쓰러지면 어쩌나 하는 생각이 들었다.

"전하! 고정하시옵소서. 아무리 어렵다고 해도 이겨내셔야 하옵니다. 전하가 흔들리시면 아니되옵니다."

"나라 꼴이 말이 아니란 말이오. 탐관오리가 도처에 깔려 있소. 그들을 그대로 둬서는 절대 백성이 살 수 없소. 전정, 군정, 환정 폐해가 극에 달하고 있소."

단 한 번 미행만으로도 원범은 당시 상황을 파악할 수 있었다. 극심한 세금 수취로 백성의 삶이 어려워졌다는 것을 바로 알아챘다. 철인왕후는 안동 김 씨 딸로 그 배경에 안동 김 씨가 있다는 사실을 누구보다 잘 알고 있었다. 원범이 탐관오리를 색출하여 벌하게 되면 그 피해가 친정 식구에게도 미친다는 것을 모를 리 없었다. 그러자 철인왕후는 어떻게든 원범이 화를 풀게 해야겠다고 마음먹었다.

"전하! 이 일이 어찌 전하 때문이라고 할 수 있사옵니까? 선대 왕 때부터 이어져 내려온 일이옵니다. 부디 옥체를 생각하시어 너무 심려치 마시옵소서. 삼정 폐해에 대해서는 차차 극복해나가면 되는 일이옵니다. 너무 급하게 서두르지 마시옵소서."

원범은 당장이라도 탐관오리를 모두 색출하여 벌하고 싶었다. 그렇지만 원범 혼자 힘으로 할 수는 없었다. 이미 조정은 안동 김 씨 손아귀에 놀아나고 있었다. 원범이 힘을 낼 수 있는 처지가 아니었다. 원범이 하고자 하는 일은 사사건건 시비가 붙었다. 그럴 때마다 원범은 당장이라도 왕에서 물러나고 싶었다. 그냥 다시 강화도에 가서 초야에 묻혀 살고만 싶었다. 원범은 세금이 과다하게 징수된다는 사실은 알았으나 구체적으로 어느 정도인지는 잘 몰랐다. 단 한 번 미행으로 그 사실을 다 안다는 것은 불가능한 일이었다. 탐관오리들은 장부를 조작하여 죽은 사람과 어린 아이에게까지 조세를 징수했다. 그 피해는 눈덩이처럼 커졌다. 백성들 사이에 조정에 대한 분노는 계속 쌓여만 갔다. 금방이라도 폭발할 것만 같았.

다음날 조정 회의에서 원범과 신하들 사이에 설전이 있었다. 원범이 먼저 폭탄 발언을 했다.

"모두 들으시오. 내 미행을 나가서 백성들이 어떤 삶을 살고 있는지 살펴보고 왔소. 전정, 군정, 환정이 제대로 잘 시행되고 있다고 생각하시오?"

원범이 고성을 질렀다. 그러자 신하들이 고개를 숙이며 서로 눈치를 봤다. 그때 한 신하가 나섰다.

"전하! 어찌 신이 그것을 모르겠나이까? 전정, 군정, 환정을 실시하는 것은 백성을 위하는 일이옵니다. 백성이 어려운 삶을 살아갈 때 나라가 나서서 돕기 위해 실시하는 것이옵니다. 그것은 나라와 백성을 위해 꼭 필요한 것이옵나이다."

그 소리를 듣고 원범은 두 손으로 탁자를 내리쳤다.

"내가 어찌 그것을 모르겠소. 백성을 위한다는 삼정이 변질되었단 말이오. 과다한 세금을 거두고 탐관오리가 그것을 빼돌리고 있소. 그로 인해 나라 재정도 어려워졌을 뿐만 아니라 백성도 굶어 죽고 있소. 이것을 바로 잡지 못한다면 이 나라는 망할 수밖에 없소."

그 소리에 신하들은 가슴이 철렁했다. 원범이 실상을 제대로 알아챘기 때문이었다. 그렇다고 그들이 그대로 물러설 수는 없는 노릇이었다.

"전하! 신 김정근 아뢰옵나이다."

그는 안동 김 씨 세력가 중 한 사람이었다.

"어서 말해 보시오."

원범이 화난 표정으로 그를 쳐다보며 물었다.

"전하! 삼정이 문란해진 것은 사실이오나 없앨 수는 없는 법이옵니다. 전정, 군정, 환정이 있어야 이 나라를 유지할 수 있사옵니다. 다만 몇몇 사리사욕에 휘어 잡힌 관리들에 대한 처단은 필요하옵니다. 그것은 여러 신하들이 반드시 색출하여 전하께 고하겠나이다."

조금도 굴하지 않는 답변이었다. 그 이면에는 기세등등한 안동 김 씨 세력이 자리 잡고 있었다. 원범으로서도 그 이상 어떻게 할 도리가 없었다.

21. 전계대원군

전계대원군은 원범의 생부이다. 그는 사도세자의 서자였던 은언군의 서자였다. 즉, 사도세자의 손자였다. 왕족이기는 하나 서자의 서자이니 작위를 못 받는 게 당연한 노릇이었다. 심지어는 1779년 정조 3년, 아버지 은언군이 역모를 꾀했다는 모함을 받아 강화도로 유배를 가게 되었다. 그는 빈농의 신세가 되어 어렵게 유배 생활을 했다. 그러다 원범이 왕위에 오르기 8년 전, 향년 57세에 원인 모를 병으로 죽었다. 전계대원군이라는 칭호는 아들 원범이 왕위에 오른 뒤에 내려졌다. 아들이 왕이 되었으니 왕의 아버지로서 추존된 것이다. 전계대원군의 본디 이름은 이광이었다. 원범은 그의 셋째 아들이었다.

이광은 강화도에서만 30년을 살았다. 그 당시 강화도는 척박한 땅이었다. 말 그대로 섬이었다. 육지에서 떨어져 섬에서 사는 일은 쉽지 않았다. 할 수 있는 일이라고는 농사를 짓는 것뿐이었다. 이름뿐인 왕족이었다.

"원범아!"

이광이 셋째 아들 원범을 불렀다. 원범은 어렸으나 형제 중에서 가장 똑똑했다. 아버지 말이라면 무조건 듣고 잘 따랐다. 이광은 말 잘 듣는 아들이 기특했다.

"아버지! 부르셨어요?"

"명색이 왕족인데 우리 집안 꼴이 많이 아니다. 그게 다 나 때문인 것 같아 자식들 볼 면목이 없구나."

이광은 한숨을 길게 내쉬며 안타까운 얼굴로 원범을 쳐다보았다. 원범은 아버지가 왜 그날따라 신세타령을 하는지 몰랐다.

"아버지, 왜 그러세요? 무슨 일 있으세요?"

원범은 아버지 얼굴을 똑바로 쳐다봤다. 얼굴빛이 몹시 창백했다. 흰머리와 주름이 부쩍 는 것 같았다.

"이제 나무 할 힘조차 없다. 더는 남의 집 머슴살이 노릇 못해 먹겠어. 네가 우리 집을 일으켜 세워야 해. 믿을 사람은 너밖에 없어."

원범은 왜 아버지가 그런 소리를 하는지 정확히 알 수 없었다. 느낌상 아버지가 먼 길을 떠날 것만 같았다. 이광은 더는 시골에 파묻혀 농사만 짓고 사는 게 지겨웠다. 어느덧 오십을 훌쩍 넘어 육십을 바라보는 나이였다. 기력이 못한 것은 당연한 일이었다. 원범은 아버지가 기력이 없다는 사실을 눈치로 알았다. 그런 아버지이기에 힘든 농사일을 계속한다는 게 무리가 될 거라고 생각했다.

"아버지, 힘내세요. 힘든 일은 하지 마시고 쉬운 일만 하세요. 힘든 일은 제가 다 할게요."

어린 원범이 그 일을 하겠다고 하니 이광은 마음이 울컥했다.

"원범아! 못난 아비 때문에 네가 이곳까지 와서 농사만 짓고 사는구나. 너는 사도세자의 후손이니라. 비록 지금은 농사를 짓지만, 왕족이라는 사실을 잊지 말아라."

원범은 자신이 왕족이라는 사실이 하나도 기쁘지 않았다. 왕족이어서 항상 언제 죽을지 모른다는 생각을 지니고 있었다. 안동 김 씨 눈에 벗어나면 죽음을 당할 수 있는 분위기였다. 그런 살벌한 사회에서 아버지가 죽지 않고 강화로 쫓겨 온 것만 해도 다행이었다.

"아버지! 왕족이면 뭐하나요? 지금이 중요한 거죠. 다 필요 없어요. 소자는 아버지가 건강하게 오래 사는 것만 바랄 거예요."

기특한 아들이었다. 아버지를 생각하는 효심이 넘쳐흘렀다. 이광은 아들을 자랑스러운 듯이 쳐다보며 빙그레 웃었다.

이광은 점점 기력이 쇠해서 일어나지도 못할 정도가 되었다. 원범이 지극 정성으로 돌보았으나 소용없었다. 이광은 더는 자신이 살 수 없다는 것을 알고는 원범을 불렀다.

"원범아! 내가 없더라도 꿋꿋이 잘 살아야 하느니라. 네 몸에는 왕족의 피가 흐르고 있다는 사실을 명심하고."

그 말을 마치자마자 이광은 눈을 감았다. 원범은 땅이 꺼지도록 울며 아버지를 불렀다.

"아버지! 아버지! 소자를 두고 가시면 어찌하옵니까?"

원범은 흐르는 눈물을 참을 수 없었다. 아무리 울고 울어도 슬픔이 가시지 않았다. 원범은 아버지가 마지막 남긴 말씀을 가슴 깊이 새겼다. 자신이 왕족이라는 거였다.

1849년 원범이 왕에 오르자 아버지 이광은 전계대원군이라는 칭호를 받게 되었다. 왕의 아버지이기에 당연히 받은 칭호였다. 그때 원범은 왜 아버지가 자신에게 왕족이라는 말을 강조했는지 알 수 있었다. 농사꾼이던 자신이 왕이 될 수 있었던 이유는 단 하나밖에 없었다. 그것은 헌종 대왕과 가장 가까운 왕족이었기 때문이었다.

원범에게는 두 형이 있었으나 큰 형은 일찍 죽었다. 둘째 형은 결혼을 상태였기 때문에 왕으로 옹립될 수 없었다. 당시 실권을 쥐고 있던 안동 김 씨들은 자신의 세력을 키우기 위해서 중전을 안동 김 씨 딸로 해야 했다. 그런 안동 김 씨 요구에 가장 맞는 인물이 원범이었던 것이다.

이광은 살아 있을 때는 왕족으로 대우를 전혀 받지 못했다. 그는 살아생전에 그것이 평생의 한이었다. 그가 마지막 숨을 거둘 때 원범에게 왕족이라는 사실을 강조한 것도 한이 맺혀있기 때문이었다. 원범은 왕이 되자 아버지의 한을 풀고자 했다. 아버지 무덤을 왕릉으로 격상시키고 성대한 이장을 한 것도 그런 맥락에서였다. 원범은 그 한을 조금이나마 풀었다고 생각했기에 하염없이 눈물을 흘렸다.

원범은 왕이 된 뒤 아버지 전계대원군 묘소를 포천으로 이전하였다. 풍수지리를 따져서 어머니 완양대부인 묘소를 같이 옮겼다. 원범은 묘소를 이전하였을 때 직접 그곳을 찾아 대성통곡을 했다.

"아버지! 소자가 왕이 되었습니다. 오랜 숙원을 이제야 풀었사옵니다. 소자가 할 수 있는 온 힘을 다하여 릉을 조성했습니다. 길이 후손에게 기억될 것이옵니다."

원범은 전계대원군 묘소 앞에 무릎을 꿇고 계속 흐느꼈다. 원범은 전계대원군 무덤에 꿇어앉아 일어날 생각을 하지 않았다. 그대로 떠나기 너무 아쉬웠기 때문이었다. 그러자 신하들이 걱정되어 원범에게 아뢰었다.

"전하! 날씨가 차옵니다. 이제 그만 일어나시지요. 옥체를 보전해야 하옵니다."

원범은 그 소리를 듣고도 꼼짝하지 않았다. 원범이 흐느끼는 소리가 메아리처럼 울려 퍼졌다. 신하들도 더는 원범에게 일어나라고 말하지 않았다. 그때 원범이 자리에서 일어났다. 신하들은 원범이 이제 궁으로 돌아가는 것으로 생각하고 떠날 차비를 했다. 신하들이 가마를 가지고 원범 앞으로 왔다. 그러자 원범이 버럭 소리를 질렀다.

"이놈들. 뭐 하는 짓이냐? 내가 언제 간다고 했느냐? 아버지 묘소에 절하려고 일어났느니라."

원범은 고함을 친 뒤에 전계대원군 무덤을 향해 큰 절을 올렸다. 원범은 절을 멈추지 않았다. 한두 번하고 일어서는 게 아니었다. 열 번, 스무 번도 넘게 계속 절을 했다. 그 모습을 지켜보는 신하들도 같이 절했다. 왕이 절하는데 가만히 지켜보고만 있을 수 없었다. 신하들은 점점 절하는 것을 힘겨워했다. 여러 차례 하다 보니 등줄기에서 땀이 흘렀다. 원범도 땀이 나는 것은 마찬가지였으나 전혀 힘들어하지 않았다. 자식 된 도리로서 마땅히 해야 하는 것으로 생각했기 때문이었다.

한 백 번쯤 절을 했을까? 그때서야 원범이 자리에서 일어났다. 신하들은 일제히 원범 앞으로 다가가 몸을 부축했다.

"전하! 이제 그만 궁으로 드시지요?"

그 소리를 듣고 원범은 마지못해 일어나서 가마에 탔다. 원범은 궁으로 돌아오는 내내 전계대원군을 생각했다. 원범은 아버지 무덤을 떠나오는 길에 어린 시절을 떠올리며 시 한 수를 지었다. 그 시에는 아버지에 대한 애틋한 감정이 그대로 녹아있다.

무덤가에서

큰절 받아주소서
불효자 이제야 인사 올리오니
한 많은 인생
어찌 말로 다 하리오

자상하고 다정한 모습
언제나 든든한 힘 되어
가슴속 깊이 남아있기에
꿈에도 그 시절 못 잊어

다시 돌아갈 수만 있다면
부귀영화 다 소용없고
산천 초야 더불어
근심 걱정 없이 살 수 있던 날
마냥 돌아가고 싶네!

22. 흥선대원군

 흥선대원군 이하응은 원범이 병약해서 오래 살지 못할 것이라는 것을 알았다. 더군다나 원범은 후사가 없었다. 5남 6녀 자녀를 낳았으나 모두 일찍 죽었다. 만약 원범이 죽고 나면 누가 대를 이을 것인가. 왕실 종친 중 한 명이 이어야만 한다. 흥선대원군은 이 점까지 생각하고 있었다. 흥선대원군은 몸이 약한 원범이 죽으면 자신의 아들을 왕으로 올릴 생각을 하고 있었다.
 1857년 순원왕후가 죽은 뒤로 이제 조정의 가장 큰 어른은 신정왕후인 조 대비였다. 신정왕후는 순조의 아들 소현 세자의 부인이자 헌종의 어머니였다. 풍양 조 씨인 신정왕후는 안동 김 씨가 세도를 부리는 것에 대해서 큰 반감을 갖고 있었다. 그렇지만 원범이 살아 있는 한 그것을 내색할 수는 없었다. 워낙 뿌리 깊은 세력이었기에 함부로 내칠 수는 없었다. 이하응은 그 사실을 잘 알고 있었다. 그는 비상한 머리를 갖고 있는 사람이었다. 안동 김 씨는 똑똑한 왕실 인척을 가만 두지 않았다. 왕위를 이을 것으로 지목되던 이하전을 사사한 것만 봐도 잘 알 수 있는 사실이었다. 그것을 보고 흥선대원군은 더욱 몸을 사렸다. 그는 괜히 미친 척을 했다. 시정잡배와도 어울리며 놀음에 빠졌다. 그것은 그가 정권에 대한 야심이 없는 인물이라는 것을 안동 김 씨 세력가들에게 보이기 위한 술책이었다. 안동 김 씨는 흥선대원군이 얼마나 야심을 품고 있는지 전혀 눈치 채지 못했다. 그가 대왕대비인 신정왕후를 가까이하며 훗날을 도모하고 있다는 것을 알지 못했다.

이하응은 조정이 어떻게 돌아가는지 항상 눈여겨보았다. 특히 원범이 얼마나 더 왕위에 있을지 관심을 두고 지켜보았다. 그는 원범과 철인왕후 사이가 그다지 좋지 않다는 사실을 알았다. 원범이 후궁을 7명이나 두고 여색에 빠져 있다는 것을 알았다. 신정왕후도 원범이 건강하지 못하다는 것을 알고 항상 걱정을 했다.

이하응은 확실하게 신정왕후에게 눈도장을 찍어 둬야겠다고 생각했다. 그는 하찮은 벼슬이라고 해도 마다하지 않았다. 그런 벼슬이라도 있어야 입궐을 할 수 있었기 때문이었다. 그는 입궐해서 신정왕후를 만날 궁리를 했다. 기회를 봐서 신정왕후에게 자신의 아들 문제를 의논해 볼 생각이었다. 마침내 기회가 왔다. 이하응은 그 기회를 놓치지 않고 대왕대비전에 들릴 수 있었다.

"대왕대비 마마! 이하응 대감이 찾아왔사옵니다."

시녀가 대왕대비에게 고했다.

"어서 뫼시어라."

대왕대비 신정왕후가 직접 대답했다. 이하응은 기쁜 마음으로 대왕대비 앞에 섰다. 그는 공손하게 신정왕후에게 인사를 드렸다.

"대왕대비 마마! 신 이하응이옵니다. 그동안 강녕하시옵나이까?"

"오호. 대감 어인 일이시오? 그렇지 않아도 적적한 터에 잘 찾아왔소이다."

신정왕후가 이하응을 반갑게 맞았다.

"대왕대비 마마! 들리는 소문에 의하면 전하께오서 몸이 편치 않다고 하옵니다. 그것이 사실이옵니까?"

이하응은 얼굴에 잔뜩 주름을 잡으며 물었다. 그 소리를 듣고 신정왕후가 길게 한숨을 내뱉었다.

"참으로 걱정이오. 전하께오서 몸을 잘 돌보지 않고 매일 주색잡기에 빠져 있으니 이를 어쩌면 좋소. 대감이 한 번 전하를 찾아뵙는 것은 어떠오?"

뜻밖의 말이었다. 이하응은 그 말에 너무 놀라서 입을 다물 수 없었다. 내심 신정왕후가 그 말을 해주기를 바랐다. 그냥 소문만 들어서는 원범이 어떤 상태인지 정확히 알 수 없었다. 직접 만나서 두 눈으로 꼭 확인하고 싶던 차였는데 때마침 대비 마마가 원범을 만나보라고 제안해 오다니. 하늘에서 호박이 굴러 떨어진 거나 다름없었다.

"대왕대비 마마! 신이 어찌 전하를 만날 수 있겠사옵니까? 공사다망하신 전하께오서 신을 만날 시간을 내 줄지 의문이옵니다."

그 소리를 듣고 신정왕후가 소리 내어 웃었다.

"허허허허! 이하응 대감! 그게 무슨 소리오. 대왕대비가 하는 말이 헛소리로 들린단 말이오. 내 친히 주상을 만나서 이야기할 것이니 대감은 기다리기만 하시오."

그 소리를 듣고 이하응은 하늘을 날아갈 것 같았다. 드디어 꿈에도 그리던 일이 현실이 되었다.

"대왕대비 마마! 이 은혜 결코 잊지 않겠나이다. 신 목숨을 바쳐 대왕대비 마마께 충성을 다하겠나이다."

이하응은 몇 번이고 신정왕후 앞에 머리를 조아렸다. 신정왕후 입가에 미소가 피어올랐다. 이하응은 잠시 머뭇거리더니 말을 이었다.

"대왕대비 마마! 아뢰옵기 황공하오나 긴히 드릴 말씀이 있사옵니다."

"대감이 나에게 할 말이 있다고요? 무슨 말인지 궁금하오? 어서 말해 보시오."

신정왕후는 큰 두 눈을 깜빡이며 물었다.

"대왕대비 마마! 신에게 두 아들이 있사온데 둘째 아들이 아주 영특하옵니다. 하나를 가르쳐 주면 열을 알 정도로 명석하옵니다. 아직 나이가 어리오나 또래보다 장성하며 생각이 깊사옵니다. 전하께오서 후사가 없사오니 앞으로가 걱정이옵니다. 대왕대비 마마께오서 허락하신다면 신의 자식을 마마의 아드님 되시는 헌종 대왕의 양자로 들이는 게 어떠하신지요? 이는 대왕대비 마마와 신만 아는 비밀로 해주시오면 좋겠사옵니다."

그야말로 청산유수가 따로 없었다. 이하응은 머뭇거림 없이 또렷한 발음으로 신정왕후에게 마음에 품고 있던 바를 토해냈다. 그렇지 않아도 병약한 원범 때문에 후사를 걱정했던 신정왕후였다. 신정왕후는 이하응이 그런 말을 해주니 내심 기뻤다. 후사 없이 죽은 헌종에게 양자가 있다면 대를 이을 수 있다는 생각이 들었다.

"대감! 어찌 그리 내 마음을 꽤 뚫고 있소. 대감은 참으로 사람을 보는 눈이 있소이다. 내 어찌 대감 말을 그냥 흘려보낼 수 있단 말이오. 마음속에 깊이 담아두고 있을 것이오."

이하응과 신정왕후는 이때 이미 마음을 정했다. 원범이 세상을 떠나게 되면 그 뒤를 이하응의 자식으로 잇기로 약조한 거였다.

대왕대비전을 나온 이하응은 두 손을 꽉 쥐고 만세를 불렀다. 세상을 다 얻은 것 같았다. 그동안 자신을 업신여긴 안동 김 씨 세력에게 복수할 기회를 잡았다고 생각했다. 한편으로 이하응은 원범을 만날 날이 어서 오기만을 손꼽아 기다렸다.

신정왕후는 이하응과 약속을 지켜야겠다고 생각했다. 며칠 뒤 신정왕후는 원범을 찾았다. 그날도 원범은 후궁을 불러들여 노닐고 있었다. 대왕대비가 찾아온다는 전갈을 받은 원범은 황급히 의관을 갖춰 입고 후궁을 내보냈다.

"주상! 요즘 몸은 좀 어떠시오?"

신정왕후는 걱정스러운 듯이 원범을 쳐다보았다.

"대왕대비 마마! 심려치 마시옵소서. 정사가 어지러워 힘든 것은 사실이오나 걱정할 정도는 아니옵니다. 차차 좋아질 것이옵니다."

원범은 그 말을 하면서도 숨이 찬 듯했다. 말소리가 갈라졌다. 얼굴이 무척 핼쑥해 보였다.

"주상! 안색이 매우 안 좋소. 무리하지 마시오. 그 무엇보다 옥체를 보전해야 하오."

신정왕후는 원범을 진심으로 걱정했다. 신정왕후는 힘없이 대답하는 원범이 불쌍했다. 막강한 권력을 가진 왕이면서도 제대로 그 뜻을 펼치지 못하고 있는 모습이 안타까웠다.

"주상! 이하응을 아시오?"

신정왕후는 뜸을 들이지 않았다. 곧바로 원범을 찾아온 목적을 내비쳤다.

"이하응이라면? 이름은 많이 들었사오나 한 번도 본 적은 없사옵니다. 한데 왜 그 자를 말씀하시는지요?"

"주상! 그 자를 당장 만나보시오. 주상에게 많은 도움이 될 것이오. 야심이 있는 인물이오. 왕친 중 한 분이니 주상이 만나보는 게 좋을 것이오. 내 부탁하오."

신정왕후는 원범에게 간곡하게 부탁했다. 그 소리를 들은 원범은 그를 한 번 만나봐야겠다고 생각했다.

"대왕대비 마마! 분부대로 거행하겠나이다. 어찌 대비 마마 부탁이 온데 거절할 수 있단 말이옵니다. 빠른 시일내에 만나도록 하겠사옵니다."

신정왕후는 원범이 흔쾌히 이하응을 만나겠다고 하는 소리를 듣고 기분 좋게 자리에서 일어났다. 원범을 만나고 나온 신정왕후는 곧바로 이하응에게 원범이 자신을 만나준다는 소식을 전했다. 그 소식을 들은 이하응은 꿈에 부풀었다. 꿈에도 만나고 싶었던 원범이었다. 그 원범을 직접 만날 수 있다고 하니 꿈이 이루어진 것만 같았다.

드디어 이하응은 대궐에 입궐하여 원범을 만나라는 전갈을 받았다. 이하응은 관복을 말끔하게 차려입고 대궐로 입궐했다.

"신 이하응 전하께 문안인사 드리옵나이다."

원범 앞에 선 이하응은 무릎을 꿇고 큰절을 올렸다. 원범은 이하응을 아래위로 자세히 쳐다보았다. 작달만한 키였지만 눈매만큼은 아주 총명하게 빛나고 있었다.

"이리 와 앉으시오. 대왕대비 마마께 대감 말씀을 많이 들었소."

"네, 성은이 망극하오이다."

이하응은 또다시 머리를 조아렸다.

"고개를 드시오. 그대 얼굴을 좀 자세히 봐야겠소."

원범이 말하자 이하응은 그때를 틈타서 고개를 들고 원범을 똑바로 쳐다봤다. 처음으로 자세히 보는 원범 얼굴이었다. 30대 초반임에도 얼굴에 주름이 잡혀있고 눈은 풀려 있었다. 말투에도 힘이 없었다. 이하응은 한눈에 원범이 병에 걸려 있다는 것을 눈치챘다.

"전하! 이렇게 신을 만나주시니 무한한 영광이옵니다. 신 그동안 전하 뵙기를 갈망하였나이다. 이렇게 뵈오니 황공무지로소이다."

감히 쳐다보기조차 힘든 용안이었다. 이하응은 그 용안을 본 것만으로도 말할 수 없는 기쁨을 느꼈다. 원범을 본 이하응은 소문이 거짓이 아니라는 것을 알았다. 원범은 확실히 병이 들었다. 이하응은 원범이 오래 살 수 없다는 것을 직감했다. 그런 병을 안고도 몸을 돌보지 않는 것이 문제였다. 원범은 후궁을 너무 가까이 함으로써 정력을 낭비했다.

"그대가 왕친이라고 들었소. 내게 해 줄 말이라도 있소?"

원범은 신정왕후가 자신에게 했던 말을 기억하며 이하응에게 물었다.

"그러하옵니다. 전하! 옥체를 보전하는 게 가장 중요하옵니다. 안팎으로 힘든 일이 많사오나 너무 심려치 마시옵소서. 안동 김 씨들이 마구 권력을 휘두르는 것을 막아야 하옵니다. 이 나라는 전하가 통치하는 것이옵니다. 절대 그 세력에 휘말리지 마시기 바라옵니다."

그야말로 나라를 생각해서 하는 말이었다. 구구절절 옳은 말이었다. 원범이 가장 듣고 싶은 말이었다. 원범은 안동 김 씨 세도정치에서 벗어나야겠다고 항상 마음먹고 있었다. 그것을 이하응이 잘 지적해준 거였다.

"고맙소. 그 말 명심하겠소."

원범은 짤막하게 대답했다. 이하응은 그 말 속에 뼈대가 있다고 느꼈다. 이하응이 원범에게 인사를 드리고 자리에서 일어나려고 할 때였다. 원범이 갑자기 이하응을 잡았다.

"대감! 그림을 잘 그린다고 들었소. 내게 그림 한 점 그려줄 수 있소?"

이하응은 그 소리를 듣고 얼굴색이 변했다. 원범이 자신에 대해서 잘 알고 있다는 생각이 들었기 때문이었다.

"전하! 어디서 그런 소리를 들었나이까? 아직 많이 부족하오나 스승 김정희 대감께 배운 바 있사옵니다. 시와 그림을 함께 배웠사옵니다."

"오호! 그렇소. 그럼 잘 됐소이다. 이 자리에서 시와 그림 솜씨를 한 번 보여주시오."

너무나 뜻밖이었다. 이하응은 원범이 그런 말을 할지는 전혀 생각 못했다. 이하응은 그것은 하늘이 준 기회라고 생각했다. 원범과 가까이 지내서 나쁠 것은 없지 않은가. 이 일로 해서 원범을 한 번이라도 더 볼 수 있다면 더 좋겠다는 생각이 들었다.

"전하! 황공하오나 신 미천한 글과 그림이라도 어여삐 봐주신다면 기꺼이 바쳐 올리겠나이다."

"그야 물론이오."

원범은 잔뜩 호기심 어린 표정으로 이하응을 쳐다봤다. 이하응은 곧바로 시를 쓰기 시작했다.

진심

마음 통하는 사람 만나
마주 앉으니
세상 걱정 근심 사라지고
한량없이 부풀기만 하네

시와 그림
허물없이 그대로
서로 알아주고 즐기고 반기니

말보다 더 진한 울림

눈빛만으로도
말하지 않아도
첫눈에 알아보니
천 년을 사귄 것처럼
통하는 마음

이하응은 그 자리에서 시를 써서 원범에게 바쳤다. 그 시를 읽은 원범은 아주 흡족한 표정으로 미소를 지었다. 이어서 이하응은 난초 그림을 그렸다. 마치 난초에서 향이 우러나오는 것 같았다. 그야말로 살아있는 그림이었다. 시와 그림을 본 원범은 이하응을 바라보며 그 재주에 탄복하였다.

  이하응은 원범을 만나고 난 뒤 더욱 자신감이 생겼다. 이미 신정왕후를 자기편으로 만들었다. 원범이 어떤 상태인지도 알았다. 안동 김씨 세력을 잠재울 대책도 마련했다. 이하응은 조선 역사상 처음으로 살아있는 대원군이 될 꿈에 부풀었다.

23. 철종과 고종

 원범을 만나고 난 뒤 이하응은 곧바로 집을 찾았다. 둘째 아들 명복이 보고 싶었기 때문이었다. 이하응은 원범 뒤를 이을 왕으로 이미 명복을 생각하고 있었다. 그는 원범을 직접 보고 그가 건강하지 못하다는 것을 알 수 있었다. 원범은 그 몸으로 후궁을 가까이하면서 정력을 낭비하고 있었다. 이하응은 어린 아들이 왕이 되면 자신이 뒤에서 마음껏 조정할 수 있다고 생각했다. 어느새 이하응은 대원군이 될 꿈에 부풀어 있었다.
 "명복아! 어디 있느냐?"
 집에 도착한 이하응은 큰 소리로 둘째 아들 명복을 불렀다.
 "네, 아버지!"

명복은 책을 읽다 말고 아버지 목소리가 들리자 대문 앞으로 뛰어나왔다.

"잘 있었느냐?"

이하응이 부드러운 눈빛으로 명복을 보며 물었다. 이제 겨우 열 살이 된 명복이었으나 또래보다 성숙했다. 이하응은 그런 아들을 보며 흐뭇한 표정을 지었다.

"네, 아버지. 천자문을 보고 있었사옵니다."

명복은 천자문을 다 읽고 그 뜻을 다 새기고 있었다. 그 나이에 천자문을 통달했다는 것은 실로 놀라운 일이었다. 이하응은 그런 아들을 보면서 원범이 생각났다. 농사꾼으로 글이라고는 하나도 모르는 원범이 왕이 되었다. 그에 비해 자기 아들 명복은 어떤가. 열 살에 천자문을 통달할 만큼 똑똑한 아이가 아니던가. 이하응은 지금이라도 자기 아들이 왕이 된다면 원범보다 더 잘할 수 있을 거라는 생각이 들었다.

"명복아, 이 아비가 너에게 할 말이 있다. 어서 내 방으로 들어오너라."

"네. 아버지 바로 들어가겠사옵니다."

명복은 무릎을 꿇고 이하응 앞에 앉았다.

"편히 앉거라."

이하응이 명복에게 양반다리로 앉아도 된다고 했다. 아무리 그래도 명복은 아비 앞에서 편히 앉을 수 없었다. 자칫 불손해 보일 수 있는 자세라 생각했기 때문이었다. 명복이 멈칫 거리자 이하응이 큰소리로 외쳤다.

"편히 앉으래도."

그제야 명복은 편한 자세로 앉았다.

"명복아! 내가 지금 어딜 다녀오는지 아느냐?"

명복은 아버지가 일찍부터 집을 나간 것은 알았지만 어디서 누구를 만나고 왔는지는 알지 못했다.

"잘 모르겠사옵니다."

"네가 모르는 게 당연하다. 그동안 내가 집을 나가면 시정잡배들하고 어울리며 놀음을 했으니 말이다. 너는 그런 아비 모습을 보고 원망한 적이 없느냐?"

명복은 차마 그 말에 대답하기가 껄끄러웠다. 왜 아버지가 그런 행동을 하는지 선뜻 납득하기 어려울 때가 많았다. 그것을 아버지 앞에 대놓고 말할 용기가 나지 않았다. 원범이 아무 말도 못 하고 망설이자 이하응이 다시 물었다.

"왜 말을 못 하느냐? 이 아비에 대해 불만이 없었냐고 물었느니라. 어서 바른대로 말해 보거라."

이하응이 흰 수염을 쓰다듬으며 엄숙한 표정으로 물었다. 그 위엄은 왕을 능가할 정도였다. 명복은 감히 아비 얼굴을 쳐다볼 수조차 없었다.

"아버지, 소자가 어찌 아비 허물을 들춰 보겠나이까. 소자는 아비를 믿사옵나이다."

명복은 금방이라도 울음을 터트릴 것 같았다. 그 말을 듣자 이하응은 만족스러운 듯 너털웃음을 웃었다.

"내가 그동안 너를 눈여겨 보아왔느니라. 너는 왕족이다. 내가 오늘 주상 전하를 만나고 왔느니라."

명복은 이하응이 왕을 만나고 왔다는 소리를 듣고 소스라치게 놀랐다. 왜 아버지가 왕을 만나고 왔을까 하는 의문이 들었다.

"전하를 만나고 오셨다고요? 무슨 연유로 전하께오서 아버지를 만나셨나이까?"

참으로 당돌하고 똑똑한 물음이었다. 도저히 열 살 아이 머리에서 나올 만한 질문이 아니었다. 이하응은 그 말을 듣고 안심한 듯 속내를 드러냈다.

"대왕대비이신 신정왕후는 풍양 조 씨로 안동 김 씨 세도정치에 대해 안 좋은 생각을 갖고 있느니라. 나는 대왕대비와 친분을 유지하며 장차 너를 왕으로 세울 계획이야. 그전에 현 왕을 만나 상태가 어떤지를 알아보고 왔느니라. 이 사실은 아무도 모르는 일이다. 너를 왕으로 옹립하는 문제도 나와 대왕대비만 아는 일이니라. 그러니 너는 매사에 행동을 조심하고 몸을 아껴야 하느니라."

너무도 엄청난 말에 명복은 온몸을 떨었다. 자신이 왕이 된다는 것은 꿈에도 생각해 본 적이 없는 일이었다. 왕은 오로지 하늘만이 점지할 수 있다고 믿었다. 그것을 어찌 아버지 마음대로 할 수 있단 말인가. 명복은 믿어지지 않았다. 정말 자신이 왕이 될 수 있을까 하는 생각에 몸을 가눌 수 없었다.

"아버지, 하늘도 놀랄 말씀을 어찌 그리 하시옵니까? 만약 이 사실을 왕께서 아신다면 어찌하려고 그러시옵니까? 우리 집안 씨가 마를 수도 있는 일이옵니다."

열 살 아이 입에서 나올 수 있는 대답이 아니었다. 그만큼 명복은 생각이 깊었다. 아버지 말은 어느 누구도 알아서는 안 되는 엄청난 말이었기 때문이었다. 혹시 다른 사람이 듣기라도 한다면 당장 큰일 날 것만 같았다. 이하응은 명복이 걱정하는 모습을 보며 만족한 듯 웃었다. 명복은 그 웃음이 무엇을 의미하는지 알 수 없었다.

"명복아! 너는 반드시 왕이 될 것이다. 이 사실을 아무에게도 알려서는 안 되느니라. 내가 너를 믿고 한 소리니라. 너에게는 이하응이 있다. 네 아비가 있단 말이다. 왕실의 큰 어르신 대왕대비가 살아 있는 한 네가 왕에 오를 것이니라."

그 말을 하는 이하응 표정은 아주 진지했다. 그 말을 한 뒤 이하응은 아들 손을 잡았다.

"명복아! 지금 왕은 큰 병이 들어 오래 살 수 없을 것이야. 왕이 후사가 없으니 네가 익종의 양자로 들어가 대를 이을 것이니라. 그렇게 되면 나는 조선 역사상 처음으로 살아있는 왕의 아버지가 되는 것이야. 으하하하하하!"

이하응은 그 말을 하고 호탕하게 웃었다. 작은 체구에서 어떻게 그런 큰 웃음이 나올 수 있는 것일까? 이하응은 몸은 작았지만 품고 있는 뜻은 그 누구보다도 큰 사람이었다.

"아버지, 소자는 아무것도 모르겠나이다. 그저 아버지가 하는 대로 따르겠나이다."

명복은 아버지가 무슨 뜻으로 그 얘기를 하는지는 알았다. 그렇지만 겉으로 드러낼 수는 없었다. 아무리 아버지가 자신을 왕으로 만들어준다고 해도 좋다며 반길 수는 없었다. 속으로는 좋으면서도 겉으로는 안 그런 척하는 게 도리라고 생각했다. 어찌 신하가 왕이 일찍 죽기를 바라겠는가. 명복은 아무리 원범이 병이 들었다고 해도 젊은 나이이기 때문에 극복할 수 있을 거라고 생각했다. 아무리 아버지가 직접 만났다고 할지라도 사람 운명은 알 수 없는 거라고 생각했다. 왕이 될 욕심에 현 왕이 빨리 죽기만을 바랄 수는 없는 일이었다.

"명복아! 군왕을 만나고 싶은 생각은 없느냐?"

너무나 뜻밖의 질문이었다. 고작 열 살짜리 어린아이가 어찌 왕을 만날 수 있단 말인가. 그것은 아무리 생각해도 어려운 일이었다.

"아버지, 소자가 아무리 왕을 만나기를 원한다고 해도 이는 천부당만부당한 일이옵니다. 어찌 왕이 소자를 만날 수 있단 말입니까? 왕이 그토록 한가하단 말입니까? 정사에 바쁜 왕께오서 어린아이를 만나서 뭘 하겠단 말씀입니까. 이는 말도 안 되는 소리이옵니다."

사실 이하응으로서도 그것은 자신 없는 일이었다. 원범이 왜 무엇 때문에 자기 아들인 명복을 만나주겠는가. 명복이 후계자로 결정된 것도 아닌데 말이다. 이하응은 그것이 상당히 어려운 일이라는 것을 알지만 대왕대비인 신정왕후가 힘을 쓴다면 불가능한 일도 아니라고 생각했다. 원범은 대왕대비 말이라면 무조건 따르지 않았던가. 그만큼 조정에서 대왕대비 신정왕후가 차지하는 힘은 컸다.

"어쨌든 너는 잠자코 이 아비 말만 따르면 되느니라. 아비를 믿고 항시 몸가짐을 바로 하도록 하라."

아들 명복을 본 뒤 이하응은 한결 기분이 좋아졌다. 속이 다 편했다. 아들에게 속 시원히 모든 것을 말하고 나니 몸이 날아갈 것 같았다. 이런 날 그냥 있을 수 없었다. 이하응은 집을 나섰다. 주막에 들르기 위해서였다. 주막에서 시원한 탁주나 마음껏 들이키고 싶었다. 세상을 다 얻은 것 같은 날이었다. 이하응은 명복을 보고 나서 확신했다. 명복에게 왕이 될 기운이 느껴졌다. 이하응은 명복이 원범을 만나든 안 만나든 상관없었다. 명복에게 원범을 만나는 것이 좋겠다고 했지만 그것은 그냥 해 본 소리였다. 그 말을 했을 때 명복이 어떤 반응을 보일지 떠보기 위한 술책이었다.

원범은 어린아이를 만날 만큼 한가하지 않았다. 원범은 시간이 날 때마다 후궁 전에 들러 그곳에서 술을 가까이하며 지냈다. 그럴수록 원범의 기력은 떨어졌다. 원범은 이하응보다 열한 살이나 아래였으나 훨씬 몸이 약했다. 40대에 들어선 이하응은 그때까지도 힘이 넘쳤다. 걸음걸이가 빨랐을 뿐만 아니라 몸 어디도 아픈 구석이 하나도 없었다. 이하응은 든든한 아들 생각을 하며 기분 좋은 상상에 빠졌다.

 이하응은 사람 보는 눈이 정확했다. 원범이 얼마 못 살 것이라는 예측은 그대로 들어맞았다. 그로부터 2년 뒤인 1863년 12월 원범은 쓰러져서 일어나지 못했다. 원범이 후계자를 정하지 못하고 세상을 떴다. 그러자 대왕대비 신정왕후는 이하응과 약속을 지켰다. 안동 김씨가 나서기 전에 선수를 쳤다. 원범은 사후 철종이라는 시호가 내려졌고 이하응의 둘째 아들 명복은 철종의 뒤를 이어 왕이 되었다. 그가 바로 고종이었다.

24. 추사 김정희

    이하응이 시와 그림에 능한 것은 추사 김정희를 만난 덕분이었다. 추사 김정희는 그 글씨가 추사체라는 이름으로 불릴 만큼 명필이었다. 거기에 그림과 시, 산문에 이르기까지 여러 분야에서 최고의 경지에 이르른 학자이자 예술가였다. 말년에 추사는 오랜 기간 동안 유배 생활을 했다. 제주도에서 8년, 함경도 북청에서도 2년을 보냈다. 그는 안동 김 씨 세력에 밀려 벼슬길에 오를 수가 없었다. 어쩌면 추사 본인에게는 다행스러운 일이었다. 추사는 그동안 학문 연구에 매진했다. 그가 시와 그림에 능한 것도 유배 기간 동안 끊임없이 쓰고 그렸기 때문이었다.

    이하응은 추사가 보통 사람이 아니라는 것을 일찍부터 알고 있었다. 그의 학문적 경지를 따라올 사람이 없다는 것을 알고 스스로 제자가 되기를 간청했다. 추사는 이하응보다 무려 34살이나 위였다. 아버지뻘 이상 되는 나이 차이였다. 그럼에도 추사는 왕족인 이하응을 함부로 대하지 않았다. 추사는 그가 장차 대원군이 되어 나라를 이끌 인물이라는 것을 알고 있었다. 그래서인지 더욱 이하응을 공손하게 대했다.

이하응은 추사를 찾아 길을 나섰다. 스승을 만나러 가는 길은 언제나 흥분됐다. 몸가짐을 단정히 했다. 그는 스승 앞에서 흐트러진 모습을 절대 보여서는 안 되겠다고 마음먹었다. 당시 이하응은 보잘것없는 벼슬이었다. 그는 시정잡배와 어울리며 왕족답지 않은 행동을 했다. 추사도 이하응이 그런 행동을 했다는 사실을 알고 있었다. 그럼에도 추사는 이하응이 속내가 깊은 사람이라는 것을 잘 알았다.

"대감 계시옵니까? 이하응이옵니다."

추사는 이하응이 문 앞에서 외치는 소리를 듣고는 깜짝 놀랐다. 한양에서 자신이 있는 곳까지는 몇 날 며칠을 달려와야 하는 거리였다. 그 먼 거리를 이하응이 찾아왔으니 놀란 것은 당연한 일이었다. 추사는 황급히 몸을 움직여 문밖으로 나왔다. 추사를 본 이하응은 머리를 땅에 닿을 듯이 숙이며 인사했다. 대스승에게 최대한 예의를 표했다. 그 모습을 본 추사도 같이 고개를 숙였다.

"어찌 이 먼 길을 찾아오셨나이까? 피곤하실 텐데 어서 안으로 드시지요."

추사가 이하응을 반갑게 맞이했다.

"어찌 소인이 스승님을 안 찾아볼 수 있단 말입니까. 한양을 떠나서 이 먼 곳에서 귀양살이를 하고 계시니 어찌 마음이 편할 수 있겠습니다. 하루속히 안동 김 씨들이 물러나야 할 텐데 말입니다."

이하응은 천장을 쳐다보며 안타까운 듯 한탄했다. 추사는 이하응이 내뱉는 말이 예사롭게 들리지 않았다. 추사는 이하응이 안동 김 씨에 대해 상당히 안 좋은 감정을 갖고 있다는 것을 느낄 수 있었다. 추사 역시 안동 김 씨들이 세도정치를 마구 휘두르는 모습이 안 좋았다. 안동 김 씨들이 경주 김 씨인 자신을 싫어해서 귀양을 보낸 것이 아니겠는가. 왕은 그들이 하는 말을 그대로 따라 하는 허수아비 같은 존재였다. 추사는 이하응이 궁에서 원범을 만났다는 소식을 들은 바 있다. 추사는 이하응을 본 김에 그 사실을 묻고 싶었다.

"궁에서 전하를 만났다고 들었사옵니다. 전하를 만나고 온 소감을 한 말씀해주시지요. 무척 궁금하옵니다. 전하께서는 강녕하시온지요?"

추사는 원범이 걱정됐다. 멀리 있어도 원범이 어떤 상태인지 들리는 소문으로 잘 알고 있었다. 원범이 정사에 신경을 쓰는 것보다 후궁 품에서 노니는 날이 많다는 것도 알고 있었다. 그로 인해 몸이 많이 쇠약해졌다는 사실도 짐작으로 느끼고 있던 터였다.

"스승님, 어찌 그리 제 소식을 잘 알고 있으신지요? 스승님은 선견지명이 있으시옵니다. 소인이 전하를 만난 사실도 잘 알고 꿰뚫고 계시옵니다. 스승님께서는 모르는 게 없으시옵니다. 정말이지 천재이시옵니다."

이하응은 추사를 앞에 두고 진심으로 극찬했다.

"소문이라는 것이 원래 빠른 법이옵니다. 발 없는 말이 천리를 간다고 하지 않습니까?"

추사는 그 말을 하고 특유의 너털웃음을 웃었다. 이하응은 추사가 웃는 모습을 보고 한결 마음이 편했다.

"스승님, 어찌 그리 얼굴이 아이 같습니까? 스승님 얼굴에는 동심이 물씬 풍겨져 나오는 것 같사옵니다."

이하응은 추사를 볼 때마다 해맑은 웃음이 부러웠다. 이하응이 아무리 노력해도 추사처럼 웃을 수 없었다.

"이 모두가 자연을 벗 삼으며 시를 쓰고 그림을 그린 탓이옵니다. 이하응 대감도 그 분야에 소질이 다분한 것으로 알고 있사옵니다."

추사가 이번에는 이하응을 치켜세웠다. 그것은 본심이었다. 이하응은 시와 그림에 뛰어난 소질이 있었다. 어떤 때는 추사가 깜짝 놀라기도 했다. 이하응은 특히 난초 그림을 아주 잘 그렸다. 추사를 능가할 정도였다.

"과찬이옵니다. 스승님 말씀이 나온 김에 오늘 시를 한 수 지어보는 것은 어떠하온지요? 모처럼 스승님과 시 쓰는 시간을 갖고자 하옵니다."

추사는 이하응이 시를 쓰자는 말에 귀가 번쩍 뜨였다. 시라면 언제든 쓰고 싶은 마음이었다. 더구나 이하응이 같이 쓰자고 하니 마다할 이유가 하나도 없었다.

"거 참 듣던 중 반가운 소리요. 얼마든지 쓸 터이니 이하응 대감께서 시제를 정해 보시오."

추사가 반갑게 대답했다. 이하응은 그 소리를 듣고 입이 찢어지도록 활짝 웃었다.

"감사하옵니다 스승님. 하오면 소인이 시제를 정하겠사옵니다."

그 말을 마치자 이하응은 한참 생각을 하더니 손뼉을 딱 쳤다. 시제를 정한 거였다.

"스승님! 소인은 이 세상에서 스승님을 가장 존경하옵니다. 그 마음을 시에 담아 보고 싶사옵니다. 그런 의미에서 시제를 '스승'으로 정하겠사옵니다. 스승님께서도 스승이 계시오니 그 마음을 시에 담아보는 게 어떠하온지요?"

참으로 영특한 말이었다. 그 말을 듣고 좋아하지 않을 스승이 어디 있을까? 추사는 이하응이 사람 마음을 움직일 수 있는 능력이 탁월한 사람이라는 것을 단 번에 느낄 수 있었다. 추사는 이하응이 자신을 가장 존경한다고 한 말이 빈 말이라고 하더라도 기분이 좋았다. 스승으로서 제자에게 무한 존경을 받는다는 것은 참으로 기쁜 일이었다. 추사는 이하응이 하는 그 말 한마디만으로도 귀양살이에서 오는 외로움을 달랠 수 있었다.

"참으로 좋은 시제요. 어디 한 번 써 봅시다."

추사는 얼굴 가득 미소를 띠며 자신 있게 대답했다. 이하응도 덩달아 기분이 좋아졌다.

"네. 스승님. 멋진 시 기대하겠사옵니다."

추사와 이하응은 서로 마주 앉아 시를 썼다. 숨소리조차 들리지 않은 적막이 흘렀다. 붓을 잡은 손은 쉴 틈 없이 움직였다. 문장은 막힘이 없었다. 자세는 조금도 흐트러지지 않았다. 선비가 따로 없었다. 단아한 기품이 그대로 느껴졌다. 추사가 먼저 붓을 놨다.

"내가 먼저 다 썼나 보오. 잘 썼는지 모르겠지만 먼저 읊어 보도록 하겠소."

이하응은 스승이 먼저 시를 다 썼다고 하니 부끄러운 마음이었다. 자신이 먼저 써서 스승에게 보이지 못한 것이 무척 미안했다.

"스승님, 소인은 아직 다 못 썼사옵니다. 조금만 기다려 주시옵소서. 곧 마무리하겠사옵니다."

"그러지요. 천천히 편히 써도 되오. 얼마든지 기다릴 테니."

추사가 이하응을 안심시켰다. 이하응은 서둘러 시를 마무리 지었다. 썩 마음에 들지는 않았지만 마냥 시간을 보낼 수는 없었다.

"다 썼사옵니다. 스승님!"

이하응이 안심한 듯 숨을 크게 내쉬었다.

"이하응 대감! 내가 먼저 읊도록 하겠소."

"알겠사옵니다. 스승님부터 읊어보시지요."

이하응은 추사가 어떤 시를 썼는지 무척 궁금했다. 스승이 쓴 시를 읊는 모습은 처음이었다. 이하응은 자세를 똑바로 하고 경청할 준비를 했다.

스승

추사 김정희

그림자도 밟지 않고
앞에서 보고 뒤에서 보고
옆에서 보살피며
부모와 같이 떠받들어
몸과 마음 공손히

존경과 믿음과 사랑
하늘 아래 더 높은 것 없으니

죽는 날까지
효와 예로 온몸 바쳐 섬겨도
다 갚을 수 없는 은혜

어찌 한 줄 시로
한 폭 그림으로
하해 같은 마음 표현할 수 있으며
깊은 속 뜻 헤아릴 수 있을까

이하응은 추사가 쓴 시를 깊이 음미하며 보고 들었다. 그 시를 듣고 나니 스승이야말로 부모와 같은 마음으로 모셔야 한다는 마음이 들었다. 이하응은 저절로 눈시울이 붉어졌다. 추사에 대한 존경심이 저절로 우러나왔다. 울컥한 마음에 이하응은 멍하니 추사를 바라봤다. 그러자 추사가 웃으며 입을 열었다.

"이하응 대감! 무슨 생각을 그리 하시오? 내 시가 마음에 안 드시오?"

그제야 이하응은 정신이 번쩍 들었다. 그는 멋쩍은 미소를 지으며 대답했다.

"아니옵니다. 스승님. 이번엔 소인이 시를 읊겠사옵니다."

스승

이하응

눈앞에 마주 앉아 보고 있노라니
이보다 더 고귀하고 소중한 사람 없어
부모 섬기듯 온몸과 마음 다 바쳐
받들어도 모자랄 인품

무한한 사랑과 덕으로 가르친 은혜
백골이 가루 되어도
잊을 수 없고
대대손손 이어져 기리리라

고귀한 정신
아무리 본받으려 해도
따라갈 엄두 나지 않으니
청출어람은 옛말
그 높은 뜻과 이상
하늘인들 어찌 따를 수 있으리오

추사는 이하응이 시를 읊을 때 눈을 지그시 감았다. 추사는 일취월장한 이하응의 시에 놀라움을 금할 수 없었다. 자신을 생각하는 그 마음이 너무나 갸륵했다. 실로 감동적이었다. 그렇지만 겉으로 크게 드러내지 않았다. 추사는 차분한 마음으로 이하응이 쓴 시를 음미했다. 스승과 제자가 서로를 공경하는 마음이 그대로 드러난 시였다. 어느 시가 더 뛰어나다고 말할 수 없었다.

"이하응 대감! 그동안 시를 많이 썼나 보오. 참으로 훌륭하오."

추사가 이하응을 칭찬했다. 그러자 이하응도 가만히 있을 수 없었다.

"스승님! 어찌 제 시를 스승님과 비교할 수 있겠사옵니까? 소인은 많이 부족하옵니다. 앞으로 스승님께 더 많이 배워야 하옵니다."

이하응은 자세를 한껏 낮췄다. 둘은 시간 가는 줄 모르고 대화를 나눴다. 이하응은 자리에서 일어나기가 싫었다. 스승과 좀 더 같이 있고 싶었다. 그렇다고 마냥 그곳에 머물 수는 없었다. 아쉽지만 그 자리에서 일어나야 했다. 이하응이 떠나려고 하지 추사가 뭔가가 생각난 듯 물었다.

"이하응 대감, 전하 소식이 많이 궁금하오. 들리는 소문에 의하면 전하께오서 건강이 안 좋다고 하오. 대감이 전하를 뵌 적이 있으니 그 사실을 알 것 아니오. 내게 말해 줄 수 없소?"

"스승님! 그 얘기는 앞에서도 드린 바 있사옵니다. 소인도 전하의 건강이 심히 염려되옵니다. 지금이라도 전하께오서 건강을 챙겼으면 하오나 그렇지 못한 실정이옵니다. 무엇보다 옥체를 보전하는 게 중요한데 미천한 제 힘으로는 어찌할 도리가 없사옵니다."

그 얘기를 하는 이하응 표정에는 안타까움이 묻어났다. 추사 또한 나라가 걱정됐다. 원범이 일찍 죽으면 어찌 될 것인가? 후사가 없기에 종친 중에 한 사람이 왕이 되어야 한다. 추사는 문득 이하응을 쳐다봤다. 그의 눈빛이 빛났다. 추사는 그 눈빛을 쳐다보다가 눈을 내리 깔았다. 눈빛이 너무나 빛나서 제대로 쳐다볼 수가 없었다. 그때 추사는 이하응이 세상을 깜짝 놀라게 할 큰일을 저지를 것이라는 것을 눈치챌 수 있었다.

25. 김대건 신부

　안동 김 씨는 세도정치만 한 것이 아니었다. 외세를 철저히 배격했다. 그중 가장 큰 것은 서양에서 밀려온 천주교에 대한 탄압이었다. 서양 신부들이 천주교 전파를 위해 조선 땅을 밟았다. 그들을 통해 조선 백성들에게 천주교가 전파되었다. 안동 김 씨 세력은 천주교가 전파되기 시작하자 겁을 먹었다. 그로 인해 자신들 세력이 약해질 것을 우려했다. 급기야 천주교가 민심을 흉흉하게 하여 나라를 어지럽힌다는 생각을 하게 되었다.

　당시 헌종은 힘이 없었다. 어린 나이에 왕이 되었기에 순원왕후가 수렴청정을 했다. 안동 김 씨들은 순원왕후의 뒤에서 천주교가 전파되는 것을 막았다. 그들은 천주교를 믿는 자를 참수형에 처했다.

김대건 신부는 우리나라 최초의 천주교 신부였다. 그는 깨어있는 젊은이였다. 그는 천주교는 지금껏 백성이 믿었던 유교나 불교와는 다른 종교라는 것을 알았다. 그는 안드레이라는 세례명을 받고 신부가 되어 천주교를 널리 퍼트리기 위해 노력했다. 그는 비상한 머리를 가진 사람이었다. 독학으로 라틴어를 배워서 성경 번역을 할 정도였다. 김대건을 아는 사람은 그의 재주를 무척 아꼈다. 그랬기에 그가 천주교도라는 것이 밝혀져 사형 구형을 받자 구명 운동까지 벌어졌다. 심지어 안동 김 씨 중에서도 그를 살려야 한다는 사람이 있었다.

헌종도 처음에는 그를 죽일 생각은 없었다. 귀양을 보내는 것으로 끝내려고 했다.

그러나 당시 영의정이었던 권돈인이 헌종 앞에 나섰다.

"전하! 김대건을 살려둬서는 아니 되옵니다. 그 자는 신부이옵니다. 조선에서 믿으면 안 된다고 하는 외래 종교를 몰래 퍼트리고 있사옵니다. 그로 인해 나라에 큰 혼란이 빚어지고 있사옵니다. 그 자를 살려두면 조선은 그대로 외래 세력 손아귀에 넘어가고 말 것이옵니다. 조선을 지키기 위해서라도 그 자를 참수해야 하옵니다."

그때 한 젊은 신하가 나섰다.

"신 목숨을 걸고 전하께 아뢰옵나이다. 김대건 신부는 결코 조선을 망하게 할 사람이 아니옵니다. 신이 그 자를 만났사온데 아주 순수한 마음을 가진 청년이었사옵니다. 천주교는 조선을 어지럽히는 종교가 아니옵니다. 믿음을 주고 심신을 다스리는 종교이옵니다. 믿겠다는 백성을 막을 필요는 없사옵나이다."

그 소리를 듣고 영의정 권돈인 얼굴이 굳어졌다. 그는 젊은 신하를 강하게 째려보았다. 실로 용기 있는 발언이었다. 목숨을 내놓지 않고는 그런 말을 할 수 없었다. 당시 조정 분위기는 그만큼 천주교도에게 살벌했다. 헌종은 그 자리에서 결론을 내리지 못했다.

"생각해 보고 결정하겠노라. 모두 물러가시오."

신하들이 물러난 뒤 헌종은 순원왕후를 찾았다. 그러나 순원왕후가 어떤 사람인가? 안동 김 씨의 딸이 아니던가. 헌종이 물어볼 필요도 없이 순원왕후의 결심은 완강했다.

"주상! 조선을 지켜야 하오. 어찌 나라를 혼란케 하는 자를 살려줄 수 있단 말이오. 마땅히 참수해 처해서 본보기로 삼아야 하오. 사사로운 인정에 얽매여 대의를 그르칠 수는 없는 법이오."

그 말을 하는 순원왕후는 아주 단호했다. 정말로 당찬 여인이었다. 어린 헌종은 그 말을 따르지 않을 수 없었다. 김대건이 비상한 재주를 갖고 있다는 것을 알았지만 처형하지 않을 수 없었다. 그렇게 김대건은 1846년 9월 16일, 불과 26세의 나이에 참수형을 당했다.

김대건이 순교한 1846년은 원범이 강화도에 있었을 때였다. 당시 그는 16살 청년으로 한참 복녀와 아름다운 사랑을 꽃피우고 있었다. 원범은 김대건의 순교 소식을 친구 재덕에게 들었다. 재덕은 원범의 불알 친구였다. 그만큼 서로 마음이 통하는 사이였다.

"원범아! 한양 소식 들었어?"

재덕은 호들갑을 떨었다. 재덕이 하는 소리에 원범은 깜짝 놀랐다. 무슨 일이 터졌을까 몹시 궁금했다.

"무슨 소식인데. 어서 말해 봐?"

"김대건 신부가 참수당했대. 네가 존경한다고 했던 분이잖아."

재덕으로부터 그 말을 들은 원범은 온몸에 힘이 다 빠지는 것 같았다. 다리에 힘이 풀리면서 그 자리에 서 있을 수조차 없었다.

"재덕아! 너 그게 사실이야? 정말 김대건 신부가 죽었어?"

"그렇다니까. 나라에서 천주교를 믿지 말라고 했는데 선교하다가 발각되어 참수했대."

그 소리를 듣고 원범은 땅이 꺼지도록 한숨을 내 쉬었다.

"안 돼. 이건 정말 말도 안 되는 일이야. 김대건 신부 같은 사람을 참수하다니. 그 사람은 사심이 하나도 없는 사람이라고. 정말로 착한 사람인데 왜 죽이냐고?"

재덕은 원범이 그토록 흥분할 줄 몰랐다.

"원범아! 너 왜 그래? 나라에서 한 일을 가지고 네가 흥분할 필요 없잖아."

원범이 김대건 신부가 죽은 것에 대해 크게 흥분한 것은 복녀 때문이었다. 복녀는 원범에게 김대건 신부에 대한 얘기를 자주 했다. 복녀는 한양에 갔을 때 김대건 신부를 만난 적이 있는데, 그 때 그를 보고 한눈에 반했다고 했다. 그 소리를 들은 원범은 김대건 신부에게 질투심과 동시에 관심이 생겼다. 도대체 그 신부가 어떤 사람이기에 복녀가 한눈에 반했단 말인가. 원범은 김대건 신부를 한 번도 본 적이 없었다. 하지만 복녀를 통해 많은 얘기를 들었다.

"복녀야! 넌 그 신부의 어떤 점이 좋은데?"

원범은 마음에 있는 생각을 그대로 물었다.

"정말 아주 우연이었어. 어쩌면 그건 하늘에서 내게 준 기회였는지도 몰라. 지금도 그 모습이 생생해. 세상에 그런 남자가 다 있다는 게 놀라워. 말투 하나하나뿐만 아니라 몸짓 모든 게 예사로운 사람이 아니었어. 몸에서는 광채가 났고 얼굴은 달덩이처럼 밝았어. 말은 품위가 있었을 뿐만 아니라 아주 부드러웠어. 그 말에 저절로 내 몸이 빨려 들어갈 정도였어."

복녀는 입에 침이 마르도록 김대건 신부에 대해 칭찬을 했다. 원범은 처음에는 그 소리가 듣기 거북했다. 같은 남자로서 자존심도 상했다. 그로 인해 복녀와 싸우기도 했다.

"너 그렇게 김대건 신부가 좋으면 그 사람하고 결혼해."

원범은 화나서 복녀에게 심하게 대들었다. 복녀는 그 말을 듣고도 전혀 화내지 않았다.

"원범아! 너 나한테 질투하는 거니?"

오히려 복녀는 웃으며 대답했다. 그러자 원범은 더 화났다.

"나 지금 너하고 장난하는 거 아니야. 진심으로 하는 말이야. 너 자꾸 그러면 더는 안 만날 거야."

원범은 복녀를 안 만날 생각은 없었지만 그렇게 말해야 할 것 같았다. 그래야 복녀가 김대건 신부 자랑을 하지 않을 것 같았기 때문이었다.

"원범아, 내가 김대건 신부를 좋아한다고 해서 그 사람이 나를 거들떠보겠니? 그 사람 좋아하는 사람이 얼마나 많은 줄 알아. 한양에 갔을 때도 주위에 여자들이 얼마나 많은지 눈이 휘둥그레졌어."

원범은 그 소리를 듣고 자기도 모르게 웃음이 터졌다. 복녀에 대한 질투심이 이내 사라졌다. 그 뒤부터는 복녀가 김대건 신부 얘기를 하더라도 아무렇지도 않았다. 어느새 원범은 마음속으로 김대건 신부를 존경하게 되었다.

그런 김대건 신부가 죽었다는 소식을 들으니 원범이 충격을 받은 것은 너무나 당연했다. 원범은 그 소식을 복녀에게도 알려야겠다고 생각했다. 원범은 복녀 집을 향해서 뛰었다. 어느새 복녀 집에 다다랐다.

"복녀야! 복녀야!"

원범은 큰 소리로 복녀를 불렀다. 복녀가 그 소리를 듣고 재빨리 문 앞으로 나왔다.

"원범이 아니니? 무슨 일이야?"

원범은 숨을 가다듬고 차분하게 대답했다.

"김대건 신부가 순교했어. 천주교를 전파하다가 잡혀서 참수 당했대."

그 말을 하면서 원범은 몹시 떨었다. 복녀가 충격을 받을까 걱정됐기 때문이었다. 원범에게 그 소식을 들은 복녀는 두 눈을 지그시 감았다. 그러자 어느새 두 눈에서 굵은 눈물이 떨어졌다.

"김대건 신부님! 이렇게 가시다니요. 이 세상에서 가장 깨끗한 마음을 가지신 분인데 이렇게 비참하게 돌아가시다니요."

복녀는 몹시 비통한 표정을 지으며 안타까워했다. 그 모습을 지켜본 원범 마음도 갈기갈기 찢어졌다.

"복녀야, 울지 마. 나도 마음이 많이 아파. 우리 그분 명복을 빌며 기도하자."

원범이 그 말을 마치자 복녀가 두 손을 모았다. 원범도 같이 두 손을 모은 뒤 머리를 숙이고 김대건 신부의 명복을 빌었다.

훗날 왕이 된 원범은 가능한 한 천주교 신자들을 용서하려고 했다. 그렇지만 실권을 잡은 안동 김 씨들은 생각이 달랐다. 천주교를 사악한 종교라고 생각하며 탄압했다. 원범은 안타까웠지만 권력 싸움에서 밀렸다. 더군다나 복녀가 죽고 나자 더욱 실의에 빠졌다. 정사를 돌보기가 싫어졌다. 그 틈을 타서 안동 김 씨들은 천주교 탄압을 더욱 심하게 하기 시작했다. 순교자는 계속 발생했다. 그러나 아무리 그래도 천주교를 뿌리 뽑을 수는 없었다. 김대건 신부는 거룩한 순교를 했다. 그를 추앙하는 사람들이 조금씩 생겨났다. 그 세력은 죽음을 두려워하지 않았다. 그들은 김대건 신부를 생각하며 끝까지 신앙심을 잃지 않았다.

26. 천주교 박해

원범은 김대건 신부가 죽은 사건을 잘 기억하고 있었다. 단지 천주교를 믿고 전파했다는 이유 때문이었다. 천주교를 믿으면 왜 안 되는 것일까? 원범은 그에 대해서 생각해봤다. 도대체 천주교는 어떤 종교일까? 당시 조선은 유교를 숭배하고 있었다. 유교는 제사를 중요시했다. 그러나 천주교는 제사를 지내는 것을 금지했다. 또한 모든 사람은 평등하기 때문에 신분 제도가 필요 없다고 했다. 이것은 철저한 양반 중심 사회인 조선의 체제를 뒤흔드는 일이었다. 그러니 조정에서 천주교가 전파되는 것을 좋아할 리 없었다. 그 종교를 믿는 것 자체만으로도 처형을 시킬 정도였다.

원범은 천주교를 믿고 싶은 마음은 없었다. 괜히 조정에서 금지하는 것을 했다가 처형당하는 것이 두려웠기 때문이다. 원범은 형이 죽는 것을 목격했다. 억울하게 죽음을 당한 형을 생각하면 하루도 마음이 편할 날이 없었다. 자신도 어느 순간 그런 운명이 될 수 있다고 생각하니 등골에서 저절로 땀이 났다. 조용히 산야에 묻혀 사는 게 좋다고 생각했다.

원범이 왕이 되었을 때도 나라는 천주교로 온통 시끄러웠다. 천주교 신자를 처벌해야 한다는 상소가 빗발쳤다. 그때마다 원범은 자세히 조사하라고 지시하긴 했지만 처벌에 대해서는 말을 아꼈다.

"전하! 천주교가 암암리에 침투하여 이 나라를 좀 먹고 있사옵나이다. 천주교는 조선을 말아먹는 아주 사악한 종교이옵니다. 그것을 믿는 자를 살려둬서는 아니되옵니다. 천주교인들은 전하를 욕보일 뿐만 아니라 이 나라를 망하도록 유도하고 있사옵나이다. 지금 당장 천주교도를 색출하여 모두 극약으로 처벌해야 하옵니다."

안동 김 씨의 우두머리 격인 김좌근이 나섰다. 그는 순원왕후의 친동생으로 막강한 권력자였다. 그러나 원범은 그런 권력자의 말에도 굴하지 않았다. 원범은 함부로 백성을 죽이는 일을 원치 않았다. 그것은 김대건 신부의 죽음 소식을 듣고 마음이 아팠던 기억이 있었기 때문이었다.

"경의 말은 알아듣겠소. 하오나 천주교를 믿는다는 이유만으로 무조건 백성을 죽일 수는 없는 법이오. 천주교를 믿으면 조선이 망한단 말이오? 어디서 그런 말씀을 들었소? 충분한 조사도 없이 죽인다는 건 있을 수 없는 일이오. 좀 더 생각하고 처리해야 할 것이오."

원범은 단호했다. 서슬이 퍼런 안동 김 씨 세력을 향해서도 제 목소리를 냈다. 천주교인도 조선 백성이 아니던가. 아무리 왕이라고 해서 백성을 함부로 죽일 수는 없는 일이었다. 그러나 원범이 이런 마음을 가지고 있다고 해도 빗발치는 상소를 무시할 수 없었다.

급기야 순원왕후까지 나서서 원범을 설득하려 했다.

"주상! 서양에서 전래된 잘 알지도 못하는 종교를 그냥 보고만 있을 것이오? 주상은 그로 인해 이 나라 유교 전통이 무너지고 있는 것을 모르시오? 예로부터 우리는 동방예의지국으로 일컬어져 왔소. 조상을 섬기는 일은 너무나 당연한 것 아니겠소? 천주교는 그것을 못하게 하고 있으니 이 얼마나 사악한 종교요. 그러니 그것을 믿는 백성은 당연히 엄벌에 처해야 마땅하오."

대왕대비가 하는 말은 안동 김 씨 주장하고 똑같았다. 그러나 대왕대비는 원범을 왕으로 만들어 준 사람이다. 그래서 원범은 순원왕후의 말만큼은 그냥 흘려들을 수 없었다.

"알겠사옵니다. 말씀 명심해서 받들어 모시겠나이다. 대왕대비 마마!"

원범이 할 수 있는 말은 그것뿐이었다.

원범은 결국 천주교도를 잡아들이라는 어명을 내렸다. 천주교도를 잡기 위한 대대적인 색출 작업이 시작되면서 수많은 천주교도가 관가에 잡혀 들어왔다. 원범은 잡혀 들어온 천주교도들을 직접 찾아가 심문하기로 마음먹었다. 관가에 붙잡혀 들어온 천주교도들은 포승줄로 온 몸이 묶이고 머리는 풀어헤쳐진 상태였다. 얼굴에는 피멍이 가득했다. 관가에 끌려오면서 포졸들에게 얻어맞았기 때문이었다. 그들은 금방이라도 숨이 넘어갈 것 같았다. 그 모습을 본 원범은 너무 놀랐다. 한눈에 봐도 몰골이 말이 아니었다.

"왜 나라에서 믿지 말라고 하는 천주교를 믿었느냐?"

원범은 한 천주교도인을 향해 소리쳤다. 그러자 그 천주교인은 나지막한 목소리로 대답했다.

"전하! 천주교는 절대 이 나라를 해치기 위한 종교가 아니옵니다. 모든 인간은 평등하다는 사상에 그 뿌리를 두고 있습니다. 능력이 있다면 누구나 관직에 등용될 수 있어야 하옵니다."

그 소리를 들은 원범은 화를 버럭 냈다. 그가 말하는 평등은 조선 신분사회의 붕괴를 가져올 수 있었다.

"네 이놈. 어찌 죄를 지어 놓고 말이 많으냐. 어찌 양반과 상놈이 평등할 수 있느냐? 조선은 신분 사회다. 그것을 하루아침에 무너뜨릴 수는 없느니라. 네놈이 믿는 천주교는 제사도 안 지낸다고 들었다. 제사는 조상을 섬기는 일인데 그것을 어찌 안 지낼 수 있단 말이냐? 이러고도 네놈이 죄가 없다고 말할 수 있느냐?"

원범이 하는 말에 그 교인은 뭐라고 더 반문할 수 없었다. 원범이 하는 말이 모두 맞았다. 그러자 원범은 가차 없이 명령했다.

"저 죄인들은 이 나라를 뒤집으려는 역모를 꾀한 것과 다름없는 행위를 했느니라. 이에 따라 그 죄를 엄히 물을 것이니라. 모두 참수토록 하라."

바꿀 수 없는 어명이었다. 천주교인들은 원범에게 살려달라고 울면서 하소연했지만 아무 소용없었다. 그들은 형장으로 끌려가서 모진 고문을 당한 뒤 최후의 순간에는 목이 잘려 나갔다. 피비린내가 진동할 만큼 많은 천주교인들이 목숨을 잃었다. 살아남은 천주교인들도 신앙을 숨긴 채 몸을 사릴 수밖에 없었다. 여차하면 관가에 잡혀 들어가 참수당할 수 있는 상황이었기 때문이다.

원범은 나라 기강을 바로잡기 위해 수많은 천주교인들을 죽였다. 그러나 그 죽음을 지켜볼 때마다 마음이 너무 아팠다. 아무리 나라를 위해 처형했다고 해도 마음이 편치 않았다. 가끔 천주교인들의 참수 장면을 볼 때면 가슴이 심하게 떨리는 것을 느끼기도 했다. 갑자기 숨이 막힐 듯 심장이 훅 조여졌다. 그럴 때면 물을 마셔야 간신히 위기에서 벗어날 수 있었다. 밤에는 죽은 사람들의 얼굴이 종종 꿈에 나타나기도 했다. 원범은 자다가도 벌떡 일어나는 날이 점점 많아졌다. 하루도 마음이 편할 날이 없었다.

한 번은 원범이 천주교인들을 살려주기 위해 마음을 떠 본 적이 있었다.

"네가 지금이라도 천주교를 믿지 않는다면 목숨을 살려 줄 것이니라. 어찌 너는 조상을 받들어 모시는 일을 게을리 하느냐?"

"전하! 절대 조상을 모시는 일을 게을리 하는 게 아니옵니다. 다만 제사를 안 지내는 것뿐이옵니다."

원범은 그 말에 정신이 돌았다. 원범으로서는 제사를 안 지내는 일은 용납될 수 없는 일이었다.

"너 이놈! 네 놈이 어찌 제사를 지내지 않으면서 조상을 모신다고 할 수 있느냐? 내가 너를 살려주려고 했으나 도저히 용납할 수 없도다."

원범은 그 말을 하고 다시 수많은 천주교인들을 처단했다. 그날 밤 원범의 꿈 속에서는 아예 천주교인들이 나타나서 원범을 짓눌렀다. 수많은 손들이 목을 조르는 듯한 아수라장을 겪던 원범은 식은 땀을 흘리면서 깨어났다.

"물! 물! 물을 달라!"

원범이 황급히 소리쳤다. 그 소리에 내관이 놀라서 황급히 뛰어왔다.

"전하! 괜찮으시옵니까. 여기 물 대령했나이다."

원범은 물을 보자마자 단숨에 벌컥 마셨다.

"이제 좀 살 것 같다. 가슴이 답답하구나. 왜 이리도 마음이 아프단 말이냐.”

원범은 긴 한숨을 내쉬었다. 원범은 천주교인들을 죽이고 싶지 않았다. 그렇지만 천주교가 유교 이념을 부정하고 있으니 그대로 내버려둘 수도 없었다. 어느 쪽도 택할 수 없는 진퇴양난의 상황에 놓여 있었다.

그 일이 있고 난 뒤부터 원범은 거의 날마다 술을 가까이했다. 술이 없이는 잠을 잘 수 없었다. 후궁전을 들리는 일도 잦았다. 그 모습을 본 중전 철인왕후는 가슴이 꺼질 것 같았다. 원범을 그대로 둬서는 안 되겠다는 생각이 들었다. 원범이 중궁전을 찾지 않은 지도 수개월이 지났다. 마침내 철인왕후는 원범을 만나 할 말을 해야겠다고 결심했다.

“전하! 옥체를 보전하소서. 이러시면 아니 되옵니다. 아무리 정사가 어지럽다고 할지라도 술과 여색에 빠져서는 아니 되옵니다. 전하!”

철인왕후는 눈물로 원범에게 호소했다.

“중전! 내 몸은 내가 알아서 하는 것이오. 중전이 간섭할 일이 아니란 말이오. 어서 썩 물러나시오.”

원범은 철인왕후를 내쫓았으나 중전은 그대로 물러설 수 없었다. 원범의 곤룡포를 잡고 늘어졌다.

“전하! 이대로 물러날 수 없사옵니다. 옥체가 상하는 모습을 그냥 보고만 있을 수는 없사옵니다."

철인왕후는 그 말을 하고는 그 자리에 털썩 주저앉았다. 눈물이 하염없이 흘러내렸다. 그 모습을 본 원범은 잠시 멈칫했다. 갑자기 망치로 머리를 한 대 얻어맞은 것 같은 느낌이었다. 원범 목소리가 차분하게 가라앉았다. 원범은 한결 부드러운 목소리로 철인왕후를 달랬다.

"중전! 여기서 이러지 마시오. 중전이 무슨 뜻으로 그 말을 하는지 다 알고 있소. 요즘 내 심신이 말이 아니오. 천주교인들을 처단한 뒤 가슴이 찢어질 것 같소. 나라고 그들을 죽이고 싶어서 죽였겠소."

그 말을 마치자마자 원범은 그동안 참았던 눈물을 다 쏟아낼 듯이 주르륵 울고 말았다. 곤룡포가 원범이 흘린 눈물로 흠뻑 젖었다. 철인왕후는 원범이 그토록 슬프게 우는 모습은 처음이었다. 철인왕후가 놀라며 원범을 끌어안았다.

"전하! 고정하소서. 전하께오서는 이 나라 태양이시옵니다. 마음을 다지시옵소서. 약해지시면 아니 되옵니다. 통촉하여 주시옵소서, 전하!"

철인왕후는 원범을 붙잡고 눈물로 하소연했다. 그러자 원범이 철인왕후를 끌어안았다.

"중전! 어찌 내가 그 마음을 모르리오. 그동안 너무 미안했소. 내 이제부터 중전을 많이 찾으리다."

여자의 눈물 앞에 냉정한 남자가 있을까? 원범은 그제야 철인왕후를 가까이하지 않은 것에 대해 미안한 마음이 들었다. 원범은 오래간만에 철인왕후 얼굴을 똑바로 쳐다보았다. 큰 눈동자와 오뚝한 콧날은 여전히 한결같이 미인이었다.

"중전! 내 마음을 알아주는 사람은 당신밖에 없구료. 누가 뭐래도 내겐 중전이 가장 소중한 사람이오."

원범은 철인왕후의 두 손을 꼭 잡았다. 부드러운 살결이 온몸으로 느껴졌다. 원범은 철인왕후를 꼭 껴안았다. 눈물로 젖은 옷이 원범 살결에 닿았다. 원범은 슬그머니 옷을 벗었다.

"중전! 오래간만에 회포를 풀어보리다."

원범은 철인왕후 저고리를 벗겼다. 하얀 속살이 무지개처럼 빛났다. 천주교도 처벌로 심란했던 원범의 머릿속은 씻은 듯이 깨끗해졌다. 넓은 궁궐 안은 젊은 두 남녀가 내뱉는 거친 숨소리만 들릴 뿐이었다. 원범은 철인왕후와 깊은 밤을 보냈다. 오래도록 밤이 지나지 않았으면 하는 마음이었다. 원범은 피로가 몰려왔지만 잠을 자려 하지 않았다. 밤을 새우고만 싶었다. 철인왕후를 안았을 때 느끼는 포근함은 세상 무엇과도 바꿀 수 없는 것이었다. 흘러가는 시간이 아쉬울 따름이었다. 시간이 멈췄으면 하는 생각뿐이었다.

27. 외세 침입

원범은 천주교가 전파되는 게 두려웠다. 그로 인해 왕권이 위협받을 수 있다는 생각 때문이었다. 초기에 천주교를 진압하지 않으면 안 된다고 생각했다. 그 뒤로 수많은 천주교인들이 희생되었다. 원범은 백성들이 천주교를 믿으면 죽는다고 믿게 되면 더 이상 천주교가 퍼지지 않을 거라고 믿었다. 처음에는 그 방법이 효과가 있었지만 오래가지 않았다. 목숨을 걸고서라도 천주교를 믿으려는 백성이 생겨났다. 그 수가 적지 않았다. 그 많은 사람을 일일이 처형하는 일도 쉬운 일이 아니었다.

천주교 문제는 원범에게 내내 골치 아픈 일이었다. 매번 진압해도 천주교가 조선 팔도 곳곳에 계속 퍼지고 있는 것은 무엇 때문인가.

원범은 그 배후 세력으로 외국인 선교사를 주목했다. 언제부터인가 조선 땅에 눈이 파랗고 키가 큰 외국인이 들어왔다. 낯선 사람이 조선 거리를 다니며 천주교를 알리기 시작했다. 이것을 조정에서 그대로 보고만 있을 수 없었다.

"전하! 오랑캐 무리가 쳐들어오고 있사옵니다. 그들을 그대로 둬서는 아니 되옵니다. 병사를 총동원하여 하루속히 무찔러야 하옵니다."

여기저기 신하들 상소가 빗발쳤다. 원범은 그 상소를 무시할 수 없었다. 이대로 뒀다가는 조선이 망할 수도 있다는 위기감이 들었다.

"나라 안팎 경계를 더욱 철통같이 하고 오랑캐 무리가 보이면 즉시 사살토록 하라."

원범은 강하게 대처할 것을 명령했다. 그 오랑캐 무리는 다름 아닌 선교사였다. 그들은 우리나라를 침략하기 위해서 온 것이 아니기에 비무장 상태로 조선을 찾아왔다. 그러나 천주교를 퍼뜨린다는 이유만으로 희생되었다.

그 소식은 살아남은 자에 의해서 선교사들의 본국에 알려졌다. 자국민이 억울하게 죽었다는 소식을 들은 나라에서는 가만히 있지 않았다. 그들은 즉시 조선에 군사를 보냈다. 그러자 이제는 군사들이 서로 싸우면서 죽어나가는 악순환이 계속되었다. 원범이 그 사실을 모를 리 없었다.

"참으로 큰일이로다. 천주교로 인해 수많은 백성과 군사가 죽어가고 있노라. 이를 어찌하면 좋단 말인가."

원범은 손으로 땅을 치면서 안타까워했다. 그럴 수록 원범은 크게 마음이 상했다. 기침을 많이 하고 자리에 눕는 경우까지 생겼다. 강화도 시절에는 감기조차 걸려본 적이 없을 정도로 건강하던 원범이었다. 그러나 원범은 궁에 들어온 이후 급격히 쇠약해졌다.

천주교인을 참수하는 것으로 문제가 해결이 되지 않자 더 큰 벌이 가해졌다. 그것은 천주교를 믿는 교인뿐만 아니라 그 일가족까지도 처벌하는 것이었다. 가족이 천주교를 믿기만 해도 백성들은 억울하게 죽음을 당했다. 어제까지만 해도 같이 웃던 이웃이 하루아침에 사라질 수 있었다. 당연히 민심은 흉흉해질 수밖에 없었다. 이제 천주교인에 대한 처벌은 차마 눈뜨고 볼 수 없을 정도였다. 처벌만이 능사가 아니라는 것을 원범도 잘 알았다. 그렇지만 처벌을 안 할 수도 없었다. 원범은 그것은 천주교 전파를 막기 위해 어쩔 수 없는 일이라고 생각했다.

하루는 원범이 직접 천주교인을 심문했다. 그것은 어떻게든 설득해서 살려보고 싶은 마음이 있었기 때문이었다.

"너 이놈! 너는 어찌하여 이 나라에서 하지 말라고 하는 것을 하느냐? 천주교를 믿으면 죽음을 당한다는 사실을 알고도 믿지 않았느냐? 너는 지금 이 자리에서 죽을 수도 있고 살 수도 있다. 네가 어떻게 말하느냐에 따라 운명이 결정된다. 내가 직접 너를 심문하는 것은 너를 가엾게 여겼기 때문이니라. 알겠느냐?"

원범은 지엄한 목소리로 죄인에게 외쳤다. 죄인은 원범 앞에 머리를 조아리며 아주 또렷한 목소리로 대답했다.

"전하! 신이 믿는 천주교는 절대로 사악한 종교가 아니옵니다. 나라를 좀먹게 하는 종교는 더욱 아니옵니다. 신은 오로지 마음을 수양하고 덕을 쌓기 위해 천주교를 믿은 것뿐이옵니다. 그 종교를 믿음으로써 내 자신을 성찰할 수 있었사옵니다."

죄인은 아주 떳떳했다. 천주교를 믿는 것에 대한 신념이 아주 강했다.

"너 이놈! 네 놈 목숨은 하나가 아니란 말이더냐. 죽으면 그게 다 무슨 소용이 있단 말인가. 너 하나로 인해서 네 가족이 몰살당할 수도 있느니라. 네가 마음을 돌려 천주교를 믿지 않는다면 너는 물론이요 네 가족 모두 살 수 있다. 마지막 기회를 주겠노라. 천주교를 믿겠느냐. 믿지 않겠느냐? 어서 대답하라."

원범은 단호하게 물었다. 그러자 죄인은 신념에 찬 목소리로 대답했다.

"전하! 신 목숨 따위는 하나도 아깝지 않사옵니다. 신은 죽어서도 천주교를 믿겠나이다."

원범은 그 말을 듣고 도저히 참을 수 없었다. 왕이 설득해도 듣지 않는 죄인이다. 원범은 머리에서부터 발끝까지 노여움에 치를 떨었다.

"너 이놈! 네가 어명이 얼마나 무서운지 모르는 모양이구나. 내 너를 가만두지 않겠노라. 여봐라! 저놈을 능지처참하라."

능지처참이란 형벌 중에서도 가장 으뜸 가는 형벌이었다. 능지처참은 팔다리와 어깨, 가슴을 차례차례 잘라내고 마지막에 심장을 찌르고 목을 베어 죽인다. 그야말로 인간이 느낄 수 있는 고통을 최대한 느끼게 하면서 죽이는 방법이었다. 그래서 보통은 대역죄나 패륜을 저지른 죄인에게 가하는 극형이었다. 원범도 그 형벌이 얼마나 끔찍한 것인지를 잘 알았다. 그렇지만 원범은 단호했다. 끝까지 고집을 꺾지 않는 천주교인에 대해 분노가 끓어올랐다. 원범은 그것으로 그치지 않았다. 그 죄인의 일가족을 모두 불러와 처벌했다.

피비린내가 진동했다. 그 모습을 본 원범은 기절할 정도로 몸과 마음이 상했다. 원범은 그 마음을 달래기 위해 후궁전에 들렀다. 원범이 아끼는 숙의 범 씨였다.

"전하! 용안이 많이 상했사옵니다. 무슨 걱정이라도 있사옵니까?"

숙의 범 씨는 눈치가 빨랐다. 원범이 무슨 걱정이 있는지 대번에 알아차렸다.

"술을 달라! 어서 주안상을 차려오너라."

원범은 쓰린 마음을 술로 달래고 싶었다. 숙의 범 씨가 하녀를 시켜 곧 주안상을 대령했다.

"전하! 너무 심려치 마시옵소서. 이러다가 옥체가 상할까 심히 걱정되옵니다."

숙의 범 씨는 아주 걱정스러운 표정으로 원범을 쳐다보았다. 원범은 아무렇지도 않은 듯 술상이 차려지자 술부터 벌컥 마셨다.

"내가 술을 마시지 않고는 하루도 살 수가 없느니라. 속이 많이 아프다."

그 말을 하고 원범은 긴 한숨을 내쉬었다.

"전하! 그 게 무슨 말씀이옵니까? 고정하시옵소서."

숙의 범 씨는 목소리를 떨었다. 문득 무서운 생각이 들었다. 원범이 술에 의지하여 마음을 달래는 모습을 보고 걱정이 앞섰다.

"나라 일은 너무 심려치 마시옵소서. 그보다 전하 옥체를 보전하는 일이 더 시급한 일이옵니다."

숙의 범 씨는 금방이라도 눈물을 터트릴 것 같았다. 원범은 숙의 범 씨를 안았다. 그러자 울적했던 마음이 조금은 가라앉는 것 같았다.

"너를 보면 내 마음이 왜 이렇게 편안해지는지 모르겠노라. 네가 내 곁에 있어주는 것만으로도 위안이 되느니라."

원범이 미소를 지었다가도 금세 다른 생각에 젖어들었다. 능지처참이라는 엄청난 형벌을 가했을 때는 온몸이 바늘로 찌르는 것처럼 아팠다. 하늘에 큰 죄를 짓는 것 같았다. 그러면서 역대 선왕들의 얼굴이 떠올랐다. 왕이 되기 위해 형제도 죽이고 조카도 죽인 선왕의 얼굴 모습이 스쳐갔다. 도대체 왕이 뭐기에 그토록 피를 흘려가면서까지 자리를 지켜야 하는 것일까? 얼마나 많은 피를 봐야 하는가. 얼마나 많은 천주교인을 죽여야 하는가. 죽인다고 모든 문제가 해결될 수 있을까? 외세가 물밀 듯이 밀려오는 게 대세인데 거스를 수 있을까?

왜구가 침입해 오는 것만 해도 벅찬 일인데 서양에서 개항을 요구 조건으로 내걸며 들어오는 것을 어찌 막을 수 있단 말인가. 무조건 막는 것만이 능사는 아닐 것이다. 그러나 지금으로서는 달리 방도가 없다. 그렇게 생각하니 다시 가슴 어딘가가 콱 막혀오는 듯 했다.

"전하! 무슨 생각을 그리 골똘히 하시옵니까?"

숙의 범 씨가 넋을 잃은 듯 허공을 쳐다보며 앉아 있는 원범을 쳐다보며 물었다. 그제야 원범은 정신이 번쩍 들었다.

"아참, 내 정신 좀 봐라. 잠시 선왕에 대해서 생각했다. 역대 왕들도 나와 같은 고민이 있지 않았을까 생각해 봤다."

그 말을 듣고 숙의 범 씨는 호기심이 생겼다. 원범이 역대 선왕에 대해 어떤 생각을 갖고 있는지 궁금했다.

"전하! 어느 선왕을 생각했사옵니까? 세종 대왕 같은 성군이 있는가 하면 연산군 같은 폭군도 있었나이다."

"자네가 세종 대왕과 연산군에 대해서 잘 알고 있는가?"

원범은 기특한 듯 숙의 범 씨를 쳐다보았다.

"전하! 소녀 어찌 모르겠나이까. 이 나라 기초를 세우신 위대한 세종 대왕을 모르는 사람은 아무도 없사옵나이다."

"그런가. 내가 자네를 너무 무시했나 보네. 미안 하이."

원범은 그 말을 하고 너털웃음을 지었다. 원범만이 할 수 있는 웃음이었다.

"전하! 궁금하옵니다. 무슨 생각을 그리 골똘히 하시었나이까?"

숙의 범 씨는 계속 원범을 다그치듯이 물었다. 원범은 귀찮았지만 웃으며 대답했다.

"너는 참 궁금한 것도 많구나. 내가 왕이 된 것에 대해서 생각해 봤느니라. 너도 알다시피 난 농사꾼이 아니었느냐. 조선 역대 왕 중에서 농사꾼 출신이 한 명이라도 있었느냐. 나밖에 없었다. 그런 내가 왕이 되다니 정말 신기한 일 아니냐?"

원범은 아무리 생각해도 알 수 없는 일이라는 듯 차분하게 대답했다. 그러자 숙의 범 씨가 고개를 끄덕였다.

"그것은 맞는 말씀이옵니다. 하오나 그것도 하늘의 뜻이옵니다. 하늘에서 전하를 택한 것이옵니다. 그것은 타고난 운명이옵니다."

원범은 숙의 범 씨 말을 듣고 태종과 세조가 떠올랐다. 태종과 세조도 타고난 운명으로 왕이 된 것이 맞을까 하는 생각이 들었다.

"역대 왕 중에는 스스로 왕이 된 자도 있지 않은가? 나는 태종과 세조가 그렇다고 생각하는데 자네는 어떤가?"

이번에는 원범이 숙의 범 씨에게 물었다.

"전하! 그것도 운명이옵니다. 태종은 왕이 되고자 했사옵니다. 태조가 못 마땅하게 생각해도 왕이 되기 위해 끊임없이 노력했사옵니다. 그런 와중에 이복동생을 죽이는 불상사가 있었사옵니다. 그것도 타고난 팔자가 아닐까 생각되옵니다."

숙의 범 씨는 거침없이 대답했다. 그러자 원범이 다시 되물었다.

"그렇다면 세조는 어떤가? 왕이 되기 위해서 조카인 단종을 죽이지 않았느냐? 그 게 옳은 일이라고 생각하느냐?"

"전하! 절대로 옳은 일은 아니옵니다. 아무리 왕이 되는 게 중요하다고 할지라도 인륜을 저버리는 행위이옵니다. 이는 절대로 있어서는 아니 될 일이옵니다. 전하께 오서는 잘못된 것은 본받지 마시옵고 잘 한 것만 따르시옵소서. 부디 세종 대왕과 같은 성군이 되셔야 하옵니다."

원범은 자신이 세종 대왕이 될 수 없다는 사실을 잘 알았다. 적어도 연산군과 같은 폭군만 아니면 다행이라는 생각이 들었다. 숙의 범 씨가 자신을 세종 대왕에 비교한다는 게 말도 안 된다고 생각했지만 기분은 좋았다. 원범은 꿈에도 세종 대왕을 그렸다. 조선 역대 가장 위대한 왕으로 숭배할 만한 인물이었다. 세종 대왕은 그 누구도 따를 수 없는 비범함으로 조선을 다스렸다. 원범은 만약 세종 대왕이 지금도 살아있다면 자신에게 뭔가 충고를 해줄 것만 같았다. 외세가 밀려드는 이 시기에 세종 대왕이라면 어떤 결정을 할 것인지 궁금했다. 원범은 자신이 세종 대왕과 같은 지혜가 없음을 한탄했다.

28. 철종의 후궁

원범은 철인왕후보다 후궁을 가까이했다. 그것은 철인왕후가 안동 김 씨인 것이 큰 원인이었다. 원범은 안동 김 씨가 싫었다. 사사건건 정사에 간섭하는 게 거슬렸다. 원범이 뭔가 정책을 펴려고 하면 안동 김 씨가 반대하고 나섰다. 당시는 안동 김 씨를 무시할 수 없는 정세였다. 원범은 안동 김 씨에 의해서 왕이 되었다. 원범은 그 업보로부터 벗어날 수 없었다. 자신을 왕으로 만들어준 안동 김 씨에게 잘 보이지 않는다면 어떻게 되겠는가. 아무리 왕이라고 해도 그 지위를 보전할 수 없다. 원범은 철인왕후를 보면 자꾸 안동 김 씨 얼굴이 떠올랐다. 아버지 김문근을 비롯하여 순원왕후까지 자신을 견제하는 사람뿐이었다. 원범은 자유롭고 싶었으나 그렇지 못했다. 안동 김 씨 손아귀에서 벗어나기 힘들었다. 그것은 순원왕후가 수렴청정을 할 때뿐만 아니라 스스로 친정을 하고 있는 지금도 마찬가지였다. 이런 이유로 원범은 중궁전을 잘 찾지 않았다.

원범은 철인왕후와 사이에 아들을 하나 낳았다. 귀한 아들이었다. 철인왕후가 아들을 낳을 당시만 해도 원범은 중궁전을 자주 찾았다. 그것은 아들을 보기 위해서이기도 했고 철인왕후에 대한 애정이 남아 있기 때문이었다. 아들을 낳아준 왕비에 대한 고마움이 있었기에 당시 원범은 철인왕후를 가까이했다. 문제는 그 아들이 일 년을 넘기지 못하고 죽은 데 있었다. 아들은 시름시름 앓더니 그만 죽었다. 아들을 잃었을 때 그 충격은 이루 헤아릴 수 없었다. 특히 철인왕후는 식음을 전폐하며 통곡으로 하루하루를 보냈다. 원범 뒤를 이을 왕세자가 죽었으니 그 아픔을 어디에 비할 수 있겠는가.

"아이고! 아이고! 이를 어쩌란 말이냐. 하늘도 무심하지. 어린것을 이토록 일찍 데려가다니."

철인왕후는 대성통곡했다. 원범은 날마다 철인왕후가 우는 것이 못마땅했다. 아들이 죽은 것은 어쩔 수 없는 일이었다. 운다고 죽은 아들이 살아 돌아오는 것도 아니었다.

"중전! 이제 그만 하시오. 이렇게 운다고 뭐가 달라지겠소. 이제 그만 아이를 잊으시오. 아이는 또 생기는 것 아니겠소."

원범은 철인왕후를 달래 보았다. 그러자 철인왕후가 대뜸 원범에게 달려들었다.

"전하! 그 무슨 말씀이옵니까? 전하를 이어 이 나라 왕이 될 아이를 잃었는데 어찌 슬퍼하지 않을 수 있사옵니까. 전하의 아이가 아닙니까. 전하는 슬프지 않단 말이옵니까?"

철인왕후 말에는 가시가 돋쳐 있었다. 원범을 원망하는 목소리였다. 원범 얼굴이 일그러졌다. 아무리 아이를 잃었다고 해도 국왕에게 그토록 대든다는 것은 용납할 수 없는 일이었다. 중전만 아니었다면 극형에 처할 수도 있는 일이었다.

"중전! 낸들 슬프지 않겠소. 나 역시 중전 못지않게 슬프오. 허나 중전이 나에게 이토록 대드는 것은 심히 불쾌하오."

그제야 철인왕후는 정신이 번쩍 들었다. 자신이 원범에게 못할 말을 한 거라는 생각이 들었다. 철인왕후는 원범 앞에 무릎을 꿇고 조아렸다.

"전하! 죽을 죄를 지었나이다. 속 좁은 아녀자 마음으로 전하 심기를 건드렸나이다. 통촉하여주시옵소서."

어느새 철인왕후는 굵은 눈물을 떨어뜨렸다. 눈물이 하염없이 흘러내렸다. 철인왕후 눈물을 본 원범은 지금껏 화났던 마음이 일순간 수그러들었다. 뜨거운 여자 눈물이 금방이라도 폭발할 것 같은 원범 마음을 돌렸다.

"이제 그만 눈물을 거두시오. 중전 마음을 알겠으니 그만 슬퍼하시오."

원범은 그 말을 하고 나서 중궁전을 나섰다. 중전을 만나서 울컥한 마음을 달래기 위해 후궁전을 찾을 생각이었다.

원범에게는 철인왕후와 총 7명 후궁이 있었다. 이번엔 귀인 조 씨를 찾았다. 귀인 조 씨는 원범보다 11살 아래로 피부가 하얗고 키가 큰 미인이었다. 군살이라고는 찾아볼 수 없을 만큼 몸매가 늘씬했다. 더욱이 아들까지 낳은 몸이기에 원범은 귀인 조 씨를 자주 찾으며 가까이했다. 그렇지만 그 기쁨은 오래가지 않았다. 귀인 조 씨가 낳은 아들도 몇 달을 넘기지 못했다. 열이 나고 보채기 시작하더니 이내 죽고 말았다.

귀인 조 씨는 아들을 잃고 실의에 빠졌다. 어린 나이에 너무 큰 충격을 받은 그녀에게 원범은 애틋한 마음을 지니곤 했다. 원범이 귀인 조 씨 처소에 들었다. 그러자 귀인 조 씨가 놀라며 일어나 원범을 맞이했다.

"전하! 어인 일로 찾아오셨나이까?"

"왜? 내가 못 올 곳에 왔단 말인가. 그대가 보고 싶어 왔느니라."

원범은 귀인 조 씨를 똑바로 쳐다보며 반가운 어조로 대답했다.

"전하! 황공하옵니다. 이렇듯 소인을 생각해주셔서 몸 둘 바를 모르겠나이다."

귀인 조 씨는 몸을 최대한 낮추었다. 귀인 조 씨는 감히 원범 얼굴을 제대로 쳐다볼 수 없었다. 그만큼 귀인 조 씨에게 원범은 어려운 상대였다. 원범은 그 점이 탐탁치 않았다. 조용하고 여성스러운 면은 좋았으나 자신을 너무 어렵게 생각하는 게 싫었다.

"고개를 들라. 무슨 죄라도 졌단 말이냐. 너는 내가 아끼는 후궁이니라. 나와 연을 맺은 사이가 아니더냐."

그제야 귀인 조 씨는 원범을 쳐다보았다. 초롱초롱한 눈빛이 빛났다. 원범은 저절로 그 눈빛에 빨려 들었다.

"과연 천하절색이로다."

원범 입에서 저절로 감탄사가 나왔다.

"황공하옵니다. 전하!"

귀인 조 씨는 수줍어하며 나지막한 목소리로 대답했다. 원범은 귀인 조 씨를 품에 안았다. 젊디 젊은 풋풋한 향내가 우러나왔다. 향긋한 풀 냄새였다. 막 피어난 꽃에서 나는 향기로운 냄새였다.

"역시 젊음이 좋구나."

원범은 벌어진 입을 다물 수 없었다. 원범은 귀인 조 씨를 강하게 안았다. 온몸이 뜨거워졌다. 젊은 여인에게서 풍겨져 나오는 향기는 원범을 마비시키기에 충분했다. 원범은 귀인 조 씨에게 푹 빠져들었다. 귀인 조 씨는 그 틈을 이용해 원범에게 속삭였다.

"전하! 소녀를 이토록 사랑해주셔서 황공무지로소이다. 소녀 전하의 원자를 낳았사오나 안타깝게도 일찍 죽었나이다. 그 슬픔이 가슴에 새겨져 하루도 편히 잠들 날이 없사옵니다. 소녀 어찌하면 좋겠사옵니까?"

귀인 조 씨는 아들을 잃은 슬픔을 원범에게 하소연했다. 원범도 마음이 아프기는 마찬가지였다. 아들만 죽지 않았다면 왕세자로 내세울 생각이었다. 그런 귀중한 아들을 잃었으니 귀인 조 씨가 마음이 아픈 것은 너무나도 당연한 일이었다. 원범이 귀인 조 씨에게 위로를 건넸다.

"내 어찌 네 마음을 모르겠느냐. 내가 너를 자주 찾는 것도 네 마음을 알기 때문이니라. 나는 너를 보면 마음이 위로가 되느니라. 너의 그 아리따운 용모가 내 마음을 달래주는구나."

원범이 귀인 조 씨를 가엾게 여긴 큰 이유 중 하나는 그녀가 너무 마음이 여리기 때문이었다. 귀인 조 씨는 원범이 조금만 소리를 크게 질러도 눈물을 흘렸다. 그런 탓에 원범은 귀인 조 씨에게 함부로 소리를 높일 수 없었다. 귀인 조 씨는 너무나 예민했다. 그녀가 아들을 잃고 밤에 잠을 제대로 못 잔 것도 너무 마음이 약했기 때문이었다. 귀인 조 씨는 아들을 잃은 슬픔을 이겨내지 못했다. 그로 인해 몸이 많이 쇠약해졌다. 가뜩이나 마른 체구인데 먹는 것조차 제대로 안 먹으니 병에 걸릴 수밖에 없었다. 그나마 원범이 살아 있을 때는 원범을 믿고 슬픔을 이겨내며 살았다.

숙의 김 씨와 숙의 방 씨도 자식을 낳았다. 그렇지만 그 자식도 모두 일찍 죽었다. 1년을 살지 못하고 죽었다. 성은을 입어 자식을 낳아도 소용없었다. 자식이 건강하지 못했다. 원범은 자녀가 죽을 때마다 몸에서 극심한 통증을 느꼈다. 그것은 자식을 먼저 보낸 것에 대한 슬픔 때문이었다.

안동 김 씨는 자신들 세력을 키우기 위해 원범에게 후궁을 많이 둘 것을 권유했다. 원범은 안동 김 씨들이 왜 자신에게 후궁을 많이 둘 것을 권유하는지 알았다. 자신들이 권력을 오래 유지하기 위한 방법이라는 것을 잘 알았다. 원범은 그 사실을 알았으나 내색할 수 없었다. 원범은 철인왕후와 그다지 사이가 좋지 않았기 때문에 후궁을 많이 거느리고 싶었다. 그런 마음 때문에 안동 김 씨가 후궁을 맞이하라고 할 때 기꺼이 받아들였다.

후궁이 늘어날 때마다 원범은 정사에 집중할 수 없었다. 경연에 나가지 않는 날이 많았다. 그럴 경우 모든 정사는 안동 김 씨에 의해서 결정되었다. 원범은 술과 후궁을 가까이하면서 날이 갈수록 몸이 쇠약해졌다. 원범은 그 사실을 알면서도 몸을 잘 돌보지 않았다. 원범은 정치하는 것보다 술과 후궁이 좋았다. 원범은 점점 더 후궁에게 빠져들었다.

29. 효명세자

　순원왕후는 순조의 부인으로 효명세자의 어머니이다. 순조는 원범과 마찬가지로 안동 김 씨 세력 틈에서 제대로 된 왕권을 발휘하지 못한 왕이었다. 그는 정치에 환멸을 느꼈고 아들 효명세자에게 일찍부터 수렴청정을 맡겼다. 그것은 영특한 효명세자가 장차 왕이 될 밑거름이 되었다. 순원왕후는 자신의 아들이 왕이 되리라고 믿어 의심치 않았다.

　효명세자는 숙종 이후 150년 만에 처음으로 국왕이 본처인 중전에게서 얻은 아들이었다. 그만큼 귀한 피를 타고 태어난 존재였다. 그뿐만 아니라 효명세자는 남달리 문무에 모두 소질이 있었다. 특히 예악 분야에는 탁월한 재능이 있어 궁중 예악을 스스로 정리하기도 했다. 그러나 효명 세자는 원범이 태어나기 1년 전 22세의 나이로 일찍 요절하고 말았다.

원범은 효명 세자에 대해 익히 많은 말을 들었고 그를 존경하게 되었다. 만약 효명세자가 그토록 일찍 죽지 않았다면 그가 당연히 왕이 되었을 것이다. 효명세자가 왕이 되었더라면 조선 역사에는 많은 변혁이 있었을 지도 모른다. 그는 명석한 두뇌와 판단으로 조선을 제대로 된 국가로 이끌었을지도 모른다. 그가 수렴청정을 한 기간은 3년에 불과했지만 그동안 수많은 개혁을 이뤘다. 아무것도 모른 상태에서 왕이 된 원범은 효명세자를 본받고 싶어 왕이 될 수업을 더 성실하게 받았다.

순원왕후가 수렴청정을 할 때였다. 원범은 아침 문안 인사차 순원왕후를 찾았다.

"대왕대비 마마! 문안드리옵나이다."

"어서 오시오. 주상. 오늘은 일찍 나오셨습니다."

"마마! 한 시가 급하옵니다. 국왕으로서 배워야 할 것이 너무 많사옵니다. 그 전에 마마께 여쭤 볼 말이 있사옵니다."

순원왕후는 잔뜩 호기심이 생겨 원범의 다음 말을 기다렸다. 원범이 이어 공손히 물었다.

"마마! 효명세자에 관해서 자세히 알고 싶사옵니다. 순조 대왕 시절에 수렴청정을 했다고 들었사옵니다. 아드님이신 효명세자에 대해서 부디 말씀해주시옵소서."

원범은 아주 간곡한 표정으로 순원왕후를 쳐다보았다. 순원왕후는 그 말을 듣고 눈을 감았다. 먼저 간 아들을 생각하자 금새 슬픔이 북받쳐 올랐다. 원범에게 효명세자 말을 듣는 순간부터 순원왕후는 눈물을 글썽이고 있었다. 본디 아들을 잃은 모든 어미의 마음이 천 갈래 만 갈래 찢어져 있겠지만 순원왕후에게 효명세자는 너무나 소중한 아들이었다. 원범도 미간이 찌그러들었다. 괜히 말을 꺼내서 순원왕후 마음을 아프게 했다는 생각이 들었다. 그러나 순원왕후는 이내 감정을 추스르고 부드럽게 되물었다.

"주상! 효명세자에 대해 궁금한 것이 많으시오? 무엇이 그리 알고 싶소?"

"대왕대비 마마! 효명세자에 대해 궁금한 것이 너무 많사옵니다."

"주상! 효명세자를 생각하면 내 마음이 몹시 아프오. 허나 주상이 궁금해 하니 얼마든지 얘기해 주겠소. 주상은 효명세자를 잘 모를 테니 말이오."

"그러하옵니다. 대왕대비 마마! 효명세자에 관한 말을 많이 들었사오나 직접 본 적이 없기에 자세히 알지 못하옵니다. 효명세자에 대한 모든 것을 말씀해 주시기 바라옵니다."

왜 원범이 이토록 효명세자를 알고 싶어 하는 것일까? 순원왕후는 그 점이 흥미로웠다. 아마도 원범이 효명세자처럼 정치를 해보고 싶은 마음이 있기 때문일 거라는 생각이 들었다.

"주상! 효명세자는 남달리 효심이 깊었소. 그 점은 주상과 많이 닮았소."

"대비 마마, 그 분의 효심이 어느 정도였나이까?"

"하루도 부모 안부를 묻지 않은 날이 없었소. 그것이 어디 쉬운 일이오. 매일 아침마다 문안하는 일을 게을리하지 않았던 효명이오. 아픈 몸을 이끌고라도 내게 인사하러 왔소. 내 생일에는 크게 연회를 베풀어 기쁘게 했소. 자신이 아픈 것보다 부모를 더 생각했던 효심 있는 아들이었소."

그 말을 하는 순원왕후 눈에는 어느새 눈물이 주르르 흘러내렸다. 아들 생각에 말을 이어가기 힘들었다. 원범도 돌아가신 아버지 생각이 나서 눈가가 촉촉해졌다. 원범의 아버지는 누명을 쓰고 억울하게 강화로 귀양을 간 채 평생 한이 맺혀 살았다. 당대 안동 김 씨 세도 아래의 세상이 그랬다. 바른 소리 하면 그게 오히려 역적으로 몰리는 분위기였다. 안동 김 씨 집안에 조금이라도 해가 된다면 역적으로 몰렸다. 그런 분위기 때문에 충신은 사라지고 간신배만 가득 찼다.

이제 왕이 된 원범은 순조가 느꼈던 고민을 그대로 이어받았다. 왕이 신하 눈치를 본다면 어찌 왕이라고 할 수 있을까? 원범은 스스로 한탄스러울 때가 많았다. 그러나 효명세자는 그런 환경에서도 수렴청정을 통해 자신이 할 말을 했다. 세도정치와 맞싸울 태세를 갖췄다. 효명세자는 풍양 조 씨와 결혼했다. 순조가 안동 김 씨 딸과 결혼한 것과는 반대되는 행보였다. 그것은 안동 김 씨를 견제하기 위함이었다. 바로 효명세자 부인이 풍양 조 씨인 신정왕후였다. 신정왕후는 나중에 대왕대비가 되어 먼 훗날 흥선대원군 이하응의 아들을 왕으로 지목하게 된다.

원범이 효명세자에게 배우고자 한 점은 개혁이었다. 왕이 힘을 갖고 개혁정치를 펼치는 모습을 효명세자에게서 보았다. 그는 수렴청정이었으나 과감한 정책으로 나라를 다스렸다. 또한 과거제를 활성화시켜 가장 공정한 방법으로 실력을 갖춘 자를 관직에 등용시켰다.

또한 원범은 효명세자 죽음에 대해서도 궁금한 점이 많았다. 별다른 병이 없는 효명세자가 왜 일찍 죽었는지 의문이었다. 원범이 당시 사정을 알 도리는 없었지만 어머니인 순원왕후라면 달리 아는 것이 있을지도 몰랐다. 원범은 슬그머니 순원왕후에게 효명세자가 왜 죽었는지 물어보았다.

"대비 마마, 효명세자께서 너무도 이른 나이에 죽은 것은 안타까운 일이옵니다. 건강했던 효명 세자께서 왜 갑자기 죽었는지 의문이옵니다. 대비 마마께오서는 효명세자가 왜 죽었는지 알고 계시옵니까?"

그 말을 하던 문득 원범은 몸을 떨었다. 말하고 나니 아들의 죽음을 묻는 질문이 그 어미에게 해도 괜찮은 질문인지 두려웠다. 순원왕후는 깊은 한숨을 쉬며 대답했다.

"주상! 어찌 그리 내 마음을 후벼 파시오. 효명세자를 생각하는 것만으로도 가슴이 아픈데 그 죽음까지 파헤치려 한단 말이오? 난 아들 죽음에 대해서 더는 신경 쓰지 않기로 했소. 누가 내 아들을 죽였는지 알면 뭐하오. 이미 다 끝난 일인 것을."

말은 그랬지만 순원왕후의 얼굴에는 당시 느꼈을 원통함이 그대로 남아있었다. 원범은 괜히 대왕대비의 마음을 아프게 했다는 생각에 서둘러 사과했다.

"송구하옵니다. 대왕대비 마마!"

그 말을 하면서도 원범은 의문이 가시지 않았다. 순원왕후가 말해주지 않으면 직접 조사해서라도 효명세자 죽음을 파헤치고 싶었다.

그러나 순원왕후는 이어 한탄했다.

"주상! 효명세자 죽음에 대해서 그리 알고 싶소? 내가 부족해서 효명세자가 죽은 것이오. 내가 효명세자를 잘 돌보았더라면 이런 일이 없었을 것이오."

그러더니 순원왕후는 아주 슬프게 소리 내어 울었다. 원범은 깜짝 놀라며 순원왕후에게 다가가 위로했다.

"대왕대비 마마! 너무 심려치 마시옵소서. 운명으로 받아들이시옵소서. 효명세자 운명이 거기까지 밖에 안 된 것이라고 생각하시옵소서."

원범도 순원왕후 못지않게 안타까웠다. 효명 세자가 죽기 전 날 구토를 심하게 했다고 한다. 아무래도 속이 편치 않은 탓이었다. 뭔가 몸에 잘 맞지 않는 것을 먹은 게 틀림없었다. 그렇다면 그것은 무엇일까? 음식에 독이 들어 있었을 수 있다. 순원왕후는 직접적으로 효명세자가 죽은 원인을 말하지 않았다. 아니, 알면서도 말하지 않았다. 그냥 가슴 속에 간직하려고만 했다. 원범은 슬픔에 젖어있는 순원왕후에게 더는 효명세자에 관해서 물어볼 수 없었다.

대왕대비전을 나서면서 원범은 하늘을 쳐다봤다. 그날따라 곤룡포가 무거웠다. 당장이라도 벗어버리고 싶었다. 강화도로 뛰어가고 싶었다. 복녀와 친구들과 놀던 그때가 그리웠다. 왕이라는 직책은 자신에게 너무도 어울리지 않는 거라는 생각이 들었다. 원범은 효명세자에게 할 말이 많았다. 자신이 지금 앉아 있는 자리는 효명세자의 것이었다. 효명세자가 당연히 물려받아야 할 자리를 자신이 차지하고 있었다. 원범은 하늘이 원망스러웠다. 왜 효명세자가 같이 훌륭한 인물을 그토록 빨리 데려갔단 말인가. 그랬다면 자신은 복녀와 결혼해서 행복한 삶을 살았을 것 아닌가 하는 생각이 들었다.

왕이 되니 친구도 없어졌다. 모두 자신을 어려워했다. 친구를 부르려고 해도 부를 수 없었다. 왕이 평민과 가까이할 수 없었다. 구중궁궐에 갇혀 법도에 맞춰 살아야 했다. 그것은 너무 자신에게 맞지 않는 일이었다. 효명세자는 준비된 왕이었다. 3년간 국왕 수업을 통해

탄탄한 국정 운영 능력을 갖췄다. 그에 비해 자신은 어느 날 갑자기 부름을 받고 왕이 되었다. 남들이 보기에는 화려하고 좋을지 모르나 원범은 남모르는 고통 속에서 하루하루를 보냈다. 그 고통이 원범을 병들게 했다. 잦은 감기와 몸살은 긴장된 삶에서 비롯되었다.

효명세자는 일찍 죽었으나 부인 조 대비와 순원왕후는 오래 살아남았다. 그들은 원범보다도 더 오래 살아서 세도정치를 이어나갔다. 원범은 마지막까지도 제대로 뜻을 펼치지 못했다. 원범은 3년 동안 수렴청정으로 정치를 한 효명세자가 부러웠다. 효명세자는 그 기간 동안 눈치를 보지 않았다. 소신 있게 자신이 하고자 한 바를 펼쳤다. 서슬 퍼런 세도정치 하에서 효명세자가 보여준 개혁은 모두를 놀라게 한 일이었다. 젊은이가 그토록 영특한 정치를 했다는 사실이 원범으로서는 믿어지지 않았다. 그것은 효명세자가 그만큼 국왕이 되고자 하는 마음으로 철저한 수업을 했기 때문이었다. 한 번도 본 적이 없는 효명세자 얼굴이 원범 뇌리를 스쳐 지나갔다. 원범은 효명세자가 어떤 모습인지 상상해보았다. 분명 눈에서는 광채가 빛나고 말과 행동에는 자신감이 흘러넘쳤을 것이다. 원범은 자신도 모르게 미소를 지었다. 효명세자가 자신에게 잘 하라고 말하는 것 같았다.

30. 신정왕후

 원범은 효명세자를 본 적은 없었으나 그의 부인 신정왕후는 자주 봤다. 신정왕후는 효명세자의 부인이자 원범 바로 선대 왕인 헌종의 어머니였다. 원범에게는 역시 궁중 어르신으로 모셔야 할 대비였다. 원범은 평소 남편도 자식도 잃은 신정왕후를 불쌍히 여겼다. 그런 탓에 원범은 수시로 신정왕후를 찾아 위로했다.

 "대비 마마! 원범이옵니다."

 원범은 신정왕후 앞에서 자신을 낮췄다. 왕이라고 행세한 적이 단 한 번도 없었다.

 "전하! 황공하옵니다. 정사에 바쁘시온데 어찌 이리 자주 찾아오시옵나이까."

신정왕후가 원범에게 상석을 내놓으면서 대답했다.

"대비 마마! 어려워 마시옵소서. 마마께오서는 제 어머니이시옵니다. 저에게 큰 힘이 되옵나이다. 부디 오래오래 사시옵소서."

원범은 신정왕후가 남편과 자식을 일찍 잃은 슬픔에 젖어 있는 모습이 걱정이었다. 남편과 자식을 한꺼번에 잃었으니 그 슬픔이 오죽했겠는가. 그러나 신정왕후는 마음이 강한 사람이었다. 그녀는 남편과 아들을 잃은 슬픔을 내색하지 않았다. 그것을 자신의 운명으로 받아들이며 삭이고 있었다.

"전하! 심려치 마시옵소서. 아무렇지도 않사옵니다."

그럼에도 원범은 마음을 써서 신정왕후를 깍듯이 모시려 했다.

"마마! 힘내시옵소서. 저는 마마를 지켜줄 것이옵니다. 마마께오서 조금이라도 불편한 게 있사오면 언제든 말씀하여주시옵소서."

원범은 이렇듯 신정왕후를 챙겼다. 신정왕후도 그 마음을 알기에 원범이 잘 되기를 기원했다.

신정왕후는 풍양 조 씨, 조만영의 딸이었다. 열두 살 나이에 효명세자와 혼례를 치르고 8년 뒤, 헌종을 낳았다. 생전에 효명세자는 신정왕후에 대한 사랑이 애틋했다. 특히 아들 헌종을 얻었을 때 보였던 기쁨은 이루 헤아릴 수 없을 정도였다. 신정왕후가 헌종을 낳았을 때는 효명세자가 수렴청정을 할 때라 무척 바쁠 때였다. 그러나 효명세자는 그런 때에도 시간을 내서 아들과 부인을 자주 찾아오곤 했다.

기쁨이 하늘을 찌를 듯해 효명세자는 매일 얼굴에 화색이 돌았다. 매일 싱글 벙글하면서 그는 아들을 낳은 신정왕후에게 입이 마르도록 칭찬을 했다. 신정왕후가 효명세자를 쳐다보기 힘들 정도였다.

"아이고. 귀여운 내 아들. 너는 장차 이 나라를 이끌어갈 왕이 될 것이야."

효명세자는 헌종을 안으며 기특해 했다.

신정왕후가 아들을 낳자 기뻐한 사람은 남편인 효명세자뿐만이 아니었다. 대왕대비인 순원왕후 역시 기뻐했다. 순원왕후는 아들을 낳은 신정왕후를 직접 불러 그 공로를 치하했다.

"고생 많았소."

순원왕후는 짤막하게 인사했다.

"황공하옵니다. 대왕대비 마마. 이 모두가 마마께오서 걱정해주신 덕분이옵니다."

신정왕후는 웃으며 순원왕후에게 고마움을 표시했다.

"이제 이 나라 정사가 제대로 돌아갈 것 같소. 이토록 늠름한 왕손을 보았으니 어찌 기쁘지 않겠소."

순원왕후는 몹시 기뻐하며 신정왕후의 어깨를 토닥였다. 신정왕후는 그 관심이 기뻤으나 때로는 부담스럽기도 했다. 예나 지금이나 며느리와 시어머니 사이에는 눈에 보이지 않는 벽이 있다. 며느리는 시어머니의 눈치를 보지 않을 수 없었다. 시어머니도 며느리가 신경 쓰었다. 아무리 며느리라고 해도 무시할 수 없었다. 자신이 죽었을 때 무덤을 관리해 줄 사람이 누구이겠는가? 자식과 며느리이다. 며느리는 남의 자식이지만 혼례를 한 뒤에는 자식 못지않게 중요한 사이가 된다. 그렇기 때문에 시어머니라고 해도 며느리 눈치를 안 볼 수가 없었다.

또한 풍양 조 씨인 신정왕후는 시어머니의 가문인 안동 김 씨 세력이 도가 지나치다는 생각을 할 때가 많았다. 남편 효명세자가 안동 김 씨 세력을 저지하려 애쓰고 있기는 하지만 여전히 조정의 상당수 실세는 안동 김 씨들이었다. 그 때문에 풍양 조 씨 집안은 힘을 못 쓰고 지냈다. 그래서 신정왕후는 어서 남편이 왕이 되고 자신이 국모가 되어 집안에 힘을 실어줄 날을 기다렸다.

그러나 그 꿈이 산산조각이 되기까지는 그리 오래 걸리지 않았다. 효명세자가 바로 3년 뒤에 안타깝게도 죽었기 때문이었다. 남편이 왕이 되지 못한 채 죽고 말았으니 신정왕후도 대비가 될 수 없었다. 신정왕후의 아들, 헌종이 왕위에 올랐다. 조선 역대 국왕 중 가장 어린 나이에 보위에 오른 그는 고작 8살이었다. 그리고 왕의 수렴청정을 할 수 있는 것은 왕실의 가장 높은 어른인 순원왕후였다. 조정 권력의 중심은 다시 그녀의 뒤에 앉은 안동 김씨 세력에게 돌아갔다. 며느리인 신정왕후는 순원왕후 앞에서 아무 소리도 낼 수 없었다. 그저 잠자코 있을 수밖에 없었다. 그 침묵은 이윽고 헌종이 죽고 순원왕후가 고른 철종 원범이 왕이 될 때까지 계속되었다.

　신정왕후는 남편과 자식을 잃은 슬픔을 가슴 속에 간직한 채 순원왕후의 밑에서 평생을 묵묵히 살아왔다. 그녀는 아주 강한 성격을 가지고 있었다. 웬만한 충격에는 아무런 표정을 보이지 않았다. 산전수전 다 겪은 여인이기에 마음이 더욱 강해졌는지도 모른다. 고된 시집살이도 아무런 불평 없이 견뎠다.

　원범은 그런 신정왕후를 볼 때마다 존경심이 생겼다. '내유외강(內柔外剛)'이란 말은 신정왕후를 두고 한 말이었다. 신정왕후는 눈물이 많고 속정이 많은 여인이었다. 그렇지만 정사를 함에 있어서는 누구보다 강하고 단호했다. 소신과 지조가 돋보였다. 그런 강한 면 때문에 그 어떤 아픔도 이겨냈다.

　어느 날, 원범은 내관으로부터 신정왕후가 한탄하는 소리를 들었다. 원범은 그 소리를 듣자마자 신정왕후를 찾았다.

　"대비 마마! 들리는 소문에 의하면 심신이 우울해 보이옵나이다. 무슨 고민이라도 있사옵니까?"

　원범은 신정왕후가 남편과 자식을 잃은 슬픔에 빠져 몸과 마음을 추스르지 못할까 걱정했다. 신정왕후를 만나서 얘기를 듣고서야 원범은 그 생각이 기우였다고 느꼈다. 신정왕후는 남편과 자식을 생각하는 마음이 애틋했으나 그 걸로 몸과 마음이 상하지는 않았다. 그녀는 스스로 슬픔을 참고 이겨내는 능력이 있었다. 신정왕후는 슬플 때는 책을 읽었다. 책을 읽고 나면 한결 마음이 안정됐다. 책을 읽는 동안은 모든 걱정이 사라졌다. 오로지 책에 빠져서 걱정을 떨쳐버릴 수 있었다.

"전하! 심려치 마시옵소서. 아무런 걱정 없이 잘 있사옵니다. 오랜 기간 홀로 있다 보니 스스로 참는 능력이 생겼나이다."

그 말을 하고 신정왕후는 입가에 미소를 지었다. 원범은 그 미소를 보고 안심했다. 신정왕후가 보기보다 마음이 강한 여인이라는 사실을 느낄 수 있었다. 산전수전을 다 겪은 여인에게서 느껴지는 냄새가 났다. 그것은 결코 신정왕후가 쉽게 상처 입을 여인이 아니라는 것을 보여주는 냄새였다. 파란만장한 그녀 생애가 엿보이는 것 같았다.

31. 강화도 5년

왕이 된 이후 원범은 외로울 때마다 강화도에 살던 때를 떠올렸다. 왕이라는 자리는 너무 고독한 자리였다. 정사를 돌보기 위해 정신없이 바쁘다가 홀로 침소에 들게 되면 적막하기 이를 때 없었다. 그럴 때마다 원범은 외로움을 참지 못하고 후궁을 불러들였다. 후궁과 술잔을 나누며 얘기하다 보면 외로움을 조금이나마 잊을 수 있었다. 원범이 술과 후궁을 가까이 한 이유도 바로 외로움 때문이었다. 원범에게 왕은 어울리지 않는 자리였다. 그렇다고 왕을 안 한다고 할 수도 없었다. 살아 있는 동안 왕으로 있어야 했다. 하기 싫다고 그 자리를 내 던질 수 없었다. 만인에게 우러러 보이는 자리였지만 원범은 그렇지 않았다. 어서 그 자리를 내놓고만 싶었다.

원범은 늘 강화도에 가고 싶은 생각이었다. 아무리 술과 후궁이 있다고 할지라도 원범은 강화도 시절을 잊을 수 없었다. 당장이라도 달려가고 싶은 곳이었다. 강화도는 왕이 되기 전 5년 간 살았던 곳이었다. 그곳에는 아직도 친구들이 살고 있었다. 이제는 그 친구들조차 마음대로 만날 수 없었다. 왕이 평민과 친구를 할 수는 없는 노릇이었다. 원범은 지금이라도 친구들과 스스럼없이 얘기하고 놀고만 싶었다. 그것은 마음뿐이었다. 실제로는 도저히 할 수 없는 일이었다. 왕은 가까이하기 힘든 존재였다. 아무리 친한 친구였다고 할지라도 함부로 원범에게 말할 수 없었다. 원범도 그 사실을 알았다. 그랬기에 더욱 강화도에 가기 힘들었다.

원범은 5년 동안 강화도에서 살았던 시절을 떠올리며 그리움을 달랠 수밖에 없었다. 원범은 한양에서 출생했으나 14살 때 강화도로 이주했다. 가고 싶어서 간 것이 아니었다. 강화도는 유배지였다. 원범은 왕족으로서 삶을 유지하기 위해서 한양을 떠날 수밖에 없었다. 큰 형인 이원경은 1844년 역모에 휩싸여 죽었다. 원범은 강화도로 둘째 형 이욱과 함께 이주했다. 몰락한 왕족은 평민보다 못한 삶을 살았다. 감히 왕족이라고 내세울 수 있는 처지가 아니었다. 왕족이라고 내세웠다가는 놀림받기 일쑤였다. 그런 이유로 원범은 아주 조용히 강화도에서 자신을 드러내지 않고 살았다.

그때 복녀를 만났다. 복녀를 만나면서 원범은 사랑에 눈을 떴다.

복녀는 원범에게 첫사랑이었다. 왕이 되어서도 잊을 수 없는 대상이었다. 원범은 밤하늘을 쳐다보며 복녀 얼굴을 떠올렸다. 복녀를 생각하면 눈물이 저절로 흘렀다. 원범이 강화도를 떠나면서 가장 아쉬워했던 일은 복녀를 두고 온 거였다. 가마를 타고 강화도를 떠날 때 원범은 계속 복녀를 불렀다.

"복녀야! 복녀야! 어디 있느냐?"

원범이 아무리 불러도 복녀는 대답하지 않았다. 신하들이 복녀가 원범에게 가까이 가는 것을 막았다. 복녀는 원범을 멀찍감치 쳐다보면서 눈물만 흘릴 뿐이었다. 원범은 복녀와 꼭 혼례를 치르고 싶었다. 그 꿈이 여물어갈 때 강화를 떠난 거였다. 참으로 기구한 운명이었다. 원범은 왕이 되리라고는 꿈에도 생각한 적이 없었다. 그랬기에 복녀와 헤어지게 될 것이라고는 생각하지 않았다. 원범은 언제든 복녀를 볼 수 있다고 생각했다. 그냥 만나서 얘기하는 것만으로도 이루 말할 수 없이 좋았다. 원범은 잠시라도 떨어져 있으면 복녀 생각이 났다.

"원범아!"

복녀 목소리였다. 원범은 목소리가 들리는 곳으로 고개를 돌렸다. 긴 머리를 단정하게 묶은 복녀가 원범을 쳐다보며 웃고 있었다. 원범도 활짝 웃으며 복녀에게 달려갔다.

"복녀야!"

둘은 손을 마주 잡았다. 들로 산으로 뛰었다. 복녀 치맛자락이 바람에 휘날렸다. 원범은 복녀 치맛자락을 꽉 잡았다. 바람에 날라 가지 않도록 있는 힘껏 잡았다.

"날씨 참 좋다. 강화가 이토록 좋은 곳인 줄 미처 몰랐어. 조금만 나가면 바다가 보이고 산이 있고 마음껏 뛰놀 수 있는 들판이 있으니 말이야." 한껏 기분이 부풀어 오른 원범은 웃으며 복녀를 쳐다봤다. 복녀도 기분이 좋아 보였다.

"원범아! 넌 강화가 좋으니?"

"그럼. 한양보다 백 배 천 배는 더 좋은 것 같아."

"난 한양에 가 보고 싶어. 강화에서만 있다 보니 갑갑해."

복녀는 넓은 곳으로 나가고 싶어 했다.

"너 정말 한양에 가고 싶어?"

원범은 놀란 눈으로 복녀에게 물었다. 그것은 원범에게 한양은 아주 시끄럽고 복잡해서 살고 싶지 않은 곳이라는 인식이 강했기 때문이었다.

"응. 가고 싶어. 한양에 가면 볼 게 많을 것 같아. 강화는 너무 갑갑해. 갇혀 있는 느낌이야."

복녀가 그런 느낌을 가질 만도 했다. 원범은 피난처로 강화도를 찾았다. 안동 김 씨 세력 틈바구니에서 살아남기 위해 찾은 유배지였다. 더구나 강화도는 섬이었다. 육지에 나가기 위해서는 배를 탈 수밖에 없었다. 풍랑이 거세기라도 하면 배가 뒤집어져 죽을 수도 있었다. 날씨가 좋지 않으면 육지에 나갈 수도 없었다.

"복녀야! 너 정말 한양에 가고 싶니?"

원범은 걱정스러운 듯이 물었다. 원범에게 한양은 위험한 곳이었다. 안동 김 씨 세력은 자신에게 반대되는 말이나 행동을 하는 백성을 가만 두지 않았다. 함부로 말을 했다가는 관가에 잡혀 갈 수도 있었다. 실제로 한양에 있을 때 원범은 주막에서 말 한 마디 잘못했다가 관가에 끌려간 백성을 보았다. 사람이 죽고 살기는 한순간이었다. 조금만 행동을 의심받아도 역모에 몰려 죽기 십상이었다. 한양에서 목숨을 부지하고 살아가기 위해서는 함부로 말해서는 안 됐다. 그냥 잠자코 있는 게 상책이었다. 묵묵히 참고 살아야 탈이 없었다. 그것은 본인만 잘해도 소용없었다. 가족 중 누구 하나라도 잘못한다면 줄줄이 잡혀 들어갔다. 그런 한양이기에 원범은 복녀가 그곳에 가고 싶어 하는 것을 별로 좋게 생각하지 않았다.

"응. 가 보고 싶어. 그곳이 어떤지 알고 싶단 말이야."

원범은 복녀가 걱정됐다. 한양에 갈 수는 있지만 그곳이 살기 편한 곳이 아니라는 것을 잘 알기 때문이었다.

"복녀야, 너 거기가 얼마나 위험한 곳인지 알아? 오죽하면 우리 가족이 피신해 왔겠어. 한양은 여기처럼 마음 편히 놀 수 있는 곳이 아니야. 난 이제 한양에 안 갈 거야. 이곳에서 너하고 친구들하고 노는 게 좋아."

원범은 복녀를 달랬다. 아니 복녀가 한양에 가려는 것을 극구 말렸다. 원범은 복녀에게 한양에 대한 나쁜 점을 계속 얘기했다. 그 얘기를 듣자 복녀가 겁먹은 표정으로 물었다.

"원범아, 한양이 정말 그런 곳이야? 그럼 나 여기서 살래. 여기는 적어도 그런 염려는 없잖아."

원범은 그 얘기를 듣고 비로소 안도하는 한숨을 쉬었다.

"그래. 잘 생각했어. 우리 여기서 같이 살자. 난 잠시도 네가 곁에 없으면 못 살 것 같아."

원범은 활짝 웃으며 복녀를 안았다.

"야! 너 꿈 깨. 내가 네 색시라도 되는 줄 아니? 우린 그냥 친구일 뿐이야."

"아니. 넌 내 색시야. 난 네 서방이고."

원범은 웃으며 복녀에게 대답했다. 그러자 복녀가 얼굴이 붉어지며 자리에서 일어났다.

"너 정말 그럴래. 내가 너 같은 농사꾼한테 시집갈 줄 알아?"

원범은 복녀가 그럴수록 더 가까이 다가가고만 싶었다. 복녀가 내뱉는 새침한 말도 귀여워 미칠 지경이었다. 원범은 복녀의 모든 게 좋았다. 보조개 있는 얼굴도 옥구슬 굴러가는 듯한 목소리까지 모든 게 사랑스러웠다.

그러나 그런 복녀와 평생을 함께하려던 꿈은 원범이 왕이 되는 바람에 깨지고 말았다. 복녀가 보고 싶어 궁으로 불렀지만 둘 사이에는 이제 신분의 벽이 가로막혀 있었다. 그것은 원범이 아무리 부정하려고 해도 할 수 없는 사실이었다. 원범은 복녀를 놓아야만 했다. 그래야만 복녀가 살 수 있었다. 왕이라고 해서 마음대로 할 수 있는 일이 아니었다.

"복녀야! 우리 예전처럼 지내자."

왕이 된 이후 원범이 복녀에게 한 첫마디였다. 복녀는 온몸을 떨기만 했다. 감히 원범 얼굴을 쳐다볼 수조차 없었다. 복녀는 마치 죄인처럼 고개를 푹 숙였다.

"복녀야! 고개를 들고 말해보란 말이야."

원범이 다그치자 복녀가 떨리는 목소리로 대답했다.

"전하! 어찌 소녀가 그리 할 수 있겠사옵니까? 그것은 불가한 일이옵니다."

원범은 왕이었다. 더 이상 강화도에 살던 농사꾼 이원범이 아니었다. 그런 원범에게 복녀가 할 수 있는 말은 없었다. 온몸을 부들부들 떨 수밖에 없었다.

"복녀야! 난 네 친구란 말이야. 친구한테 하는 것처럼 말할 수 없겠니?"

원범은 울부짖었다. 곤룡포를 당장이라도 벗어버리고 싶었다. 그냥 농사꾼 옷으로 갈아입고 복녀를 만났으면 좋았을 거라고 생각했다.

"전하! 천부당만부당하신 말씀이옵니다. 이제 소녀를 잊어주시옵소서. 소녀는 더는 전하를 뵐 수 없는 몸이옵니다."

"아! 아! 복녀야!"

원범은 한탄했다. 안타까운 정적이 흘렀다. 피할 수 없는 운명이었다. 원범은 첫사랑 여인을 눈앞에 두고도 눈물만 흘릴 수밖에 없었다. 복녀는 원범과 연인이었다는 이유만으로 풍전등화 같은 삶을 살아가야만 했다. 복녀는 당장 그 자리를 피하고 싶었다. 더 있을 수 있는 힘도 마음도 전혀 생기지 않았다. 원범은 다리에 힘이 하나도 없었다. 복녀를 보내면서 휘청거렸다. 제대로 서 있을 수조차 없었다. 강화도에서 산으로 나무를 하러 갈 때는 아무리 돌아다녀도 힘든 줄 몰랐다. 이 산 저 산을 뛰어다녔다. 그토록 강했던 다리 힘이 어느새 무뎌져 버렸다. 그렇게 5년 동안 강화도 일대를 누비며 다녔던 젊은 몸이 왕이 된 이후 순식간에 망가졌다. 외로움을 달래기 위해 마신 술과 여색에 빠진 탓이었다. 복녀와 이렇다 할 말 한마디 나누지 못한 원범은 미칠 것 같았다. 마음 한구석이 뻥 뚫린 것 같았다. 한숨만 하염없이 나왔다.

32. 복녀의 무덤

　원범을 만난 복녀는 마음이 아팠다. 원범은 자신을 예전처럼 친구로 대했으나 복녀는 그럴 수 없었다. 이미 복녀와 원범 사이에는 커다란 벽이 놓여 있었다. 그것은 왕과 평민이라는 신분 상 차이였다. 그렇다고 복녀가 후궁이 될 수 있는 것도 아니었다. 원범은 후궁도 자기 마음대로 정할 수 없었다. 안동 김 씨와 순원왕후 눈치를 안 볼 수 없었다.
　원범을 만난 뒤 궁을 나온 복녀는 가슴이 답답했다. 숨이 막힐 것 같았다. 그런 느낌은 처음이었다. 원범을 만나서 기쁘기보다는 외롭고 슬픈 마음이 앞섰다. 원범에게 자신이 걸림돌이라도 된 것 같은 느낌이었다. 차라리 원범을 만나러 오지 않았으면 좋았을 거라는 생각이 들었다. 원범에게는 중전과 7명이나 되는 후궁이 있었다. 원범이 마음만 먹으면 궁궐에 있는 궁녀를 취할 수 있었다. 복녀는 원범이 자신을 그리워하면서도 후궁을 가까이하는 것을 보고 마음이 쓸쓸했다. 강화도에 있을 때 자신만 생각한다며 혼례를 맺자고 했던 원범이 아니었던가. 그런 원범이 후궁 품 안에서 노닌다고 생각하니 배신감마저 들었다. 왕이 되면 그래야만 하는 것일까. 왕이라고 해서 마구 궁녀를 취해도 된단 말인가. 복녀는 머릿속이 복잡했다. 하루속히 원범을 만난 기억을 지우고만 싶었다.

강화로 돌아가는 길은 멀었다. 산을 넘고 강을 건너 몇 날 며칠을 가야만 했다. 아녀자 몸으로 강화까지 가는 길은 결코 쉽지 않았다. 복녀는 길을 걸으며 자꾸 뒤돌아봤다. 멀리 한양이 보였다. 복녀는 가던 길을 멈췄다. 그러더니 느닷없이 절했다.

"전하! 부디 옥체를 보존하소서. 소녀는 이제 잊어주시옵소서. 소녀는 더는 전하를 뵐 수 없사옵니다."

복녀는 그 말을 하면서 하염없이 눈물을 흘렸다. 눈물이 저고리와 치마에 뚝뚝 떨어졌다. 복녀는 옛 생각을 하고 있었다. 원범과 강화도에서 어울리며 놀던 때가 어제 일처럼 떠올랐다. 울고불고하던 때도 있었다. 기쁘고 슬픈 일 모두 추억으로 남았다. 이제 다시는 겪을 수 없는 추억이었다.

어느새 강화도로 가는 바닷가에 다다랐다. 그 바다만 건너면 자신이 사는 집이었다. 바다에는 사공이 있었다. 복녀는 배 위에 올랐다. 배가 서서히 강화도를 향해 움직이기 시작했다. 사공은 자꾸 눈물을 흘리는 복녀를 보며 무슨 이유 때문에 우는지 알고 싶었다.

"젊은 처자가 왜 그렇게 우시오? 무슨 사연이라도 있소?"

그 말을 듣고 복녀는 잠시 울음을 멈췄다.

"그냥 마음이 슬퍼서 울었을 뿐이옵니다."

복녀는 차분한 목소리로 대답했다. 그러자 사공은 더 궁금증이 생겼다.

"마음이 슬프다니요? 무슨 이유로 그토록 슬프단 말이오?"

사공은 그 이유를 꼭 알아야겠다는 듯이 귀를 쫑긋 세우고 물었다.

"어르신은 아실 필요 없사옵니다. 그냥 온몸에 기운이 빠지며 세상이 살기 싫어졌습니다."

그 말을 듣고 사공은 놀랐다. 복녀 얼굴에 수심이 가득한 게 보였다. 사공은 복녀를 그냥 놔둬서는 안 되겠다고 생각했다.

"이봐요 젊은 처자. 그 젊은 나이에 뭘 그리 걱정이오. 강화에 가서 잘 살면 될 거 아니오?"

사공은 복녀를 불쌍한 얼굴로 쳐다보며 대답했다. 그러자 복녀는 깊은 한숨을 내쉬며 대답했다.

"어르신, 좋아했던 친구를 잃었습니다. 그 친구와는 이제 다시는 만날 수 없습니다. 그 허전함 때문에 제 마음이 천 갈래 만 갈래 찢어지는 것 같사옵니다. 정말이지 말로 표현 못 할 만큼 괴롭습니다."

복녀는 당시 그 마음뿐이었다. 그 말을 듣고 사공은 얼른 바다를 건너야겠다고 마음먹었다. 어서 복녀를 강화에 내려줘야겠다고 생각했다. 사공이 거의 강화에 도착할 때쯤이었다. 갑자기 복녀가 자리에서 일어서더니 그대로 바닷물로 뛰어들었다. 워낙 순식간에 일어난 일이어서 사공이 말릴 틈도 없었다. 사공은 너무 놀라서 바닷속을 쳐다보았다. 사공은 서둘러 노를 길게 뻗으면서 복녀에게 소리쳤다.

"자! 이거 잡아. 잡고 배로 올라 와."

사공이 소리쳤지만 물에 빠진 복녀는 이미 의식이 없었다. 놀란 사공은 바닷물로 뛰어들었다. 사공은 간신히 복녀를 건져 배 위에 올렸다. 맥박을 짚어 보고 숨을 쉬는지 살펴보았으나 허사였다. 복녀는 이미 숨을 거뒀다. 사공은 자신이 복녀를 지켜주지 못한 것이 무엇보다 후회되었다. 사공은 복녀 시신을 잘 거두고 가까운 곳에 무덤을 만들었다. 사공이 그녀가 원범이 그토록 사랑하는 여인이라는 사실을 알 리 없었다. 그저 신세를 한탄한 여인이 자살한 것이라고만 여겼다.

복녀는 본디 원범과 백년가약을 맺고 죽기 전까지 평생을 함께 살 생각을 했었다. 원범이 아버지를 찾아와 장인어른이라고 부르며 혼인해 달라고 간청하지 않았던가. 아름다운 사랑을 키워나가며 행복하게 살 거라 생각했지만 느닷없이 원범이 왕이 되었다. 그것은 복녀도 원범도 원한 일이 아니었다. 원범은 강화도를 떠날 때 수십 번도 더 뒤를 돌아봤다. 복녀를 보기 위해서였다. 떨어지지 않는 발걸음을 한 거였다.

복녀는 스스로 죽음을 택했지만 당시 권력이 그녀를 죽였다. 복녀는 결코 죽으려고 하지 않았다. 죽고 싶지 않았다. 그럼에도 원범이 자신을 그리워할수록 자신에 대한 위협이 가해졌다. 그것은 그녀가 원범이 사랑해서는 안 되는 여인이었기 때문이었다. 복녀는 항상 불안했다. 작은 소리만 들려도 누군가 자신을 죽이러 오는 것은 아닐까 하는 생각마저 들었다. 하루하루가 불안했다. 복녀는 원범으로부터 벗어나야만 했다. 그렇다고 조신을 떠날 수도 없었다. 강화도를 한 발짝도 벗어날 수도 없었다.

복녀는 몇 번이고 고민에 빠졌다. 남은 생을 불안에 떨며 살 것인가, 아니면 죽음을 택할 것인가를 놓고 고민했다. 그러면서도 한편으로는 자신이 원범에게 누가 될 것을 걱정했다. 원범을 만나고 돌아온 이후 그 생각은 더 또렷해졌다. 그녀는 자신이 죽지 않으면 더 큰 화가 있을 거라고 생각했다. 스스로 죽는 게 가장 편하다는 마음으로 바다에 몸을 던진 거였다.

복녀가 죽었다는 소식이 알려지는 데는 그리 오랜 시간이 걸리지 않았다. 비룡이 복녀 죽음을 숨기려 했으나 소용없었다. 복녀를 그리워하는 원범은 기어코 복녀가 죽었다는 사실을 알아냈다. 원범이 노발대발하며 호위무사 비룡을 처벌한 것도 배신감 때문이었다. 원범은 복녀의 원혼을 위로해주고 싶었다. 원범은 가슴이 갈기갈기 찢어지는 것 같았다. 복녀가 자신 때문에 죽었다는 사실을 알고 견딜 수 없었다. 마침내 원범은 복녀가 묻힌 곳을 찾았다. 원범은 엉성하고 초라한 무덤을 보고 대성통곡했다.

"복녀야! 네가 어찌 여기 이렇게 있느냐. 너 하나 지켜주지 못한 나는 참 못난 왕이다. 마지막으로 네 무덤만큼은 양지바른 곳에 제대로 만들어 주마."

원범은 하염없이 눈물을 흘리며 복녀를 그렸다. 원범은 어명으로 신하를 시켜 복녀 시신을 강화도 집터 근처 산에 묻으라고 지시했다. 그것을 놓고 일부 신하들이 반대했다.

"전하! 평민 시신 무덤을 그토록 만든 예는 일찍이 없었사옵니다. 아무리 전하와 가까웠던 여인이라고 할지라도 이는 있어서는 아니 될 일이옵니다."

빗발치는 상소가 있었다. 아무리 그래도 원범은 눈썹 하나 까딱하지 않았다.

"너 이놈! 어명을 거역한 죄로 다스릴 것이야. 내가 사랑하는 여인이다. 그 여인이 나 때문에 한을 안고 죽었느니라. 내 어찌 그녀 영혼을 달래지 않을 수 있겠느냐. 복녀 무덤만큼은 내 뜻대로 하리라."

너무나도 당당하고 확신에 찬 목소리였다. 그 목소리를 들은 신하들은 그 누구도 더는 반대할 수 없었다. 원범은 조성된 복녀 무덤을 찾았다. 왕이 평민 무덤을 찾은 예는 일찍이 없었다. 원범은 그것을 반대하는 목소리도 묵살했다. 복녀 무덤 앞에서 원범은 곤룡포를 벗고 상복으로 갈아입었다. 마치 상주가 된 것 같은 모습이었다. 신하들이 막았으나 소용없었다. 원범이 워낙 강하게 나왔기에 모두 뒤로 물러섰다. 복녀 무덤은 평민이라고는 믿어지기 힘들 만큼 웅장하게 조성되었다.

"복녀야! 내가 왔느니라. 내 목소리 들리느냐?"

원범은 복녀 무덤을 부둥켜안고 큰소리로 외쳤다. 쩌렁쩌렁한 목소리가 메아리가 되어 돌아왔다.

"왜 대답이 없느냐?"

원범은 재차 소리쳤다. 이제 다시는 볼 수 없는 복녀였다. 원범은 복녀 얼굴이 자꾸 떠올라 미칠 지경이었다. 환하게 웃는 복녀 얼굴은 이 세상 그 어떤 꽃과도 비교할 수 없었다. 원범은 그대로 있을 수 없었다. 안타까운 마음을 그냥 마음속으로만 삭일 수 없었다. 원범은 그 자리에서 신하에게 명령했다.

"여봐라! 복녀에게 내 마음을 전하는 시 한 수 적어야 마음이 풀릴 것 같다. 어서 벼루와 먹과 붓을 가져오너라."

신하들은 움찔했다. 그 자리에 벼루와 먹과 붓이 있을 리 없었다. 아무도 원범이 시를 쓴다고는 생각 못했다. 그때 한 신하가 저고리에서 무언가를 꺼내며 원범 앞으로 나섰다.

"전하! 신이 준비했나이다. 여기 벼루와 먹과 붓이 있사옵니다."

그 소리를 들은 원범은 화색이 돌았다.

"오. 충신이로다. 그대가 내 마음을 이토록 알아주다니. 내 그대에게 큰 상을 주겠노라."

원범은 흥분했다. 복녀를 향한 마음을 시로 쓰지 않으면 미칠 것 같았다. 그때 자신을 알아본 신하가 있었으니 그보다 더 기쁜 일은 없었다. 신하는 원범이 시를 쓸 수 있도록 벼루에 먹을 갈았다. 원범은 하늘 한 번 쳐다보고 숨을 크게 들이켠 뒤 시를 쓰기 시작했다.

먼저 간 님

이원범

이승에서 맺지 못한 인연
못내 아쉬워
무덤 앞 찾아오니
사무치는 애모

짧았던 인연

뭉게구름처럼 피어오를 때

원치 않은 이별

아무리 붙잡아 보려고 해도

잡을 수 없는 줄

살아만 있어주길 바랐건만

황망히 떠나가니

남은 내 마음은

갈기갈기 찢어지고

애타는 시 한 수로 마음 달래 보네

 원범은 거기까지 쓰고 더는 쓸 수 없었다. 눈물이 화선지 위에 떨어졌다. 신하들이 달려가 원범을 부축했다.
 "전하! 고정하시옵소서. 전하 마음이 그대로 복녀에게 전달되었나이다. 이제 그만 궁으로 돌아가셔야 하옵니다."
 원범은 어쩔 수 없었다. 마냥 그곳에 있을 수 없었다. 떨어지지 않는 발걸음이었지만 돌아서야 했다. 원범은 지금 돌아서면 다시 이곳을 찾을 수 없을 거라는 생각이 문득 들었다. 원범은 복녀 무덤이 보이지 않을 때까지 계속 뒤를 돌아보았다.

33. 옛 친구들

 원범은 외로움에 잠을 못 이루는 날이 많았다. 아무리 후궁이 외로움을 달래준다고 해도 강화에 두고 온 친구 생각이 많이 났다. 스스럼없이 지내던 친구들이었다. 이제 그 친구들은 떠났다. 원범이 만나려고 하면 만날 수 있었으나 거리감이 생겼다. 원범은 친구들이 자신 이름을 부르며 다가오기를 바랐지만 아무도 그렇게 할 수 없었다. 하늘 아래 가장 높은 신분이 된 원범이었다. 감히 얼굴을 쳐다보기조차 힘든 상대였다.
 원범은 곤룡포를 내다 던져버리고 싶었다. 갈기갈기 찢고 싶을 때도 많았다. 누더기 옷을 걸쳐도 친구들과 자유롭게 놀던 그 시절이 좋았다. 그 시절로 다시 돌아가고만 싶었다.

"만석아, 동호야, 동만아!"

원범은 강화에서 친하게 지내던 친구 이름을 하나씩 불러봤다. 원범은 그들 얼굴을 떠올렸다. 19살 청년으로 강화를 떠나서 벌써 수년의 세월이 흘렀다. 순진하던 얼굴엔 어느새 짙은 그림자가 드리워졌다. 깡마른 얼굴엔 어느새 기름이 흘렀다. 원범 스스로도 몰라보게 변한 얼굴이 징그러웠다.

"전하! 용안이 몹시 안 좋아 보이옵니다."

귀인 조 씨가 원범을 품에 안고 걱정스러운 듯이 물었다.

"강화에 가고 싶구나. 그때 친구들이 보고 싶어."

원범은 한숨까지 섞어가며 대답했다. 그러자 귀인 조 씨가 화들짝 놀랐다.

"전하! 아직도 강화에 있던 때가 그립사옵니까? 뭐가 그토록 그립단 말이옵니까?"

귀인 조 씨는 이해할 수 없는 표정으로 물었다.

"너는 지금 내가 행복하다고 생각하느냐? 왕이라고 다 행복한 줄 아느냐? 왕이면 뭐하느냐. 도대체 내 뜻대로 할 수 있는 일이 뭐가 있단 말이냐. 대왕대비와 안동 김 씨 등쌀에 내 말이 먹히기라도 한단 말이냐."

원범은 그 말을 하더니 이내 눈시울을 붉혔다. 가슴속에 있는 생각을 그대로 내뱉은 거였다. 귀인 조 씨는 얼굴이 벌게졌다. 더는 뭐라고 할 말이 생각나지 않았다.

"전하! 아니옵니다. 어찌 신하가 어명을 거역할 수 있단 말이옵니까. 전하 뜻대로 이 나라를 다스리소서. 아무도 전하를 거스를 수는 없사옵니다."

귀인 조 씨는 다부지게 대답했다. 원범은 그런 말을 하는 귀인 조 씨가 다른 어떤 신하보다도 생각이 깊다고 여겼다. 원범은 귀인 조 씨를 품에 꼭 안았다.

"너는 어찌 그리 내 마음을 그토록 잘 안단 말이냐. 얼굴만 예쁜 게 아니라 마음은 더 예쁘구나. 오늘 너와 마음껏 회포를 풀겠노라."

원범은 귀인 조 씨 저고리를 벗겼다. 치마도 하나씩 벗겼다. 하얀 속살이 원범을 간지럽혔다. 귀인 조 씨의 입술이 촉촉이 젖어들었다. 원범은 그 탐스러운 입술 안으로 혀를 밀어 넣어 꿀 같은 타액을 뒤섞었다. 두 남녀는 실오라기 하나 걸치지 않고 몸을 포갰다. 어느새 땀이 흘렀다. 목이 탔다. 달뜬 남녀가 내뱉는 거친 숨소리만이 들릴 뿐이었다.

"너는 어찌 이리도 몸이 매끄럽느냐? 신이 만든 몸이로다."

원범은 귀인 조 씨를 바라보며 부러운 듯 쳐다봤다.

"황공하옵니다. 전하!"

귀인 조 씨는 부끄러운 목소리로 대답했다. 원범은 흐뭇했다. 귀인 조 씨와 함께 있는 시간이 오래도록 안 갔으면 하는 생각뿐이었다.

그 시간만큼은 강화도 옛 친구를 잊을 수 있었다. 원범은 귀인 조 씨 품에 안겨 이내 잠이 들었다. 잠이 깬 원범은 또다시 외로움에 휩싸였다. 다시 조정에 나갈 생각을 하니 머리가 아팠다. 원범은 귀인 조 씨에게 하소연했다.

"오늘은 그냥 이대로 쉬고 싶구나. 골치 아픈 일은 하고 싶지 않아."

나라 일은 해도 해도 끝이 없었다. 나라 안팎으로 시끄러운 일이 한두 가지가 아니었다. 그 모든 일을 국왕이 처리할 수는 없었다. 그렇다고 안 돌 볼 수도 없었다. 이래저래 원범은 고민이 많았다. 왕이 안 되었으면 전혀 신경 쓰지 않아도 될 일이었다.

"전하! 그럴 수는 없사옵니다. 전하께오서 이 나라를 다스리지 않으면 백성은 누구를 믿고 살아간단 말이옵니까? 통촉하여주시옵소서."

귀인 조 씨는 조금도 흐트러짐 없이 대답했다. 원범은 너무도 당당하게 말하는 귀인 조 씨 말에 더는 대꾸할 엄두가 나지 않았다.

원범은 조정 회의를 일찍 마쳤다. 회의를 오래 가지고 갈 마음이 하나도 없었다. 원범은 궐내를 조용히 산책하기로 했다. 그러다가 문득 무슨 생각을 했는지 내관에게 소리쳤다.

"여봐라! 강화에 가야겠다."

너무도 뜻밖의 말이었다. 강화에 간다는 것은 외부 행차를 하는 거였다. 수많은 군사와 신하가 동원 되는 일이었다. 갑자기 갈 수 있는 일이 아니었다.

"전하! 아무런 준비가 안 되었사온데 어찌 강화를 간다 말씀하시옵니까?"

내관이 몹시 난처한 표정으로 물었다.

"너 이놈. 무슨 말이 많으냐. 강화에 가보고 싶다 하지 않느냐. 군사는 필요 없느니라. 조용히 갔다 올 테니 갈 차비 하거라."

원범은 아주 강하게 소리쳤다. 그 소리에 내관은 어찌할 줄 모르고 서 있었다. 그러자 원범이 다시 소리쳤다.

"네 이놈. 뭐 하고 있느냐? 어서 갈 준비 하래도."

불호령이었다. 그 말을 따르지 않을 수 없었다.

"전하! 하오면 대왕대비전에 말씀드려야 하옵니다. 그냥 가시면 아니되옵니다."

내관은 온몸을 부들부들 떨며 대답했다. 원범이 말하는 대로 했다가 대왕대비께서 알게 되면 불호령이 떨어질 게 뻔한 일이었다. 자칫 목숨을 잃을 수도 있는 문제였다. 원범도 그 말을 듣자 주춤했다. 대왕대비한테 말없이 간다는 게 쉬운 일은 아니었다. 원범은 어떻게 할까 망설였다. 강화에 가면 옛 친구들은 분명 그대로 살고 있을 것이다. 자신이 그 친구들을 보기 위해 가면 옛날 식으로 이름을 부르며 친하게 지낼 수 있을까? 아무리 생각해도 그럴 수는 없었다. 친구들이 원범을 부담스러워할 게 뻔했다. 원범이 강화에 간다고 한들 제대로 놀 수 있는 상황이 될 수는 없었다. 그 생각을 하자 원범은 한숨만 나왔다.

"그만둬라."

원범은 그 말만 남기고 쓸쓸히 다시 처소에 들어갔다. 원범은 이내 술 생각이 났다. 원범은 직접 소리쳐 술상을 차리라고 명령했다. 원범은 이렇듯 울적하고 괴로울 때마다 술을 찾았다. 또 그때마다 후궁을 품에 안았다. 이러한 생활이 지속되다 보니 강인했던 원범 체력이 많이 약해졌다. 그토록 튼튼했던 팔다리가 어느새 가늘어졌다. 원범은 기침을 자주 했다. 날씨가 조금만 추워져도 자주 콜록했다. 그것은 몸에서 기가 빠져나가다 보니 생긴 현상이었다. 원범이 강화도에 있었을 때는 감기 한 번 걸리지 않았다. 그 추운 날 산에 나무 하러 갔을 때도 춥다는 생각이 별로 들지 않았다. 나무를 하려면 산을 이리저리 헤집고 돌아다녀야 한다. 하루 종일 지게를 지고 산에 오르락내리락 하다 보니 추위를 탈 틈이 없었다. 그야말로 온몸이 무쇠처럼 단단했었다. 그런 몸도 궁궐에서 호의호식하다 보니 이내 망가졌다.

강화에 가려고 했던 계획은 쉽게 좌절되었다. 원범 스스로 마음을 접은 거였다. 그렇지만 옛 친구들 생각이 나지 않은 것은 아니었다. 원범은 그 친구들 생각에 젖어들었다. 생각하는 것만으로도 마음에 위안이 됐다. 그 친구들에게 연락할 수 있는 방법은 직접 찾아가는 것뿐이었다. 서찰을 보낼 수도 있었으나 시간이 오래 걸렸을 뿐만 아니라 제대로 전달될 지도 의문이었다. 원범은 자신이 강화에 가기 어렵다면 친구들을 궁에 불러야겠다고 마음먹었다. 그것은 그다지 어려운 일이 아니었다. 왕이 친구 얼굴을 보고 싶어 부른다는 데 어느 누가 막는단 말인가. 원범은 생각이 여기까지 미치자 즉시 친구들을 궁으로 불러들였다.

원범을 찾은 친구들은 몹시 긴장했다. 왕 앞에 나섰으니 몸이 굳어진 것은 당연한 일이었다. 원범은 오래간만에 친구들을 보니 몹시 기분이 좋았다. 직접 친구들에게 다가가 이름을 불렀다.

"만석아! 동호야! 동만아!"

언제 불러도 정이 가는 이름이었다. 친구들은 원범 앞에 차려 자세로 똑바로 서 있기만 할 뿐이었다. 모두 긴장된 얼굴이었다. 원범은 웃으며 그들에게 다가갔다.

"떨지 말고 있어. 그냥 옛 친구 이원범을 만나러 왔다고 생각해. 내가 너희 이름을 불렀듯이 너희도 내 이름을 불러 봐. 원범아! 하고 말이야."

원범이 아주 다정스럽게 얘기해도 친구들은 아무 소리하지 않고 서 있기만 했다. 감히 그 말을 할 수 없었기 때문이었다. 원범은 답답했다. 자신이 웃으며 다가갔는데도 친구들은 아무런 반응이 없었다. 그때 만석이가 입을 열었다.

"전하! 어찌 저희가 전하 이름을 막 부르겠나이까? 저희는 친구이기 이전에 신하이옵니다. 신하가 전하 이름을 어찌 함부로 부를 수 있겠나이까."

원범은 그 소리를 듣고 마음이 무척 아팠다. 그토록 친하던 친구가 더는 사귈 수 없는 사이가 되고 만 거였다. 원범은 다시 깊은 한숨을 내쉬었다.

"참으로 답답하도다. 내가 괜찮다고 하지 않았느냐. 너희가 내 이름을 부른다고 해서 어느 누가 뭐라고 하겠는가. 만약 그런 자가 있다면 내 어명으로 다스리겠노라."

어명이라는 말이 나오자 친구들은 더 얼굴 표정이 굳었다. 자칫 말 한마디 잘못하면 목숨이 날아갈 수 있다는 표정이었다. 원범은 그제야 깨달았다. 자신과 친구들 사이에 큰 벽이 놓여 있다는 사실을 말이다.

"전하! 이제 저희를 잊어 주시옵소서. 저희는 이제 전하 친구가 될 수 없는 몸이옵니다. 저희는 평민이옵니다. 감히 저희 같은 사람이 친구라고 말할 수는 없사옵니다."

원범은 그 소리를 듣고 말문이 닫겼다. 친구들을 궁으로 부른 사실조차도 후회됐다. 친구들 말은 원범에게 큰 상처였다. 원범은 왕이 되었으나 친구도 잃고 건강마저 잃었다.

"알았다. 이제 너희는 강화로 돌아가거라."

원범은 더는 친구들을 붙잡고 있을 수 없었다. 더는 그 친구들에게 할 말도 없었다. 원범은 자신에게 인사하고 돌아서는 친구들 뒷모습을 사라질 때까지 오랫동안 쳐다보았다. 원범은 친구들이 무사히 고향으로 돌아갈 수 있도록 신하들에게 명령했다. 그러자 호위무사 여러 명이 친구들을 강화까지 무사히 갈 수 있도록 도와줬다.
　친구들이 돌아간 날 원범은 밤새도록 술을 마셨다. 술을 마시지 않으면 옛 친구 생각이 나서 참을 수 없었다. 술은 원범이 가장 가까이 하는 벗이었다. 원범은 술을 마실 때만큼은 기분이 좋았다. 모든 걱정과 근심이 사라지는 느낌이었다.

34. 용흥궁

　원범은 하루도 강화를 잊은 날이 없었다. 왕이 된 이후에도 옛집을 그리워했다. 강화유수 정대세는 그 마음을 누구보다도 잘 읽었다. 정대세는 왕이 살던 집을 그대로 둬서는 안 되겠다고 생각했다. 그것은 강화유수로서 그냥 지켜볼 일이 아니었다. 그는 원범이 살던 옛집을 성대하게 새로 지은 뒤 '용흥궁'이라 이름지었다. 원범이 살 때는 보잘것없는 초가집이었던 것이 금세 우장한 기와집으로 변했다. 원범은 정대세가 용흥궁을 다 짓고 난 뒤에야 그 사실을 알았다. 원범은 아주 기쁜 마음으로 정대세를 궁으로 불렀다.

　"전하! 신 정대세 인사드리옵나이다."

　"어서 오시오, 강화유수. 그대가 내 옛집을 용흥궁으로 지었다고 들었소."

"송구하옵니다. 전하! 신 부족한 것이 많사와 잘 짓지는 못했나이다."

정대세는 부끄러운 듯 고개를 떨궜다. 그러자 원범이 정대세에게 다가와 손을 잡았다.

"당치 않은 말씀이오. 그대가 나를 생각하는 마음이 하늘에 닿았소. 내가 이렇게 그대를 오라고 한 것은 고마움을 표시하기 위한 것이오."

원범은 정대세를 어루만졌다. 그가 자신을 생각하는 마음이 너무나 고마웠다. 원범은 기쁜 표정으로 내관에게 소리쳤다.

"여봐라. 주안상을 차려 오너라. 귀인을 만났으니 마음껏 마시고 즐기겠노라."

원범은 호쾌하게 웃었다. 정대세도 얼굴색이 환해졌다. 원범은 정대세에게 술을 권하며 강화에서 살던 시절에 대한 얘기 보따리를 풀었다. 원범이 강화에 살던 기간은 5년에 불과했지만 잊지 못할 추억이 많았다.

"그대는 강화유수이니 강화에 관해 많이 알 것이오."

원범은 강화에 관한 얘기부터 꺼냈다.

"전하! 강화에 대해서는 신보다 전하께오서 더 많이 아실 것이옵니다."

그것은 맞는 말이었다. 원범은 강화 이곳저곳 안 다녀본 곳이 없었다. 복녀와 함께 강화 곳곳을 다니며 사랑을 꽃피웠다.

"허허허 그렇소. 지금도 강화에 관해서라면 누구보다도 자신 있게 얘기할 수 있소."

원범은 강화 얘기만 나오면 신이 났다. 어느 누가 물어도 강화에 관해서 자세히 얘기할 수 있을 것 같았다.

"전하! 신은 강화유수로서 당연히 해야 할 일을 한 것뿐이옵니다. 신 역량이 많이 부족하여 좀 더 멋진 집을 만들지 못한 것이 안타까울 따름이옵니다. 모름지기 전하께오서 살던 집이 온데 허물어지기 직전이었사옵니다. 한 나라 왕이 살던 집이 그런 모습을 하고 있는 것을 그대로 두고 볼 수 없었나이다."

정대세는 그 말을 하면서 눈물을 글썽였다. 원범도 눈물이 났다.

"그대는 그 말을 쉽게 하지만 마음이 없다면 할 수 없는 일이다. 그대는 내 은인이야. 나를 생각하는 그 마음이 참으로 갸륵하도다. 내 그대에게 큰 상을 내릴 것이야."

원범은 입가에 미소가 피어올랐다. 정대세에게는 뜻밖의 일이었다. 원범이 이토록 자신을 칭찬하니 몸 둘 바를 모를 정도였다.

"전하! 상을 받고자 한 일이 아니옵니다. 상은 거두어 주시옵소서. 신은 오로지 전하를 기리는 마음에서 한 행동이었습니다."

정대세는 머리를 계속 조아렸다. 정대세는 순수한 마음에서 한 행동이 원범을 기쁘게 했다는 사실에 무척 만족했다.

"내가 살던 집을 '용흥궁'이라고 이름을 지었다고 들었소. 그런 이름을 붙인 연유가 듣고 싶소이다."

"전하! 별 것 아니옵니다. 용이라 함은 왕을 말하는 것이옵고 흥이라 함은 일어난다는 뜻이옵니다. 말하자면 용흥궁은 전하를 두고 지은 이름이옵니다. 전하께오서 왕이 되었사오니 이보다 더 좋은 일이 어디 있사옵니까. 왕이 되신 전하께오서 살던 곳이니 당연히 궁이라 이름을 붙였나이다."

원범은 그 설명을 듣고 고개를 끄덕였다.

"용흥궁이라. 참 좋은 이름이로다. 내 그곳에 가서 어떤 곳인지 알아보고 오겠노라."

원범은 당장이라도 정대세를 따라서 용흥궁에 가보고 싶었다. 자신이 5년 동안 살던 곳이 어떻게 변했는지 얼른 눈으로 확인하고 싶었다. 정대세는 그런 마음을 금방 눈치챘다.

"전하! 용흥궁으로 행차하시옵소서. 일찍이 정조 대왕께오서는 아버지 사도세자를 기리며 화성 행차를 많이 했나이다. 전하께 오서도 강화로 많이 행차해주시오면 온 강화군민 환영할 것이옵니다."

정대세가 그렇게 말하자 원범은 냉큼 어린아이처럼 눈을 빛냈다.

"말 나온 김에 당장 강화에 가자. 그대와 함께 용흥궁으로 가서 놀고 자고 즐기며 왔으면 좋겠다."

그러나 정대세가 조심스럽게 입을 열었다.

"전하! 강화에 가고 싶어 하는 마음은 이해하고도 남사옵니다. 허나 당장은 어렵사옵니다. 대왕대비 마마 윤허가 있어야 하는 것 아니옵니까? 강화는 화성과 달라서 섬이 옵니다. 섬으로 행차하려면 이것저것 신경 써야 할 일이 너무 많사옵니다. 군사를 내는 문제도 생각해봐야 하옵니다."

정대세 말은 너무도 맞았다. 원범은 강화를 쉽게 갈 수 없는 상황이었다. 왕이 되고 나니 이제 가벼운 마음으로 옛 살던 집에 가는 것도 마음대로 할 수 없었다. 흥이 났던 기분도 수그러들어 원범은 금새 제 현실을 한탄했다.

"내가 어쩌다가 왕이 되었단 말이냐. 왕이 안 되었더라면 지금도 강화에서 농사지으며 살았을 거 아닌가? 난 왕보다도 농사꾼이 더 좋아."

원범은 곤룡포를 갑갑한 듯 벗으려 했다. 그 모습을 본 정대세가 놀라며 황급히 원범에게 다가갔다.

"전하! 이러시면 아니되옵니다. 어찌 농사꾼이 더 좋다 하시옵니까? 아무리 왕이 힘들다고 하여도 그런 말씀을 함부로 해서는 아니되옵니다."

정대세는 원범이 오죽하면 그런 말을 다할까 생각해 봤다. 왕은 그 누구보다도 높은 위치에 있지만 그만큼 고독했다. 특히 세도정권 하에 있는 왕은 더할 나위 없었다. 자신이 하고자 마음먹은 것을 뜻대로 하기는 아주 힘들었다. 세도정권 눈치를 안 볼 수 없었다.

"얘기가 너무 우울한 쪽으로 가는 것 같구나."

원범은 슬쩍 분위기를 바꿨다. 그러면서 복녀를 생각했다. 원범이 왕이 되지만 않았다면 복녀와 부부가 되어 강화에서 살았을 것이다. 원범은 왕이 되어 강화를 떠났고 복녀를 잃었다. 이제 복녀는 영영 다시 볼 수 없는 사이가 되었다. 정대세는 원범이 복녀를 사랑했고 부부가 되려 했다는 사실을 잘 알았다.

"그대는 복녀에 대해서 아는 것이 있느냐?"

원범은 복녀 얼굴을 떠올리며 추억에 잠긴 표정으로 정대세를 쳐다봤다.

"알다마다요. 강화에 사는 사람이라면 전하와 복녀를 모르는 사람이 없사옵니다. 그야말로 견우와 직녀 같은 사랑을 피운 사이였다는 것도 잘 알고 있사옵니다."

"그래. 강화에만 가면 복녀 생각에 어찌할 바를 모르겠노라."

원범은 지그시 눈을 감았다. 그러면서 복녀와 추억을 떠올렸다. 저절로 두 눈에서 눈물이 흘러내렸다.

"전하! 마음 아픈 기억은 다 잊으소서. 기쁜 일만 생각하소서."

정대세도 눈물이 났다. 원범은 복녀를 생각하면서 눈물을 흘린 거였다. 복녀가 너무나 안타깝게 죽은 것이 자꾸 생각났다. 원범은 자꾸 복녀 얼굴이 떠올랐다.

"자네는 복녀가 어떻게 죽었는지 아느냐?"

원범은 복녀 생각이 자꾸 나서 참을 수 없었다. 정대세를 만난 김에 위로받고 싶은 마음이었다. 정대세는 원범이 무슨 의도로 그런 질문을 했는지 눈치챘다.

"전하! 신이 어찌 그 사실을 모르겠나이까. 복녀가 전하를 그리면서 자살했다는 것은 삼척동자도 다 아는 사실이옵니다."

"네 말이 맞아. 복녀가 자살했어. 왜 자살했는지 아느냐? 내가 왕만 되지 않았다면 복녀는 지금도 내 곁에 있었을 거야."

원범은 자기 때문에 복녀가 죽었다고 생각했다. 그 생각을 하니 더욱 마음이 아팠다. 정대세는 원범이 복녀를 몹시 그리워하며 안타까워한다는 것을 잘 알았다. 용흥궁을 지은 것도 원범이 그런 마음을 갖고 있다는 사실을 잘 알기 때문이었다.

35. 치마폭에 휩싸여

원범은 복녀를 잊어보려고 갖은 노력을 다 했으나 쉽지 않았다. 그럴수록 원범은 술과 여색에 빠졌다. 궁궐에는 수많은 궁녀가 있다. 그 궁녀들은 어떻게든 원범 눈에 잘 띄려고 노력했다. 원범 눈에 뜨여서 후궁이 되면 인생이 달라졌다. 원자를 낳기라도 하면 그 아이가 보위에 오를 수도 있었다. 궁녀는 오로지 왕을 위한 여인이었다. 이런 환경에서 원범은 너무나 쉽게 여인을 취할 수 있었다.

궁인 이 씨는 기회를 잡았다. 그녀는 원범이 지나가는 길목에서 서성거리다가 원범과 눈이 마주쳤다. 궁인 이 씨를 처음 본 순간 원범은 정신을 잃을 것 같았다. 하얀 살결과 뽀얀 얼굴에 빛나는 눈동자가 원범을 단숨에 휘어잡았다. 원범은 멍하니 그 자리에 한참을 서 있었다. 궁인 이 씨는 단번에 원범이 자신에게 끌린다는 것을 느꼈다. 그녀는 수줍은 듯이 얼굴을 붉혔다. 원범이 궁인 이 씨에게 말을 걸었다.

"참 곱게도 생겼구나. 이름이 무어냐?"

궁인 이 씨는 그 말에 화색이 돌았다. 원범이 자신에게 관심을 보인다는 사실을 알았기 때문이었다.

"이소영이라고 하옵니다."

궁인 이 씨는 나지막하지만 아주 똑똑한 목소리로 대답했다.

"소영이라. 예쁜 이름이로다."

원범은 그 말을 하고 처소에 들었다. 그러자 내관이 이내 눈치챘다. 원범이 궁인 이 씨를 보고 예쁘다고 한 소리는 처소로 데리고 오라는 뜻이었다. 내관은 곧바로 궁인 이 씨에게 명령했다.

"전하께오서 너를 어여삐 여기느니라. 오늘 밤 전하 침소에 들도록 하라."

그 소리를 듣고 궁인 이 씨 얼굴에 화색이 돌았다. 궁인 이 씨는 자신 있었다. 얼마든지 원범을 만족시킬 수 있다고 생각했다. 아니나 다를까 궁인 이 씨가 원범 처소에 들어가니 원범이 버선발로 문 앞까지 나왔다.

"전하! 소영이옵니다."

"그래. 알고 있느니라. 어서 이리 오너라."

원범은 마음이 급했다. 한시라도 빨리 소영을 품에 안고 싶었다.

"전하! 부끄럽사옵니다. 전하께 오서 이토록 소녀를 어여삐 여기시니 몸 둘 바를 모르겠나이다."

궁인 이 씨가 하는 말 한마디마다 옥구슬이 굴러가는 듯한 소리가 났다. 원범은 그 목소리만 들어도 온몸이 타들어갈 것만 같았다. 원범은 어느새 몸이 뜨거워졌다.

"너는 어찌 이리 얼굴도 예쁘고 목소리도 사람 애간장을 태우느냐."

원범은 궁인 이 씨 매력에 온몸을 떨었다.

"소녀 부끄럽사옵니다."

궁인 이 씨는 고개를 숙이며 얼굴을 붉혔다.

"이리 가까이 오너라."

원범은 궁인 이 씨를 끌어안았다. 궁인 이 씨는 못 이기는 척 원범의 품에 안겼다.

"전하! 소녀 이런 기분 처음이옵니다. 소녀가 성은을 입을 줄은 꿈에도 생각 못했나이다."

원범은 그 말 한마디에도 흥분됐다. 그 말에 원범은 온몸이 타들어갈 듯 욕정이 솟구쳤다.

"소영아!"

원범이 궁인 이 씨 이름을 불렀다.

"네, 전하!"

"오늘 밤 너는 내 여자다. 내 온몸으로 너를 받으리라."

그 말을 하는 원범은 온몸을 부들부들 떨었다. 타오를 것 같은 열기가 방 안을 맴돌았다. 두 남녀가 내뱉는 거친 숨소리가 적막을 깼다. 길고 진한 신음은 아름다운 화음이 되었다.

"아~ 아~ 아~"

때론 길고 때론 짧게 울리는 소리는 젊은 남녀가 절정에 다다랐을 때 나오는 거였다. 기막힌 화음이었다. 원범과 궁인 이 씨 몸은 온통 땀으로 젖었다.

"이렇게 좋을 수가. 이렇게 좋을 수가."

원범은 자신도 모르게 소리 질렀다. 궁인 이 씨가 수줍은 듯 대답했다.

"전하! 무엇이 그리 좋사옵니까?"

"너야말로 요물 중에 요물이야. 어찌 그리 나를 홀리게 만들 수 있단 말이냐. 내 이제껏 본 여인 중에 최고가는 명기다. 명기야."

"호호호호호. 전하! 소녀가 그리 좋사옵니까? 소녀 전하가 처음이옵니다."

궁인 이 씨는 요물이었다. 원범을 한순간에 사로잡을만한 힘이 있었다.

"전하! 소녀 이제 시작이옵니다. 소녀를 더 품어주소서."

이번에는 궁인 이 씨가 더 달아올랐다. 그러나 온 힘을 다 쏟아부은 원범은 더는 할 힘이 남아 있지 않았다. 마음 같아서는 궁인 이 씨를 더 품고 싶었지만 체력이 다 소진될 만큼 힘이 빠졌다.

"소영아! 조금만 쉬었다가 하자."

"전하! 소녀가 싫사옵니까? 벌써 이러시면 아니되옵니다."

한껏 달아 오른 젊은 궁인 이 씨는 원범이 어떤 상태인지 잘 몰랐다. 궁인 이 씨는 원범의 체력이 많이 남아 있는 것으로 생각했다. 원범은 이 씨를 품고 싶은 마음은 굴뚝 같았지만 숨을 자꾸 헐떡였다.

"소영아. 이러다가 숨 넘어가겠다. 숨 좀 한 번 돌리고 하자."

"전하! 춘추 아직 젊으시온데 왜 이리도 몸이 약하시옵니까?"

그 말은 감히 왕에게 어느 누구도 할 수 없는 말이었다. 원범이 지금까지 품었던 수많은 여인들 중 그런 말을 한 사람은 단 한 명도 없었다. 자칫 그 말이 왕을 농락하는 말로 들릴 수 있기 때문이었다. 자칫 원범이 노여움을 사서 큰 처벌을 받을 수 있었다. 그러나 원범은 궁인 이 씨가 그 말을 해도 웃기만 했다.

"허허허허. 참으로 맹랑한 여인이로다. 너는 나를 전혀 두려워하지 않는구나. 아마도 다른 사람이 그 말을 했다면 가만히 있지 않았을 것이다. 헌데 네가 그 말을 하니 하나도 기분이 나쁘지 않구나. 오히려 기분이 더 좋아지는 것은 무슨 영문이냐?"

원범은 궁인 이 씨가 마냥 귀엽고 사랑스러웠다. 궁인 이 씨는 눈치가 빠른 여인이었다. 자신이 그 말을 해도 원범이 전혀 화내지 않을 것이라는 것을 알고 있었다.

"전하! 소녀를 어서 품어주시옵소서."

궁인 이 씨는 재차 원범에게 애원했다. 그 말을 듣고 원범은 더는 가만히 있을 수 없었다.

"그래. 알았다. 알았어. 내 어찌 어여쁜 너를 보고만 있겠냐. 다시 불태워 보자."

원범은 다시 힘을 냈다. 원범은 궁인 이 씨를 있는 힘껏 안았다. 향긋한 과일 향내가 풍겨져 나왔다. 그 향기가 코끝을 간지럽혔다.

"이게 무슨 냄새냐?"

농익은 여인에게서 나오는 냄새였다. 무르익을 대로 익은 젊은 여인 향내를 맡으니 온몸이 녹아내릴 듯했다.

"전하! 부끄럽사옵니다."

궁인 이 씨는 두 볼이 벌겋게 달아올랐다.

"뭣이 그리 부끄럽단 말이냐. 네 몸에서 나는 냄새는 세상에서 가장 향기로우니라. 이대로 오래도록 취하고만 싶구나."

원범 얼굴도 벌겋게 상기되었다. 입은 찢어질 듯 벌어졌다. 온몸은 뜨겁게 달아올랐다. 둘은 떨어질 줄 몰랐다. 원범은 궁인 이 씨 풍만한 젖가슴에 얼굴을 묻었다. 젖가슴이 출렁였다. 원범이 얼굴을 들어

솟아오른 젖가슴을 힘껏 빨았다. 젖가슴이 왕의 침으로 젖어들었다.

"아~ 아~ 아~"

원범은 다시 진한 신음을 냈다.

그날 이후부터 원범은 궁인 이 씨 처소를 날마다 들락거렸다. 철인왕후는 금방 그 사실을 알아차렸다. 아무리 참으려고 해도 솟구치는 질투심을 누를 수 없었다. 마침내 철인왕후는 궁인 이 씨를 만나야겠다고 결심했다. 철인왕후는 궁녀를 시켜 궁인 이 씨를 중궁전에 데려오게 했다. 궁인 이 씨는 잔뜩 긴장한 표정으로 중궁전으로 찾아왔다.

"중전마마! 궁인 이 씨 대령했사옵니다."

"어서 들어오너라."

궁인 이 씨는 고개를 푹 숙이고 철인왕후 앞에 나타났다. 그녀는 철인왕후를 보자마자 큰절을 올렸다.

"자네가 궁인 이 씨인가?"

"그러하옵니다. 중전마마."

"이리 다가와 앉거라."

궁인 이 씨는 철인왕후 말이 끝나자마자 그 앞에 가서 무릎을 꿇고 앉았다.

"편히 앉거라."

철인왕후가 궁인 이 씨에게 위엄 있는 목소리로 명령했다.

"괜찮사옵니다. 마마. 소녀는 이 자세가 편하옵니다."

궁인 이 씨가 떨리는 듯한 목소리로 대답했다. 긴장하고 있는 게 틀림없었다. 철인왕후가 입을 열었다.

"소문에 의하면 전하께오서 자네와 매일 밤 함께한다고 들었다. 도대체 우엇 때문에 전하 께오서 자네와 매일 밤 같이 있는 것인가?"

철인왕후는 생각한 바를 있는 그대로 얘기했다.

"중전마마! 대단히 황공하오나 소녀가 원한 것이 아니옵니다. 전하께오서 소녀를 찾는 것을 어찌하란 말이옵니까?"

너무나 당돌한 말이었다. 그 말은 원범에게나 통할 수 있었다. 철인왕후 얼굴에 노여움이 가득 찼다. 기가 찰 노릇이었다. 일개 궁녀가 중전에게 할 수 있는 말이 아니었다.

"뭐라고? 네 이 년! 네년이 간이 배 밖으로 나왔구나."

철인왕후는 화가 머리끝까지 솟구쳤다. 당장이라도 궁인 이 씨를 심문하고 싶었다. 이씨가 벌벌 떨며 덧붙였다.

"중전마마! 고정하시옵소서. 소녀는 전하 뜻에 따를 뿐이옵니다."

"아무리 전하 뜻이라 하더라도 네년이 꼬리 치지 않았다면 이러지 않았을 것이야."

있는 대로 화난 철인왕후는 궁인 이 씨에게 다가가 머리채를 끄집어 당겼다.

"너 이 년! 네년이 내 속을 갉아먹는구나. 내 지금껏 참고 참았거늘

네 어찌 그런 막말을 할 수 있단 말이냐? 당장이라도 네년 목을 쳐도 시원치 않을 것이야."

철인왕후는 끓어오르는 화를 참지 못했다. 궁인 이 씨는 죽을 듯한 표정으로 몸을 낮췄다.

"중전마마! 고정하시옵소서."

궁인 이 씨는 흐느끼며 나지막하게 대답했다. 철인왕후의 비위를 맞춰야겠다는 생각이었다. 그러나 철인왕후는 아무리 화나도 더는 궁인 이 씨에게 뭐라고 할 수는 없었다. 원범이 그 사실을 알게 되면 가만있지 않을 것이라고 생각했기 때문이었다.

"내 마음 같아서는 네년 목을 당장이라도 치고 싶지만 전하를 봐서 참겠다. 이제부터라도 네년은 전하께 오서 찾더라도 절대로 가까이 하지 말도록 하라. 알겠느냐."

철인왕후 말투가 조금 부드러워졌다. 그것은 한낱 철인왕후 바람일 뿐이었다. 궁인 이 씨는 아무런 힘이 없었다. 원범이 찾는데 거절할 수 없었다. 왕이 원하는 것을 궁녀가 어찌 거부할 수 있을까. 철인왕후도 그것을 알았다. 말이라도 그렇게 해야만 화가 풀어질 것 같았다. 철인왕후가 아무리 질투한다고 해도 원범을 막을 수 없었다. 원범이 왕이 되어 누릴 수 있는 유일한 호사가 궁녀를 가까이하는 거였기 때문이었다.

36. 날로 쇠약해지는 원범

철인왕후에게 호되게 야단맞은 궁인 이 씨는 앞으로가 걱정이었다. 분명히 원범이 자신을 찾아올 것인데 어찌할까 생각하니 좌불안석이었다. 아니나 다를까 원범은 궁인 이 씨를 또 찾았다. 궁인 이 씨는 잔뜩 긴장된 얼굴로 원범을 맞았다. 원범은 그 기색을 단번에 눈치챘다.

"네 안색이 왜 이리 안 좋으냐? 어디 아프냐?"

"아니옵니다. 전하! 괜찮사옵니다."

궁인 이 씨는 애써 태연한 척했다. 그 말을 하는 목소리는 여느 때보다 훨씬 떨렸다.

"괜찮은 게 아닌 것 같다. 무슨 일인지 사실대로 말하렸다."

원범은 단호하고 힘 있게 물었다.

"전하! 소녀 어찌하면 좋단 말이옵니까?"

궁인 이 씨는 그 말을 한 뒤에 대성통곡을 했다. 원범은 궁인 이 씨가 갑작스럽게 울음을 터트리자 하마터면 뒤로 자빠질 뻔했다.

"도대체 무슨 일이 있었느냐? 어서 바른대로 말해보아라."

원범은 궁인 이 씨를 다그쳤다. 그러자 궁인 이 씨가 못 이기는 척 입을 열었다.

"전하! 소녀 앞으로 전하를 뵐 수 없사옵니다."

궁인 이 씨는 말을 제대로 잇지 못했다. 울음이 북받쳐 올라서 말하기 힘들었다. 원범은 애가 타서 이 씨를 더 재촉했다.

"무슨 일이 있었냐고 묻지 않았느냐? 어서 말해 보아라."

"전하! 중전마마께오서 더는 전하를 뵙지 말라고 했나이다."

궁인 이 씨가 어렵게 그 말을 꺼냈다. 원범은 그 소리를 듣고 씁쓸한 미소를 지었다. 원범은 별 일 아니라는 듯 궁인 이 씨 어깨를 다독이며 안았다.

"소영아! 이제야 알겠다. 네 마음도 중전 마음도 다 알겠느니라."

궁인 이 씨는 원범이 무슨 뜻으로 그 말을 하는지 선뜻 이해되지 않았다.

"전하! 어찌 그리 편하게 말씀하시옵니까? 소녀는 죽을 맛이옵니다. 이제 전하를 더는 뵐 수 없을 것 같사옵니다."

궁인 이 씨는 원범을 이해할 수 없다는 듯 쳐다봤다.

"걱정 마라. 내가 다 알아서 할 터이니 너는 중전이 한 말에 신경 쓰지 말아라. 알겠느냐?"

원범은 자신 있었다. 중전이 자신이 하는 일에 대해서 이러쿵저러쿵 간섭하는 것을 가만두지 않을 작정이었다.

"내 너를 후궁으로 맞이할 것이야."

원범이 확신에 찬 어조로 궁인 이 씨를 다독였다. 궁인 이 씨는 눈을 동그랗게 뜬 채 원범이 자신을 후궁으로 맞이할 것이라는 말을 되새겨 보았다. 드디어 자신이 후궁이 된 거였다. 이제 당당히 원범을 맞을 수 있는 처지가 되었다. 궁인 이 씨 눈에서 저절로 눈물이 하염없이 흘러내렸다.

"전하! 성은이 망극하오이다."

궁인 이 씨는 땅바닥에 머리를 조아리며 원범에게 큰절을 올렸다. 원범은 궁인 이 씨를 꼭 안았다. 눈물이 곤룡포를 적셨다. 원범은 아무렇지도 않았다. 궁인 이 씨 볼을 타고 흐르는 눈물을 손으로 닦아 주기만 했다.

다음 날 원범은 중궁전을 찾았다. 철인왕후는 원범이 오래간만에 중궁전을 찾자 긴장했다. 혹 궁인 이 씨 문제 때문은 아닌가 하는 생각이 먼저 들었다. 원범은 성큼성큼 중궁전으로 들어왔다. 철인왕후는 옷 매무새를 단정히 한 뒤 정중히 원범을 맞이했다.

"전하! 어인 일로 중궁전에 행차하였나이까?"

철인왕후가 먼저 입을 열었다.

"왜? 내가 못 올 곳을 왔소. 왕이 중전을 찾는 게 뭐가 잘못됐단 말이오?"

원범이 날카롭게 말을 쏟아냈다. 화가 난 듯한 말이었다.

"그게 아니옵니다. 하도 오래간만에 중궁전을 찾으셨기에 드리는 말씀이옵니다."

철인왕후가 그런 말을 할 만도 했다. 날마다 후궁만을 찾았던 원범이었다. 매일 독수공방 하다시피 한 철인왕후이기에 충분히 할 수 있는 말이었다. 원범은 그런 앞뒤 사정은 전혀 생각하지 않았다. 철인왕후가 궁인 이 씨에게 보인 질투심만이 생각날 뿐이었다.

"중전! 한 가지 묻고 싶은 말이 있소."

그 소리를 듣고 철인왕후는 궁인 이 씨가 떠올랐다. 분명히 궁인 이 씨가 원범에게 자신이 했던 말을 고해 바쳤다는 생각이 들었다.

"전하, 무슨 말씀이옵니까?"

철인왕후는 잔뜩 긴장된 얼굴로 원범을 쳐다보았다.

"그것은 중전이 더 잘 알고 있을 것이오."

그 말이 철인왕후 가슴에 내리 꽂혔다. 그러나 태연한 척 대답했다.

"전하, 잘 모르겠나이다."

그러자 원범은 더욱 화난 얼굴로 철인왕후에게 물었다.

"중전이 정말로 그 일을 모른단 말이오. 중전, 어찌 내게 거짓을 말할 수 있소? 중전은 왜 솔직하지 않소. 중전이 말하지 않으면 내가 말하리다."

원범은 따질 듯이 얘기했다. 철인왕후는 더는 모르는 척 할 수 없었다.

"전하! 혹시 궁인 이 씨 문제를 얘기하려고 함이옵니까?"

"알고 있으면서 왜 이제야 대답하는 것이오."

원범은 목청을 더 높였다. 철인왕후는 원범이 뭐라고 말할지 눈치만 슬슬 보다가 조심스럽게 말을 꺼냈다.

"전하! 제가 궁인 이 씨를 나무란 적은 있사옵니다. 허나 나쁜 뜻으로 드린 말씀은 아니옵니다."

원범이 그 말이 끝나기가 무섭게 대답했다.

"중전! 오늘부터 궁인 이 씨를 내 후궁으로 삼기로 했소. 후궁이 어떤 자리인 줄 중전도 잘 알고 있지 않소. 앞으로 내가 궁인 이 씨를 만나서 무슨 짓을 하든 중전은 상관하지 마시오. 궁인 이 씨는 이제부터 엄연한 내 여인이오. 중전이 그런 여인에게 질투하는 일은 없었으면 하오."

원범은 핵심만 얘기했다. 말에 군더더기가 하나도 없었다. 철인왕후를 찾아온 목적과 궁인 이 씨에게 한 약조를 생각하며 얘기했다. 그 말을 들은 철인왕후는 낯빛이 하얗게 변했다. 원범이 자신이 궁인 이 씨에게 한 말을 잘 알고 있다는 사실을 알았다. 철인왕후는 어떻게든 그 위기를 벗어나고 싶었다.

"전하! 제가 생각이 짧았사옵니다. 전하께 오서 그토록 궁인 이 씨를 총애하였는지 몰랐나이다. 앞으로 이 시간 이후부터는 절대로 궁인 이 씨에 대해 아무런 말도 하지 않겠나이다. 통촉하여 주시옵소서."

궁인 이 씨 앞에서 너무도 당당하던 철인왕후였다. 그런 철인왕후도 원범이 화내자 힘 약한 여인으로 돌아갔다. 절대 권력 앞에 어쩔 수 없는 일이었다. 그제야 원범은 노여움을 풀었다. 철인왕후는 어쩔 수 없었다. 중전이 감히 왕에게 대들 수 없는 일이었다. 원범은 곧바로 중궁전을 나섰다. 원범은 철인왕후가 꼴도 보기 싫었다. 궁인 이 씨를 질투하는 모습에서 정이 떨어졌다. 철인왕후는 원범이 나가자마자 대성통곡했다. 중전은 이름뿐이었다. 왕으로부터 사랑받지 못하고 버림 받는 여인이었다. 더구나 질투했다는 사실이 왕에게 알려지자 더욱 가슴이 아팠다. 철인왕후는 궁인 이 씨가 눈에 가시처럼 여겨졌다. 자신에게 모욕을 준 궁인 이 씨를 그대로 보고만 있을 수 없었다. 기회가 되면 매운맛을 보여줘야겠다고 마음먹었다.

원범은 궁인 이 씨뿐만 아니라 다른 궁녀도 가까이했다. 복녀가 죽은 뒤 궁녀를 가까이하는 횟수가 늘어났다. 원범은 궁녀를 가까이함으로써 복녀를 잊으려고 했다. 원범이 궁녀를 가까이할수록 몸이 약해졌다. 아무리 좋은 음식을 먹는다고 해도 떨어지는 체력을 막을 수 없었다. 궁궐 내에 있으면서 술과 여색에 빠지다 보니 체력이 약해질 수밖에 없었다. 날씨가 조금만 추워져도 기침을 심하게 했다. 강화도에서는 잔병치레를 거의 하지 않았는데 왕이 된 이후 심해졌다. 원범도 자신이 술과 여인을 가까이해서 몸이 약해진 사실을 잘 알고 있었다. 그럼에도 원범은 그것을 자제하지 못했다. 그쪽으로 푹 빠지게 되니 더욱더 심해졌다. 원범은 몸이 점점 망가지고 있다는 사실을 알면서도 술과 여인을 멀리하지 않았다.

궁녀들은 원범이 건강이 나빠지건 말건 크게 신경 쓰지 않았다. 어떻게든 원범의 마음을 사로잡아 원자를 낳으려고만 했다. 그럴수록 원범은 기력을 빼앗겼다. 밤에 코피를 흘릴 때도 있었다.

어느 날, 궁인 이 씨와 원범이 한참 깊은 관계를 가질 때였다. 원범이 갑자기 앞으로 고꾸라졌다. 궁인 이 씨는 깜짝 놀라 원범을 흔들었다.

"전하! 왜 이러시옵니까?"

기력이 소진된 원범은 힘없는 소리로 대답했다.

"물! 물! 물을 달라!"

궁인 이 씨는 서둘러 물을 원범에게 갖다 바쳤다. 그때 원범 코에서 진한 피가 흘러내렸다.

"전하! 피가 나옵니다."

궁인 이 씨가 놀라며 원범을 쳐다보았다.

"이거 별 거 아니다. 걱정 마라. 전에도 이런 일이 여러 번 있었느니라. 머리를 뒤로 젖히고 잠시 쉬면 괜찮으니라."

원범은 코피가 왜 나는지 알고 있었다. 여러 번 경험이 있기 때문이었다. 그러나 원범이 아무리 괜찮다고 해도 궁인 이 씨는 처음 보는 일이 불안했다.

"전하! 어서 어의를 불러야 되옵니다. 그냥 두시면 아니되옵니다. 소녀가 어의를 부르겠나이다."

궁인 이 씨는 그 말을 마치자마자 내관에게 소리치려 했다. 그러자 원범이 궁인 이 씨 입을 막았다.

"괜찮다고 하지 않았느냐. 잠시 쉬면 피가 멎으니 걱정마라."

원범은 한사코 그녀가 어의를 부르는 것을 마다했다. 원범은 그렇게 서서히 몸이 약해지고 있었다. 30대 젊은 나이라고 믿어지지 않을 만큼 약골이 되어가고 있었다.

37. 원범의 죽음

　날로 심해지는 안동 김 씨 세도 정치에 원범은 정치에 신물이 났다. 어전 회의에 나가면 골치만 아팠다. 원범 스스로 결정하는 일은 많지 않았다. 그야말로 허약해진 왕권이었다. 원범이 스스로 결정하려고 하면 반대 상소가 이어졌다. 그것을 무시할 수 없었다. 그럴수록 원범은 정사를 돌보고 싶지 않았다. 그 외로움을 풀어줄 상대는 술과 궁녀뿐이었다. 중전인 철인왕후는 사사건건 원범에게 대들었다. 그 탓에 원범은 중궁전을 잘 찾지 않았다. 대신에 후궁과 가까이했다. 그럴수록 원범은 기력이 약해졌다. 밤에 코피를 흘리는 일이 한두 번이 아니었다. 좋다는 약을 다 써보았지만 소용없었다.
　어느새 원범이 보위에 오른 지도 14년째에 접어들었다. 그 사이 중전 한 명과 후궁 7명을 뒀다. 5남 6녀에 이르는 자녀를 뒀지만 궁인 범씨 소생인 영혜 옹주만이 커서 출가했을 뿐이었다. 모두 어린 나이에 죽고 말았다. 원범은 기침을 자주 했다. 날씨가 변덕이 심해질수록 기침하는 횟수가 늘었다.

그날도 원범은 궁인 이 씨를 찾았다. 원범은 궁인 이 씨만 보면 지친 몸과 마음이 한결 가벼워지는 것만 같았다. 궁인 이 씨는 원범 혼을 빼앗을 만큼 요염하게 다가왔다. 원범이 기력이 빠진 가장 큰 이유 중 하나는 궁인 이 씨 때문이었다. 궁인 이 씨는 그 사실을 알지만 원범을 놓아주지 않았다. 원범이 코피를 흘려도 별다른 조치도 하지 않았다. 단지 피가 멎을 수 있도록 작은 수건으로 막았을 뿐이었다.

"소영아!"

원범이 힘 없는 목소리로 궁인 이 씨를 불렀다.

"네, 전하! 목소리가 많이 갈라졌습니다. 어디 아프신 데는 없사옵니까?"

궁인 이 씨는 원범이 오늘따라 유독 힘 없는 목소리로 말하는 것이 걱정됐다. 원범은 근래 들어 힘없이 말할 때가 많았다. 그중 가장 큰 이유는 기력이 빠졌기 때문이었다. 궁인 이 씨가 원범에게 워낙 강한 것을 요구했다. 지친 원범이 그만하자고 외쳐도 소용없었다. 궁인 이 씨가 워낙 기가 셌다.

원범은 지친 몸을 궁인 이 씨 몸에 기댔다. 따스하고 부드러운 살결이 원범 몸에 닿았다. 원범은 오래도록 그 상태로 있고만 싶었다. 그러나 궁인 이 씨가 슬쩍 몸을 돌렸다. 그 바람에 원범의 머리가 땅바닥에 떨어지며 쿵 하는 소리가 났다.

땅바닥에 머리를 부딪친 원범은 머리가 몹시 쑤시고 아팠다. 원범은 머리를 감싸 안았다. 그 모습을 본 궁인 이 씨는 얼굴이 백지장처럼 하얗게 변했다. 일개 궁녀가 감히 용안을 상하게 한 거였다. 그야말로 용서 못 할 짓이었다. 그녀는 어쩔 줄 몰라하면서 원범을 일으켜 세웠다.

"전하! 괜찮으시옵니까? 어서 어의를 불러야 하옵니다. 이대로 두면 큰일 나옵니다."

눈앞에서 워낙 순식간에 일어난 일이었다. 궁인 이 씨는 온몸을 부들부들 떨며 어찌할 바를 몰랐다.

"괜찮다. 아무렇지도 않으니 신경 쓰지 마라."

원범은 머리를 감싸 안고 참았다. 그 모습을 지켜보는 궁인 이 씨는 안절부절 어쩔 줄 몰랐다. 그때 내관이 황급히 안으로 들어왔다. 뭔가 불안한 느낌이 들었기 때문이었다. 내관은 원범이 머리를 감싸 안고 누워 있는 모습을 보고 놀라며 소리쳤다.

"이게 어찌 된 일이옵니까? 전하께오서 머리를 다치셨나이까? 이대로 가만히 있어서는 아니 되옵니다."

내관은 황급히 내의를 불렀다. 내의가 원범을 보더니 진맥을 했다.

원범은 계속 머리를 감싸 안고 아프다는 소리만 했다.

"전하! 많이 아프시옵니까?"

내의가 원범을 쳐다보며 여러 차례 물었다.

"괜찮다. 참을 만 하다."

원범은 머리를 감싸 안으면서도 괜찮다고만 했다. 궁인 이 씨는 자신 때문에 원범이 머리를 다치자 온몸을 사시나무 떨 듯이 떨었다. 내관과 내의가 궁인 이 씨를 노려보았다.

"이게 어떻게 된 영문인지 말해보시오."

둘은 궁인 이 씨에게 재촉하듯이 물었다. 궁인 이 씨는 숨겼다간 더 큰일이 날 것 같아 사실대로 고했다.

"소녀 죽을 죄를 졌사옵니다. 전하께오서 소녀 품에 머리를 갖다대었사온데 움직이는 바람에 머리를 바닥에 부딪쳤나이다."

그 소리를 듣고 내관은 화가 치솟았는지 궁인 이 씨의 옷을 잡아 밖으로 끄집어내려고 했다. 바로 그때 원범이 일어났다.

"너 이놈! 이게 무슨 짓이냐? 네 놈이 내가 사랑하는 궁녀를 욕보이려고 하느냐. 내 너를 가만두지 않겠노라."

원범이 멀쩡하게 다시 일어나서 소리쳤다. 내관은 소스라치게 놀라며 그 자리에서 무릎을 꿇었다.

"전하! 죽을 죄를 졌나이다. 소인이 전하께오서 크게 다치신 것으로 알고 그만 못할 짓을 했나이다. 굽어 살펴주시옵소서."

내관은 다 죽어갈 듯한 표정으로 원범에게 조아렸다. 아무리 그래도 원범은 화를 참을 수 없었다. 일개 내관 주제에 원범이 아끼는 궁녀 몸에 손을 대었다. 그것은 왕을 능멸한 것이라고밖에 볼 수 없었다. 원범은 평소에는 신하들이 잘못한 일이 있더라도 웃으며 넘어갈 때가 많았다. 이번에는 달랐다. 원범이 누구보다도 아끼는 궁인 이 씨였다. 원범은 궁인 이 씨가 자신을 다치게 한 사실을 잘 알면서도 눈 감았다. 아무렇지도 않게 생각했다. 그것은 궁인 이 씨에 대한 사랑 때문이었다.

궁인 이 씨는 원범이 내관에게 벌을 내리려고 하자 무릎을 꿇고 조아렸다.

"전하! 이 일은 소녀가 잘못한 일이옵니다. 벌을 내리시려면 소녀에게 내려주시옵소서. 내관은 아무 잘못이 없사옵니다. 굽이 살펴주시옵소서."

궁인 이 씨는 눈물로 원범에게 하소연했다. 사랑하는 여인이 눈물로 호소하는데 원범이 안 들어줄 리 없었다. 그때까지만 해도 화가 머리끝까지 솟았던 원범이었는데 궁인 이 씨 한마디에 언제 그랬냐는 듯 돌아섰다. 원범은 내관을 향해 소리쳤다.

"네가 한 행동은 절대 용서 못할 짓이나 궁인 이 씨 얼굴을 봐서 참겠노라. 앞으로 다시는 이와 같은 일이 있어서는 안 될 것이야."

원범은 내관을 용서했다. 그러자 내관은 몇 번이고 얼굴을 조아리며 원범에게 감사하다는 뜻을 표했다.

"전하! 신 이 은혜 평생토록 간직하며 살겠나이다. 신은 전하를 위해 목숨을 바치겠나이다."

이 일은 한바탕 소동으로 지나갔다. 원범과 궁인 이 씨와 내관 그 누구도 이 일이 밖으로 새어나가는 것을 원치 않았다.

그날 이후부터 원범은 스스로도 몸이 전보다 더 나빠졌다는 것을 느꼈다. 심지어 나라 안팎으로 워낙 시끄러운 일이 많은 때였다. 그런 때인지라 처리해야 할 일이 너무 많았다. 그 많은 일을 원범이 일일이 들여다 볼 수는 없었다. 점점 쇠약해지는 원범의 몸으로는 도저히 감당할 수 없는 짐이었다. 원점은 차츰 어전 회의에 참가 못하는 날이 많아졌다. 그러던 어느날, 원범은 기어이 자리에 눕고 말았다.

궁궐 전체가 어둠에 휩싸였다. 신하들이 원범을 걱정해서 찾아왔다.

"전하! 신 걱정되어 찾아왔나이다. 어서 기력을 회복하시옵소서."

원범은 자리에 누워서도 정신만은 멀쩡했다. 젊은 나이이니 곧 일어나게 될 것이라고 믿었다. 그동안 정사를 돌보면서 술과 후궁을 가까이한 탓에 힘이 많이 빠진 탓이다. 푹 쉰다면 곧 기력이 회복될 것이라 믿었다. 그러나 원범은 쉽게 병석에서 일어나지 못했다. 몸에서 열이 나며 기침도 심해졌다. 내의가 계속 관찰했지만 별 소득이 없었다. 내의는 걱정됐다. 진맥을 해보니 원범이 오래 살지 못할 것 같았다. 원범이 곧 죽을 수도 있다는 불길한 생각마저 들었다.

철인왕후가 원범이 걱정되어 찾아왔다. 그때 마침 내의가 옆에 있었다. 철인왕후는 내의에게 원범의 병이 어떤 상태인지 물었다.

"전하께오서 곧 일어나실 것 같은가?"

철인왕후 얼굴에는 수심이 가득했다. 아무리 원범과 사이가 좋지 않더라도 지아비가 아니던가. 원범이 죽으면 자신도 중전 자리에서 물러나야 한다. 철인왕후는 원범이 자기 몸을 제대로 돌보지 않은 것이 너무 안타까웠다. 자신이 몇 차례나 주의를 줬음에도 그 말을 듣지 않은 게 서럽기까지 했다.

"중전마마! 아뢰옵기 황공하오나 진맥을 해보니 전하께 오서 상당히 심각한 상태이옵니다. 몸이 많이 상했사옵니다. 다시 기력을 회복하기 어려울 듯 보이옵니다."

내의는 수심에 가득 찬 얼굴로 대답했다. 철인왕후는 그 표정을 보고 가슴이 철렁 내려앉았다. 곧 원범이 죽을 수도 있다는 생각이 들었다. 어느새 철인왕후 눈가에 눈물이 흘러내렸다. 철인왕후는 누워 있는 원범 앞으로 다가가서 손을 잡았다.

"전하! 어서 일어나시옵소서. 만백성이 전하의 쾌유를 기원하고 있나이다. 한창나이에 이토록 누워 계신다는 게 말이 되옵니까. 전하! 속히 일어나시옵소서."

철인왕후는 옷이 다 젖도록 눈물을 흘렸다. 누워 있는 원범 눈에도 눈물이 흘러내렸다. 원범은 철인왕후가 하는 소리를 다 듣고 있었다. 다만 힘이 없어서 일어나지 못할 뿐이었다.

원범이 아파서 누워 있다는 소식은 신정왕후에게도 들려왔다. 신정왕후도 황급히 원범을 찾았다.

"주상! 이 어찌 된 일이오?"

신정왕후가 원범을 찾아 불렀다. 원범은 신정왕후가 들어오자 고개를 그쪽으로 돌리며 일어나려고 했으나 몸을 움직이지 못했다.

"주상! 나를 알아보겠소?"

신정왕후가 다시 원범에게 물었다. 원범은 누워서 고개를 끄덕였다. 말할 힘은 남아있지 않았으나 다 듣고 있었다. 신정왕후는 어찌할 바를 몰랐다. 자신이 원범을 왕으로 내세우지 않았던가. 젊고 건강했던 원범이었다. 그토록 건강했던 원범이 너무 일찍 몸이 망가졌다. 신정왕후는 자신 때문에 원범이 그렇게 된 것 같아 더욱 마음이 아팠다.

"주상! 미안하오. 나를 원망하시오. 내가 주상을 잘 돌봐주지 못한 탓이오."

그 말을 하고 신정왕후는 한 없이 소리 내어 울었다. 그 모습을 지켜보는 철인왕후와 궁인 이 씨도 함께 눈물을 흘렸다.

원범은 그 소리를 다 듣고 있었으나 말이 나오지 않았다. 입을 씰룩거렸지만 말할 힘조차 없었다. 궁녀가 원범에게 죽을 내어서 떠먹

였지만 이내 뱉었다. 죽을 먹을 힘조차 없었다. 원범은 점점 몸이 시들어갔다. 그 모습을 지켜보는 사람들 모습은 더욱 수심에 잠겼다.

"전하! 어서 일어나시옵소서."

모두 한마음으로 외쳐보았으나 소용없는 짓이었다. 원범은 마지막으로 거친 숨을 몰아쉬었다. 그것은 최후의 발악이었다. 어떻게든 일어나려고 하는 의지의 표현이었다. 그렇지만 이내 숨은 가늘어졌다. 그러다가 멈추기도 했다. 순간 내의가 달려들어 원범 가슴을 눌렀다. 그러자 다시 숨이 돌아오기를 여러 차례 반복하더니 이내 숨이 멎고 말았다. 내의가 다시 원범을 흔들어 보았으나 아무런 요동이 없었다.

"전하! 전하! 전하!"

모두 큰소리로 원범을 불렀으나 공허한 메아리일 뿐이었다. 그렇게 원범은 세상을 떠났다. 1863년 음력 12월 8일 재위 14년 만인 향년 33세를 일기로 승하했다. 그날따라 더욱 찬 기운이 궁궐을 맴돌았다.

38. 철종 대왕

　원범은 대를 이을 후사를 남기지 못했다. 그런 원범이 갑자기 죽었으니 후계자 문제가 대두되었다. 흥선대원군 이하응은 이날이 곧 올 것으로 생각하고 있었다. 원범이 죽자 조정의 큰 어른인 신정왕후가 대비로서 후계자를 정하게 되었다. 이하응은 이를 대비해 신정왕후를 진작에 자신의 사람으로 만들었다. 원범이 죽기 몇 년 전부터 차근차근 진행해온 계획이었다. 결국 이하응은 뜻대로 자신의 아들을 왕위에 올리고 최초로 살아있는 대원군이 되었다.
　원범은 죽어서 철종이라는 시호를 받았다. 조선왕조실록은 태조 이성계부터 철종 이원범까지 기록을 남기고 있다. 그 중에서도 철종은 가장 기구한 운명을 타고났다. 철종은 몰락한 왕족 출신이었다.

철종의 증조부는 아버지의 명으로 죽음을 당한 사도세자요, 철종의 조부인 은언군 이광은 순조 1년(1801) 3월 16일에 신유사옥에서 어머니와 형수가 천주교 영세를 받은 사실이 발각되어 사사되었다. 아버지인 전계대원군은 부모와 형과 형수의 죄로 연좌되어 강화도 교동으로 쫓겨나 불우한 빈농으로 생을 마쳤다.

서자의 서자 출신으로 왕이 된 철종을 신하들은 무시했다. 왕족이기는 했어도 너무 먼 촌수였다. 철종은 헌종이 후사 없이 죽었기에 왕이 될 수 있었다. 아니, 그보다 그가 안동 김 씨 세력이 가장 편하게 상대할 수 있는 인물이었기 때문에 왕이 될 수 있었다는 게 옳은 말이다. 그만큼 철종은 이름뿐인 왕이었다. 왕으로서 제대로 된 권한을 행사할 수 없었다. 그래서 성인이 되어 왕위에 올랐음에도 순원왕후로부터 수렴청정을 받았다. 3년 만에 친정체제를 구축했어도 여전히 자기 목소리를 내기 힘들었다. 사사건건 안동 김 씨 세력과 부딪쳤다.

철종은 왕이 되기 전 아버지와 형의 죽음을 목격했다. 그것은 큰 충격으로 다가왔다. 아버지는 연좌제에 몰려서 강화로 유배되었다. 아버지 이광은 철종이 11살 되던 해인 1841년 한을 안고 숨졌다. 어린 원범은 그 모습을 잊지 못했다. 아버지도 죽음을 당한 거였다. 옆에서 아버지 죽음을 지켜보던 원범은 장탄식을 했다. 아버지가 죽는다는 사실을 알면서도 아무런 저항도 하지 못한 것이 후회됐다. 왜 부모와 형제가 잘못한 것 때문에 연좌제로 죽어야 한단 말인가. 원범은 도저히 그 사실을 이해할 수 없었다. 친척이라는 이유만으로 아무 죄 없이 죽어가는 사람이 부지기수였다. 도대체 조선은 어떤 나라이기에 그토록 사람을 많이 죽일까? 원범은 강화에 있을 때 그런 생각을 많이 했다. 권력은 경쟁자를 가만 놔두지 않았다. 권력에 조금이라도 방해가 된다면 가차 없이 처단했다. 그런 이유로 왕족이 역적으로 몰려 죽는 경우가 허다했다. 원범은 그 모습을 생생하게 눈으로 지켜보았다.

39. 예릉

철종은 재위 기간 중에 왕권을 제대로 발휘하지 못했다. 그로 인해 나라 기강은 말할 수 없이 흐트러졌다. 부정부패가 심했고 도적이 들끓었다. 철종은 그것을 안타까워했으나 힘이 없었다. 철종의 뒤를 이어 왕이 된 고종은 왕권강화를 위해 노력했다. 어린 고종을 대신하여 실질적인 권한을 행사한 이는 그의 아버지 흥선대원군 이하응이었다. 이하응은 실추된 왕권을 강화하기 위해 철종 릉을 웅장하게 조성하였다. 철종이 승하한 이듬해 릉이 조성되었고 1878년 철인왕후가 42세 나이로 세상을 뜨자 쌍분으로 조성하였다.

예릉의 규모는 역대 어느 왕 못지않다. 거대한 문인석과 무인석이 릉 앞에 우뚝 서 있는 형상이다. 철종과 철인왕후 쌍분을 예릉이라고 한다. 현재 경기도 고양시 원당동에 위치하고 있다. 웅장한 왕릉을 보고 있자면 철종이 결코 왕이 된 것이 헛된 것이 아니라는 생각이 든다. 농사꾼에서 끝났으면 어딘가 야산에 묻혔을 원범이었다. 그 원범이 철종이라는 시호를 얻고 당당히 왕릉에 묻혔으니 죽어서 큰 호사를 누리게 되었다.

철인왕후는 철종이 죽고 15년을 홀로 살았다. 철인왕후는 철종이 죽은 뒤에 많이 후회했다. 살아 있을 때 잘 하지 못한 것이 가슴에 사무쳐서 혼자서 남모르게 눈물을 많이 흘렸다. 철종이 후궁을 가까이 하고 자신을 찾지 않자 질투심을 그대로 드러냈다. 철인왕후는 철종 앞에 당당하게 굴었다. 철인왕후는 그 게 끝내 마음에 걸렸다. 그것이 나중에 우울증으로 나타났다. 철인왕후는 혼자 사는 15년 동안 거의 날마다 눈물을 흘렸다. 철종이 자꾸 생각났다.

철종 릉이 조성되자 철인왕후는 틈날 때마다 그 무덤을 찾아서 못다 한 부부의 정을 나눴다. 철인왕후는 궁녀 둘과 호위무사 몇 명만 대동하고 철종 릉을 찾았다. 릉 앞에 도착하자 철인왕후는 소리 내어 울었다. 그렇게 실컷 울고 나면 기분이 조금이라도 풀어지는 것 같았다.

"전하! 이렇게 찾아왔습니다. 지금도 전하 모습이 생생하온데 이렇게 이곳에 잠들어 있으면 어찌하옵니까? 뭐가 그리 급하다고 그토록 빨리 가셨나이까?"

철인왕후는 너무나 일찍 세상을 뜬 철종이 안타까웠다. 그것이 다 자신 때문이라는 생각도 들었다. 자신이 좀 더 철종에게 잘 했더라면 병에 걸리지 않고 오래 살 수 있었을 거라고 여겼다. 철인왕후는 그렇게 한참 동안 철종 릉 앞에 있다가 날이 어두워질 때쯤 자리에서 일어나곤 했다. 그토록 철종을 그리던 철인왕후도 병을 얻었다. 우울증이 더 심각한 병을 부른 거였다.

철종이 살았을 때는 후궁들에게 질투를 심하게 했던 철인왕후였으나 철종 사후에는 달라졌다. 철인왕후는 철종 후궁들을 하나하나 찾아가서 위로하고 격려했다. 그들도 철인왕후와 마찬가지로 지아비를 잃은 여인이었다. 어쨌든 철종과 살을 맞닿은 사이였다. 아니 철인왕후보다도 더 각별한 사이였다. 그것은 철종이 철인왕후보다 후궁을 더 가까이했기 때문이었다. 어쩌면 철인왕후가 느끼는 상심보다 후궁들의 상심이 더 컸을 수 있다.

그중 숙의 범 씨는 철종이 특별히 총애하는 후궁이었다. 그래서인지 숙의 범 씨는 몇 날 며칠 동안 식음을 전폐하다시피 했다. 철인왕후가 그 사실을 알고 숙의 범 씨를 찾았다.

"자네가 걱정되어서 왔네."

철인왕후가 먼저 말을 건넸다. 숙의 범 씨는 고개를 푹 숙이고 상기된 표정으로 대답했다.

"중전마마! 심려치 마시옵소서. 소인은 괜찮사옵니다. 중전마마께오서 상심이 크실까 걱정되옵니다. 너무 슬퍼하지 마시옵소서."

"아니다. 나는 괜찮다. 너는 전하의 총애를 받던 후궁이 아니었더냐. 너야말로 상처가 클 것이야. 네가 식음을 전폐하고 있다는 얘기를 들었다. 그 얘기를 듣고 이렇게 부랴부랴 찾아왔느니라. 성은을 입은 것에 대해 감사하는 것은 좋으나 네 몸을 상해서는 아니 된다. 이제라도 잘 챙겨 먹도록 하라."

그 소리를 듣고 숙의 범 씨는 감격의 눈물을 주르륵 흘렸다. 철인왕후가 자신을 미워한 것이 아니라는 것을 알 수 있었다. 지아비가 같은 여자였다. 그래서인지 서로 통하는 게 있었다. 서로가 마음이 어떤 상태인지 잘 아는 것 같았다.

"중전마마! 하해와 같은 은혜에 몸 둘 바를 모르겠나이다. 백골이 진토되더라도 절대 잊지 않겠나이다."

숙의 범 씨는 그 말대로 철인왕후가 죽자 누구보다도 자주 예릉을 찾아서 애도했다. 예릉에 잡초가 조금이라도 돋아나면 숙의 범 씨가 제거했다. 살아 있을 때는 그다지 친하게 지내지 않았던 철종과 철인왕후였다. 죽고 난 뒤 철인왕후는 철종을 누구보다도 기리면서 애도했다. 그것은 철종에 대한 미안함 때문이었다. 철인왕후는 철종을 이해하지 못한 것이 한스러웠다. 당시 왕이라면 후궁을 두는 것은 당연한 일이었다. 그것을 중전이 질투할 일이 아니었다. 그럼에도 철인왕후는 곧잘 철종에게 질투했다. 가뜩이나 정사를 돌보느라 힘든 철종이었다. 철종이 왕으로서 받는 중압감은 이루 말할 수 없이 컸다. 철인왕후는 그 생각을 하면서 깊이 뉘우쳤다.

철종과 철인왕후는 나란히 묻혔다. 죽어서야 같은 곳에 오래 머물 수 있게 되었다. 후궁들은 자신을 돌봐 준 철종과 철인왕후를 진심으로 기렸다.

40. 철종 장황제와 철인 장황후

    철종의 뒤를 이은 고종은 1897년 10월 12일, 대한제국을 선포하고 황제로 취임했다. 그 전까지 조선은 중국의 속국으로서 군주를 왕이라고 칭했다. 그러나 고종은 대한제국을 자주독립국으로 선포하면서 중국의 암묵적인 영향력에서 벗어나려 했다. 왕은 이제 황제로 격상되었다. 그런 뒤 고종은 그 전대 왕이었던 철종을 철종 장황제로 격상시켰고 철인왕후 역시 철인 장황후로 격상시켰다. 선대 왕에게 예우를 다하여 정중히 모신 것이었다. 그 예우가 고종 황제의 지위를 더 빛나게 했다. 고종 황제의 배려는 그것뿐만이 아니었다. 그는 철종의 능인 예릉을 역대 어느 국왕보다도 권위 있고 화려하게 지었다. 조선은 바야흐로 유교가 핵심인 나라로 부모 공경을 우선시했다. 그렇기에 고종은 부모와 같은 존재인 철종을 깍듯이 모셨다. 예릉을 직접 찾아 참배하기도 했다. 그렇게 철종은 나무꾼에서 황제의 자리에까지 오른 입지전적인 인물이 되었다. 세도정치 그늘 아래 묻혀 왕권을 발휘하지 못한 왕이었음에도 그는 황제로 추존되었다. 뛰어난 업적을 남긴 왕은 아니었으나 죽어서 더 빛을 본 왕이 되었다. 강화도령이라고 놀림을 받기도 했던 그가 마지막으로 갖게 된 이름은 장황제다. 비록 육신은 땅에 묻혔으나 장황제라는 칭호는 대대손손 남았다.

철종 이원범의 인생은 너무나 극적이었다. 나무꾼에서 보위에 오른 사실 하나만으로도 놀라운 일이었다. 역대 어느 왕도 그런 식으로 보위에 오른 경우가 없었다. 그러나 철종은 그런 전적을 깨버렸다. 철종은 왕이 되어 제 힘을 발휘하기 위해 나름대로 노력했다. 책을 꾸준히 읽으며 왕으로서 소양을 쌓아나갔다. 그런 그가 너무 이른 나이에 그 꿈이 꺾이다니, 못내 아쉬운 일이었다.

철종 장황제와 철인 장황후는 황제와 황후로서 조선 역사에 길이 남게 되었다. 철종은 강화도령이라는 이름으로 더욱 널리 알려졌다. 강화도령이 왕이 되어 일대 반전이 일어났다. 그것은 역전 인생이었다. 나무꾼이 황제가 된 유일한 사건이었다.

"강화도령 임금 됐네! 강화도령 임금 됐어!"

강화도에서 원범이 왕이 되어 한양으로 갈 때 백성들이 그 말을 노래처럼 불렀다.

소설 철종 이원범

인쇄 · 발행	2018년 6월 21일
지은이	신성범
펴낸 곳	꿈과 비전
발행 · 편집인	신수근
편집디자인	한미나
등록번호	제2014-54호
주소	서울 관악구 관악로 105 동산빌딩 403호
전화	02-877-5688(대)
팩스	02-6008-3744
이메일	samuelkshin@naver.com

ISBN 979-11-87634-09-6 부가기호 03810
정가 15,000원